少年姜维

SHAONIAN
JIANGWEI

魏润民 著

敦煌文艺出版社

图书在版编目（ＣＩＰ）数据

少年姜维 / 魏润民著. -- 兰州 ： 敦煌文艺出版社，
2019.3（2021.8重印）
ISBN 978-7-5468-1716-3

Ⅰ. ①少… Ⅱ. ①魏… Ⅲ. ①长篇小说－中国－当代
Ⅳ. ①I247.5

中国版本图书馆CIP数据核字（2019）第054377号

少年姜维

魏润民　著

责任编辑：靳　莉
装帧设计：石　璞

敦煌文艺出版社出版、发行
地址：（730030）兰州市城关区曹家巷1号
邮箱：dunhuangwenyi1958@163.com
0931-8773233（编辑部）
0931-8773235（发行部）

北京一鑫印务有限责任公司印刷
开本 710毫米×1020毫米　1/16　印张 20.75　插页 7　字数 320 千
2019 年 4 月第 1 版　2021 年 8 月第 2 次印刷
印数：2 001~4 000 册

ISBN 978-7-5468-1716-3
定价：68.00 元

裴天保　　篆刻

甘肃省甘谷县南山公园姜维雕像

甘肃省甘谷县姜家庄姜维庙

甘肃省甘谷县姜家庄姜维纪念馆

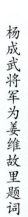

杨成武将军为姜维故里题词

甘肃省甘谷县姜家庄姜母洞遗址（据今有1812年的历史）

甘肃省甘谷县六峰镇姜家庄现貌

2013 年 1 月 6 日，作者魏润民到姜家庄姜维第 59 代后裔——姜学祖老人（86 岁）处，采访搜集姜维小时候的民间传说及有关资料。

2016 年 12 月 20 日，作者魏润民第二次上姜家庄采访姜维第 62 代后裔姜芳芳，记录姜维有关故事。（姜芳芳为世界姜姓宗亲联谊总会常务理事、十大杰出女性之一、甘肃分会秘书长；现任甘谷县政府妇儿工委办主任）

康忠保，男，1946年2月生，甘肃省武山县洛门镇人。自幼酷爱武术，现为甘肃省天水市武术大师，武术馆教练，国家社会体育指导员，姜维第21代黄龙带把枪武术传人。

《少年姜维》作者魏润民再次采访时，在姜维纪念馆留影。

少年马维

张臣刚

　　张臣刚，男，号龙王嘴人，1948 年 5 月出生，甘肃省甘谷县人，中共党员，本科学历，曾任甘肃省军区副司令员等职，少将军衔，现为甘肃省书法家协会会员，长安书画院副院长。

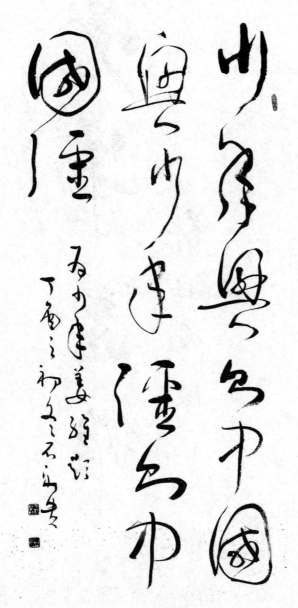

石新贵，男，1950年6月生，甘肃省甘谷县人，大学学历，中共党员，曾任甘肃省军区政治部主任，少将军衔，现为中国书法家协会会员，中国五体书法研究会副会长，兰州军区将军书画院秘书长，长安书画院副院长。

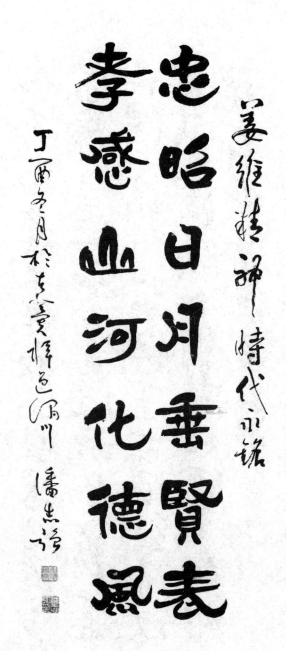

姜维精神 时代永铭

忠昭日月垂贤表
孝感山河化德风

丁酉冬月于天水育德之庐 潘志强

潘志强，男，1936年生，甘肃省甘谷县磐安镇人，中共党员，曾任甘谷县政协主席，甘肃省书法家协会会员。

人生忠孝大课题 血性男儿谁主宰
当归远志毋令怜 魂萦梦绕
志传青简锦江畔 千古恨遗故
里乡人泣波土化凝将军龙雄
魂再现渭河石

渭河姜维魂墨石铭鉴 丁酉年春月谨三松古冀城

王金慎，男，1937 年生，甘肃省甘谷县人，中共党员，曾任甘谷县政协副主席，甘肃省书法家协会会员。

祝贺少年姜维 出版发行

冀城英才

丁酉初春 张泽中

张泽中，男，1965年9月生，甘肃省甘谷县磐安镇人，本科学历，中共党员，现任甘谷县文联主席，甘肃省美术家协会会员，甘肃省书法家协会会员，天水市美协副主席。

冀城郅北，眉若秋水，性潇洒，少小读阵之书，气势雄，跃马成场，浙江信步画览神州，卅英推，忠义之大节

姜维颂

刘晖

刘晖，男，1965 年生，中共党员，原部队连级转业干部，现为中国书法家协会会员。

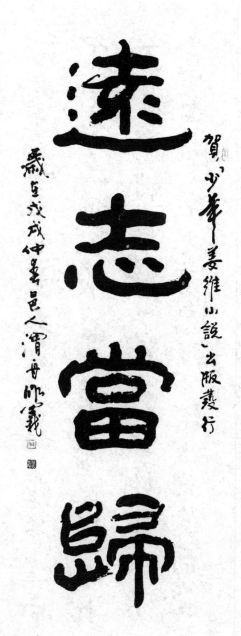

遂志當歸

賀少華姜維小說出版發行

歲在戊戌仲善邑人渭母邱义戲

巩作义，男，1950年生，中共党员，甘肃省甘谷县人，大学学历，现为中国书法家协会会员，中国水墨书画院副院长，山东教育学院书法客座教授，山东省慈善总会理事。

贺魏润民"少年姜维"小说出版

沼水河滨吊古贤 普松翠柏盖工边吗
军远志後人接 壮士黄童杯土咸九
下中原像斯胆 一经热血洒国安天
无蜀浮成遗憾 拜祭伯约倍痛酸

录古诗 乐善雄一书 樊荣华

樊荣华,男,1937年生,中共党员,甘肃省武山县洛门镇人,曾任武山县文化局局长,现为甘肃省美术家协会会员,甘肃书法家协会会员。

门鸿斌，男，1956 年生，甘肃省甘谷县人，中共党员，本科学历，现任甘谷县金融办主任，甘肃省书法家协会会员，甘谷县书协主席。

當歸遠志

魏潤民先生「少年姜維」著成誌慶

歲次戊戌正月毛根好書賀

毛根好，男，1964年生于甘谷县磐安镇毛河村，中共党员，本科学历，现任甘谷县磐安学区高级教师，甘肃省书法家协会会员，甘谷县王权书画协会主席。

姜维纪念馆落成故里

将军岭上白云悠，芳草年年护墓丘。
社稷兴亡传百代，江山分合话千秋。
志匡汉室雄才展，恨饮剑门蜀祚休。
馆落姜村魂返里，英风节气武乡流。

李吉泰

（李吉泰，1942 年生，甘谷县磐安镇人，现为天水市诗词协会会员）

寻访姜家庄 （外三首）

李富元

渭河南岸，古冀城出东门十里许

北秦岭余脉旮旯山脚下

聚居着百余户人家——姜家庄

便是蜀汉大将军姜维故里

将军岭下这片深厚的黄土

草枯木荣记载了两千多年历史

多少壮歌如吹过靴子坪的风声

多少沧桑似刻在麻婆岭的沟壑

叙说着依然看得见的岁月流痕

多少岁月寒暑相送，炎凉叠加

那一种似乎因将军留下的风范

仍然是民风淳朴，阡陌间耕织桑麻

街巷里传承礼义，庭院中崇尚习武

姜家庄因少年姜维的故事

到今天依旧鲜活如初

拜谒姜维墓

姜家庄后，缓缓的山坡上

麻婆岭逶迤的龙脉，怀抱着

靴子坪偌大的台地，一片松柏

掩映着姜维墓，说墓其实是衣冠冢

姜维在西蜀宫廷中为保护后主

被魏军乱箭射伤

因寡不敌众，拔剑自刎身亡

为使将军魂归故里，士卒跋山涉水

护送姜维奋战沙场血染的靴子

乡中父老含泪悲啼，把靴子

埋在麻婆岭下台地上，从此

二台地便改名为靴子坪

衣冠冢就成了姜维墓

姜家庄的世代乡民逢节祭祀

点着香蜡，燃起纸钱缅怀英烈

姜维的魂灵如墓冢上的迎春花

每年把最早报春的讯息

灿然开在故乡的黄土

魂归来兮！英灵长存！

凝望将军岭

麻婆岭是旮旯山连绵起伏

走向东北方的落脉，从半山腰

直至山脚下，突出的山堡、土丘

和凹下的壑岘、山口、褶皱

依旮旯山倾斜而下，那些起伏的线条

活脱脱一位酣睡疆场的将士

头戴帅帽、鼻梁高耸、嘴角隆起、

下颏圆润，直至腹腔微鼓

胸前兀兀突起的一小山包，更像是

将军搭放在胸前一只有力的拳头

整体形象确似头枕旮旯心，仰躺着

凝望苍穹的姜维形象

将军在回忆金戈铁马，狼烟烽火

还是在悲问壮志未酬，裹尸马革

麻婆岭整体山形，如此惟肖地

雕塑出姜维威武的将帅形象

是天赐还是地赋，天造地设的妙境

往往会暗示出世间的某些神秘

后来，麻婆岭也唤作将军岭

将军岭春来秋往，木荣草枯

世世代代守着故乡的黄土

当归、远志在姜家庄的故事

循着姜维的踪迹，在姜家庄

采访的日子，坐在姜大爷炕头

喝着浓烈的罐罐茶，听大爷讲述当归远志的传说：

姜维入蜀受命，将令在身，战事紧张

天长日久，家中鳏寡老母思儿心切，长夜难熬

姜母也深明大义，不能明言唤儿回家探母

便剪下一方头巾，包一撮山上采来的当归

让人带给姜维

姜维在军帐中打开母亲传来布包，顿时泪流满面

念母的思绪像江河日下，滔滔不息

"娘啊！军令在身，儿难能忠孝两全啊！"

翌日，姜维剪一块帅巾，包两钱远志

托付回乡的人给母亲

母亲也深知姜儿的心胸

"我儿胸怀远大，志撼河山！"

心中有了很大的宽慰

（李富元，甘肃甘谷人，杂金轩文化传媒公司总经理，农民诗人，曾在《北京文学》等十一家刊物上发表诗歌数百首，出版诗集《世间物象》，现为微刊《好诗人》主编）

前　言

　　本书主要描写在东汉末年（公元 202 年）汉少帝刘辩昏庸无能，宦官曹节专权，朝廷腐败，朝纲不整，诸侯割据，战火四起，盗贼横行，民不聊生的纷乱年代里降生在甘肃冀县姜家庄的姜维所遇到的心酸坎坷、苦难多灾的少年时代经历和发生在他身上鲜为人知、感人肺腑、生动而真实的故事。

　　姜维，字伯约，号幼麟，生于建安七年（公元 202 年八月），早年其父姜囧从军天水关任功曹。后在围剿山贼中阵亡。姜维及妹妹姜菇、小弟姜和与母亲柴氏一家四人相依为命，居住于庄后半山腰一窑洞里，以姜维进山打柴、母亲柴氏纺线织布为生。姜维从小聪慧过人、胆大心细、性情豪爽、乐观向上、孝敬母亲、尊敬师长、识文断字、刻苦练功，后从军护城为保护地方百姓的安危做出了卓越的贡献，天水关诸葛亮收服后为蜀汉大将军、平襄侯。

　　我怀着对甘谷历史名人姜维的崇拜和敬仰之情，前后利用五年多时间走访、挖掘、采集、汇总整理创编写作了姜维从出生及青少年时代为基本素材的长篇小说《少年姜维》。

　　至于构思编写这部小说的大体经过，还得从五年前说起。那年正月里的一天，我冒着风雪去给同乡、同学、同行杨先生拜年，恰巧他的儿子小杨刚从美国回家探亲，很快我们就聊起了家常，他说："魏叔，咱甘谷城里哪里有转头？"我说："大像山、姜维庙等都是咱甘谷的名胜旅游之地。"他突然站起说："说起咱甘谷的姜维，美国人都在赞扬他是一位了不起的大英雄。唉，魏叔，你说说这姜维小时候身世究竟如何？他的武功是什么人教出来的？"小杨的一番话把我问得张口结舌，无法回答，我只好搪塞说："我只看了《三国演义》上诸葛亮收服以后的姜维，对儿童及青少年时期的姜维还不了解。更谈不上是哪个高人教姜维武功了。"这件事对我震动很大，自己的心绪久久不能平静，是啊，就连外国人都这么了解姜维、崇拜姜维，而我们甘谷人却对姜维的前半生一无所知，真是惭愧！这么伟大的一个历史英雄人物，诸葛亮的继承人，蜀国后期军权实际掌握者，大将军平襄侯姜维，其儿时及青少年时代竟然无从谈起，是一个空白，真是一件令人寝食难安、昼夜难眠的憾事。于是，我暗暗下决心要把我县历史名人姜维少年时代的经历和一些传奇故事挖掘出来，写成电影文学剧本或者小说让世人来全面认识和了解姜维的一生，以达到宣传姜维精神，弘扬中国传统文化，启迪后代的目的。所以，五年来我先后六上六峰镇姜家庄姜维的出生地，遍访姜维后裔，查找有关资料，进山实地考察当年小姜维在山里打柴经过的地方，寻找他的足迹，后来又三次去当时三国时期冀县过往商道渭水峪马家磨一带，徒步到村上向当地老人了解三国时的民间传说，后又去天水市麦积区马跑泉镇小陇山林业局等处实地考察了解三国古战场。先后走访了洛门、武山、漳县、陇西等地，搜集少年姜维的民间传说和传奇故事。前后经历了五个年头，一共修改了十稿，最后终于创作完成了小说《少年姜维》第十一稿。

说起创作过程，还有一段让人紧张的经历。2016年冬天的一日早上，天下着大雪，我起床随便吃了几口馍馍后，准备继续我的创作——小说《少年姜维》第五稿，可翻箱倒柜就是找不到我的手稿，我当时急了，赶忙问妻子说："你见我的稿子了没？"她眼睛一瞪反问我："什么稿子？"我急忙说："就是我平常写作的那些本子。"她慢悠悠地说："我刚塞到炉子里生上火了。"一句话说得我如五雷轰顶、天昏地转，一下子站立不住，回过神来我跺着脚大骂说："你这真要我的命哩，你知道吗，这是我近三年半的心血啊，怎么就把它烧了呢，真是气死我了。"我扬起巴掌就要动手打她时，你瞧，结果她又不慌不忙地吐了一句："蓉蓉，把你爷爷的烂账藏到哪儿了，拿出来，你看你把你爷爷快急疯了。"结果我的孙子从床底下一只装过鞋的空纸盒里取出了十本《少年姜维》小说手稿。你看，这气人不气人，真是弄得人哭笑不得，还好，谢天谢地，手稿没丢，我又可以继续我的《少年姜维》小说创作了。这件事后，我格外小心保管手稿，每一次写完后都要放入木箱内锁好。其实，也不能完全怪我的妻子，因为她是考虑我几年来伏案写作得了颈椎病，经常头晕，怕影响身体，才悄悄地让孙儿把我的手稿藏起来了。

小说《少年姜维》主要描写和反映了一代英雄姜维自幼聪慧超群，胆识过人，在家境极其贫寒、缺吃少穿且母亲疾病缠身的极端困境下，他仍然克服重重困难坚持拜师学艺，习文练武，钻研兵书，立志保家卫国，报效朝廷。姜维一生诚实厚道，好抱打不平，除恶扬善，尤其对朝廷忠、对师父敬、对母亲孝、对百姓爱等一系列可歌可泣、流芳百世的动人故事，从而歌颂了姜维这个历史人物纯朴而高大的光辉形象、威震华夏的英雄风采。

姜维作为蜀汉大将军诸葛亮的继承人，三国的一代名将，千百年来人们并没有忘记他那忠昭日月、孝感天地、文韬武略、智勇双全、德化故里、气贯长虹、远志不歇的爱国精神与忠孝仁义的贤风德范。

在创作小说《少年姜维》过程中有人问我说："姜维一生文韬武略、智勇双全，为西蜀江山立下了汗马功劳，这是众人皆知的，可他的儿童及少年时代究竟是怎样的？他的家境和所处的时代环境究竟如何？我们就不得而知了。"又有人说："像姜维这样的大人物，他的儿童及青少年时期，肯定是与常人不同的，肯定有着非凡的经历与悲惨遭遇。"我认为他们说得不错，经近年来我不断挖掘和搜集，采访了解姜维的儿童和青少年时期的成长和发展轨迹，姜维儿时的确是比常人勇敢，是坚强、聪慧、好学上进、不畏艰险、仁爱至孝、乐与助人的好少年。但纵观姜维成长经历和过程，大致和平常的孩子没有多大的区别，同样天真无邪、浪漫可爱、纯真幼稚，遇事好奇爱动。如"奶育虎崽"一回中写道："小姜维在山里拾柴时，竟将一只小虎崽当成野猫抱回家让他母亲看，以取得母亲的开心欢笑，来让母亲夸赞他如何胆大能干。"这就真实地反映和再现了小姜维独特的个性和好胜的内心世界，特别是在父亲姜囧为国捐躯、妹妹姜菇送人、小弟姜和饿死、母亲柴氏病重的逆境中仍然拼命挣扎，顽强地生活，精心地照料母亲，刻苦地练习武功，认真地学习文化，勇敢地挑起了家庭重担来维持度日。这就应验了一句古语：穷人的孩子早当家，生活的磨炼早成才。古人云："天将降大任于斯人也，必先苦其心志，劳其筋骨，饿其体肤，空乏其身，行拂乱其所为，所以动心忍性，曾益其所不能。"实践证明姜维不但没有被家庭生活的重担压垮，反而磨炼了他坚韧不拔的坚强意志和对美好生活的向往与期盼，从而更加激发了姜维从小就立志发奋向上刻苦拼搏的决心和信心，进而揭示了一个颠扑不破的真理，人一生的梦想只有不断地打拼，刻苦地努力才能实现，这也就是姜维少年时代与常人所不同之处。

小说《少年姜维》一书利用大量篇幅来描写和反映姜维儿时及青少年时期的许多鲜为人知、未露于世的真实故事和事件，让广大读者对姜维有一个全面而深刻的了解和认识，告诉人们姜维这一英雄人物他的成长道路究竟如何，这直接关系到他后来的发展和前途。正如张泽中先生（甘谷县文联主席）所说，小说《少年姜维》描写和反映的故事，恰巧是古典名著《三国演义》所没有的空白，少年时期姜维的故事是中国传统文化的正能量，值得后人效仿和借鉴，该题材比较新颖，且故事比较生动感人，值得一读。

我采取小说形式来描写姜维前半生的经历和故事，旨在宣传姜维，启迪后代，对祖国要忠，对师父要敬，对人民要爱，对父母要孝，对好人要善，从而达到大力弘扬中国传统文化，进行爱国主义教育之目的。

　　作品采取顺叙、倒叙、穿插回忆，适当虚构的写作方法，以姜维这个主人公为主线贯穿全书，从而深刻挖掘了姜维这个历史人物的内心世界，着重刻画了他的独特个性，圆满塑造了一代英雄姜维威严而高大的人物形象。

　　此小说分十八章六十八回，以主人公蜀汉大将军姜维少年时代所经历的各种故事、事件、人物为主线贯穿全书。最后，以一段尾声作为结束语，每一回配有一首打油诗，概括总结其本回内容，小说基本采用现代白话文，通俗易懂。

　　今天我们要在习近平新时代中国特色社会主义思想的正确指引下，坚定文化自信，努力文化创新，发扬和继承中华民族的传统文化，创作出更多更好人民群众喜闻乐见的文艺作品和精神食粮，讴歌英雄，启迪后代，教育人民向上向善，为繁荣和创新中国特色的社会主义文化事业作出贡献。

　　在创作该书《少年姜维》的过程中得到了甘谷县委、县政府、县人大、县政协领导和宣传文化、教育、卫计部门及离退休老领导，有关单位及姜维后裔的关注、关心、支持和指导。还有，为本书题写书名并写序的张臣刚将军，题写书法的石新贵将军等多位书法家，写引子的姜克生会长，写序的严光星老师、王正强先生，写寄语的张克让先生，写跋一的牛勃先生，写跋二的潘志强先生，赋诗的李吉泰先生、李富元先生以及世界姜始宗亲联谊总会（姜克生、姜芳芳），甘谷县姜维文化研究会（蒋来定），甘谷县作家协会（王琪），甘谷县磐安镇文化站（李小兵），武山县庞德文化研究会（孙恒），甘肃伯约酒业有限公司（王子祥），甘肃华夏春秋铁笼山文化旅游基地（雷双德），甘谷县兴材环保加气块有限公司（杨能武），武山县鸳鸯湖文化产业发展有限公司（王岗），甘肃省武山洛门世纪家居城（石天寿、吴琼），甘谷县姜维山庄（李乐），甘谷县姜维武术学校（张伟），甘谷县磐安薪源

燃气站（魏启明、魏宝森），甘谷县磐安镇元泰和信息部（杨虎平），甘谷县磐安新世纪陶砖商行（杨勇），甘谷县和天下酒店（杨卫军），甘谷县大庄化肥农资责任有限公司（马仁成、马恒），甘谷县磐安新达农副产品包装有限公司（彭弟娃），武山县洛门三品天下火锅城（裴志强），甘谷县磐安镇泽润果业合作社（祁兵），甘谷县磐安本草堂（张恒刚），以及马龙娃、杨天善、朱福义、张福寿、令西全、释觉成、杜继子、刘卫甲等友好人士，在这里我一并表示衷心的感谢。

引 子

姜克生

"人之初、性本善、当仁者、忠孝廉、天下事、和为贵、贤达者、德为先。"这是对我的祖先姜维大将军一生的真实写照与形象概括。

元末明初大文学家罗贯中所著历史章回小说——《三国演义》一书几乎家喻户晓，人人皆知。尤其作为三国名将诸葛亮的继承人、蜀汉大将军平襄候姜维后裔的我，更是把朋友曾送给我的一本《三国演义》的书如获至宝，爱不释手，走路读，吃饭读，睡前更是要读，几乎将其背了下来。纵观全书不难看出作者煞费苦心、巧妙构思、挥毫笔锋看似满篇战争风云，到处杀气腾腾，可实为渴望和平，故则以战促和，以斗求和的中心思想立于笔端，为了人类和平的美好愿望，跃然纸上，从全书的表象上看，魏、蜀、吴三国为争权夺利长期互相厮杀、互相打斗，但最终目的还是为实现一个和字。历史上人类为了实现和平频频发动战争，不惜流血牺牲，几代人甚至几十代人不懈的努力奋斗，刻苦拼搏。然而最后代表人民的一方终究要取得彻底胜利，将实现人类永久和平。这是不以人的意志为转移的大趋势，也就是人民所向往的太平盛世。

罗贯中当时描述蜀国主公刘备，代表大汉正宗，维护天下一统。其丞相诸葛亮则是谋求和平的典型代表人物，而蜀汉大将军，诸葛亮的继承人姜维更是实现这一和平大业的忠实践行者和引领者，这同时也体现了墨子"非汝兼爱"的思想。

可令人感到十分遗憾的是，蜀汉后期实际上的军权掌握者，唯一

支撑社稷危局的大将军姜维，前半生的成长经历和儿时的悲惨境遇且无从谈起，是一个空白。这就好比一棵参天大树有其身而无其根，岂不成了笑柄。人们常说"有其母必有其子"，三国名将姜维小时候就是因为有母亲的教养、师父的教诲加之本人的刻苦努力、习文练武，长大后成为文韬武略、智勇双全且仁义至孝、为民请命、忠君爱国、乐善助人、满腔热血、驰骋疆场、保国杀敌的蜀汉大将军平襄侯。他的身世及少年时期的成长经历，着实与常人不同，有太多的传奇故事和惊人之处，可惜以前无人考证研究。

今令人庆幸的是邑人魏润民先生想常人所不敢想，做常人所不敢做，默默干了一件着实令甘谷人骄傲、令姜维故里人自豪的好事。据本人了解，他为了写好《少年姜维》这部长篇小说，先后六上姜家庄，采访姜维后裔，搜集有关资料，整理民间传说，闭门伏案创作五载，修稿十次，现即将出版发行。这是生活在姜维故里人的一件喜事，弘扬中华传统文化的一件盛事，启迪和教育现代少年儿童从小德智体全面发展、健康成长的正能量。

魏润民先生对我的祖先姜维前半生的成长经历和少年时代发生在他身上的许多传奇故事，真可谓描写得栩栩如生、淋漓尽致，尤其是对姜维小时候与母亲相依为命，艰难度日，过着世人难以想象的悲惨生活的极端困境，写得更为真实可信、生动感人，犹如他本人身临其境，亲身经历一般，如书中的第九回（姜维孝母），第十回（夜半哭声），第十一回（洞中夜话），使人读了不由地伤感辛酸、感人肺腑、催人泪下。当看到《少年姜维》第八稿时，更感到《少年姜维》最大的现实意义在于以姜母为榜样，如何从严教育孩子们勤奋学习、热爱劳动、尊敬师长、孝敬父母、嫉恶扬善、忠于祖国、忠于人民。俗话说得好，祖国的未来是少年，少年的成长靠教育。而少年兴则祖国兴，少年强则祖国强，因而通过阅读魏润民先生的《少年姜维》一书，对我震动很大，启发不小。我感到现在要进一步加强生活在当今盛世、成长在优越环境下过着幸福生活的青少年儿童的道德规范和思想品质教育。确实要传承中华上下五千年人类文明阶段中的传统文化，使少年儿童在德、智、体、能几方面全面发展，健康成长，首先应该是思想健康成长，精神文明向上，心灵美好从善，其次才是知识本领增长。应努力把他们真正培养成有道德、有理想、有文化、有作为的新时代中国特色社会主义的跨世纪人才，这才是国之根本所在。因此可以说长篇小说《少年姜维》是一部教育青少年儿童健康成长的教科书、样板书、座右铭，很值得一读。

山光扑面因新雨，江水回头欲晚潮。本人在兴奋之余随笔写了一段点赞文字就作为引子吧。愿润民先生继续发挥余热为中国传统文化添砖加瓦，再创佳作，为发展和繁荣新时代中国特色社会主义文化事业做出贡献。

2018 年 11 月 18 日

（姜克生，姜维第六十二代后裔，现为世界姜姓宗亲联谊总会执行会长，全国百强优秀企业家）

序（一）

严光星

回顾人类走过的漫漫长路就会发现：许多圣人、伟人与奇人一生最壮丽的生命诗篇，大多有非凡的少年时代与传奇故事。人类发展史就蕴含着一部鲜活的人生成长史。尤其在当今和未来的人类走向中，关注少年景象与教育少年成长，仍然是构建人类命运共同体的重大社会课题。甘肃作家与画家魏润民先生新著《少年姜维》一书，正是顺应人类历史大背景的正能量艺术作品，是挖掘古奇少年与教育当代少年的可读性新作，也为我们搞好新时代文艺创作提供了鲜活有趣的感悟与启迪。

三年前，我应邀担任了甘肃铁笼山旅游区与甘谷县姜维故里旅游区的总策划，开始对姜维现象进行比较系统的关注与研究，实地考察了姜维经历的古战场和姜维故乡的风土人情，接触了许多研究姜维人生的专家和姜家后裔，拜读了庞波先生、李春先生、金波先生等人的文学作品，积累了几百万字的文史资料。一年多后，我与他人合作创编了电影文学剧本《三国战将姜维》。在这期间，我有幸认识了魏润民先生，拜读了他的影视剧本《少年姜维》，深受启发。他在此基础上写出了长篇小说《少年姜维》。我对他爱国爱乡，敬贤尚德，弘扬本土优秀传统文化的奋斗精神深表敬佩，对他善于讲好姜维少年故事的才情诚表赞赏。

三国时代的姜维，是诸葛亮的传承人，蜀汉大将军，古冀文明的历史先贤，文武忠孝的优秀代表，文武双全的一代名将，富有传奇的姜家先祖。其外表潇洒英俊，其美德感天动地，其美魂流传千古。尽管他不是一个十全十美的圣人，但他是值得大写的中国奇人。他一生中主要有 36 个故事：少孤侍母，发愤苦读，志存高远，闻鸡起舞，锋芒初试，伯乐识马，夜奔冀城，良禽择木，春风得意，母子团圆，大败曹真，恪守孝道，辅佐丞相，勤于职守，受命危难，伯约走蜀，忠公体国，连战告捷，亲贤远小，受挫段谷，文韬武略，铁笼大战，怀柔羌人，秦川大捷，能征善战，事修房兴，备水一战，淡泊明志，引咎自责，智斗邓艾，避祸沓中，剑关不降，日月未明，降会国兴，悲壮殉节，魂归故里。但很少有人把这些小故事讲成有趣的大故事。魏润民先生敏锐地捕捉到了这一点，使自己努力成为讲好少年姜维大故事的第一人。为此，他付出了极大的代价。他不是专业创作，又进入花甲之年，承载着家庭重担，面对着出书难现实，勇立远志，迎难而上，跋山涉水搜集资料，遍访名家寻求指导，呕心沥血加夜创作，十易其稿力求精彩。他把自己的情感全部融入小说，把自己的阅历打磨成一把雕刻刀，全心全意地刻画少年姜维。他并没有局限于少年姜维的历史形像，而是将少年姜维的历史形象、民间形象和文学形象合三为一，因而使小说既朴实可信，又有传奇色彩。尤其是写少年姜维和母亲的故事，催人泪下，感人肺腑，引人深思，教人尚德。也有人对他写少年姜维与老虎的故事表示惊奇，并问我，这个故事是不是讲得太夸张？我认为，他是写小说，并非写史志，适当的夸张与浪漫是符合文学的创作之道。他在谋篇布局与写作手法上又进行大胆探索，将诗歌的意境美，散文的文采美，影视剧的布局美，小品的语言幽默美，绘画的色彩美等美的元素，力糅小说创作之中；使自己的作品焕发出美好形象，美丽品德，美妙人生，美韵故事的色彩。他第一次试着写长篇小说，难免有创作的局限性，作品中也许有不完美之处，这都是可以理解的。最宝贵的是他的创作精神与一片心意。他把他的心交给了姜维，也把少年姜维的心交给了读者。让人们从少年姜维的亮丽特质中，去感悟这样一个道理：一个比较完整并追求完美人生的人，特别需要度好少年时代。一个人的一生就像大西北的一棵沙枣树，根正则树身美，苗好则花果香。沙枣树的完美，就在于它有扎根大漠，顽强成长，抗旱迎风，果实花香的奋发精神与阳光特质。同时，通过少年姜维的成长，还要深刻认识和特别珍惜中国优秀传统文化。魏润民先生笔下的少年姜维的成长，得益于母爱，师教，亲助，友帮，也来自于书润，墨染，武练，探险。而这一切的背后都蕴含着中华民族优秀文化的滋养。这也启示我们，要让我们现在的孩子上好中华民族的大文化课。现在上学的孩子，需要学堂里的好分数，也需要社会与家庭中的好成绩。综观少年姜维的传奇人生，真正做到了"五好"：读书是个好学生，练功是个好徒弟，敬老是个好孝子，助人是个好帮手，生活是个好孩子。这也是魏润民先生的创作动机：他多么祈望在我们身边出现更多更好的"小姜维"继续去实现先辈们"少年强则中国强，少年兴则中国兴"的美好理想。

魏润民先生的创作经历，还为我们搞好文学创作提供了比较有特点的启示。他1954年出生在甘谷县磐安镇，中共党员，大学学历，16岁参军，转业后历任矿宣传科副科长，县委宣传部副部长、乡长、县国土资源局书记等。不论环境与职位怎样变化，但不变的是一颗酷爱文学的心灵。他在部队里编板报，在地方上写话剧，还编写过《煤海新歌》《英灵惊雷》《惊梦奇圆》《大顺风云》《共和国忠魂》《远山的呼唤》《山花烂漫》《少年姜维》等影视剧本。同时，还有获奖绘画作品。现为省作协、美协会员，甘肃画院特聘画师。他之所以能在较短的时间写好《少年姜维》这部书，有其高尚的追求，丰富的阅历和扎实的功底。但引起我认真思考的是他的创作方法。这也许是他无意中所为，但值得我们借鉴。他写小说前，先搜集民间故事，构建了一个原生态的"姜维人生仓库"。然后，再写影视剧，强化谋篇布局与戏剧性冲突。同时，进行绘画，加强意境的放射力和视觉冲击波，然后再进入小说创作。这就使小说有了其他艺术品类的功能铺垫与合理融会，提升了创作进度与质量。同时，他又采用了"通百精一"的思维方法，紧紧抓住少年姜维这一闪光点，尝试多类品种创作，最后归结为最适合自己特点又融入社会需求点的艺术创作。这就像一个面食厨师一样，只有真正琢磨透各种面食厨艺，才能更好地做出自己最拿手的一种面食。兰州拉面很出名，深受国内外食客喜爱，就在于本色显著，特色鲜明，做法简单，口味鲜美，蕴含了多种面食厨艺与饮食文化，魏润民先生悟其真谛而著书，在"通百精一"的思维实践中做了有益探索。此外，他以一个老年人的阅历来写少年故事，不仅使自己的心还老为童，而且也给读者带来了特殊的阅读情趣。这种"老少牵手行"的创作思维方法也值得我们去研究。据魏润民先生讲，他通过写少年姜维，改变了自己的心态，领悟了更多的人生之道。这又启示我们：上了年龄的人，多跟童心打交道。老年人的心，就像是一条长长的河流，能与那些清澈的山泉，美好的湖水相融合，多一些纯度与亮色，会使我们的心河更绵长壮美。从这个意义上讲，类似《少年姜维》这样的好书，少年要多读，青年要研读，老年要细读，从中读出少年的人生真谛：像鲜花一样盛放，像山泉一样清澈，像雄鹰一样飞翔，像晨星一样闪亮。

2018 年 11 月 6 日夜于银川杞子阁

（严光星，宁夏银川人，国家一级专业作家，中国新"武侠小说创始人"，中国新时期乡土文学代表作家之一，曾发表《高原的旋风》《沙湖公主》等 30 多部长篇小说和多部电影电视文学剧本，获国家多项奖励）

序（二）

润民同志的大作小说《少年姜维》即将问世，对他为此而付出的辛勤劳动表示崇高的敬意！他从构思创作、搜集资料、调查了解、采访动笔，都下了很大的功夫和心血，尤其对地方历史名人姜维的敬仰和崇拜也到了令人十分敬佩进而感动之境地。

他邀请我给他的小说《少年姜维》写序，我感到压力很大，唯恐理论水平有限，文字功底不厚，很难写好，可当我阅看了他送来的第八稿时，我觉得写得不错，感动了我，因而我就应允了他的请求，连夜写了这个不成文的序，来谈点我的体会和看法。

《少年姜维》内容丰富，情节曲折，故事生动，语言精练，是一本可以激励人们向上向善、孝老爱亲、忠于祖国、忠于人民的好作品。

习近平同志在党的十九大报告中提出，要坚定文化自信，推动社会主义文化繁荣兴盛。《少年姜维》小说为人民群众提供了一份精神食粮，为弘扬中华传统文化、为发展新时代中国特色社会主义文化事业做出了努力和贡献。小说《少年姜维》可以说作者煞费苦心，构思巧妙，思路敏捷，灵感泉涌，妙用笔锋，精雕细刻，着力塑造了姜维在少年时期生龙活虎、有血有肉的人物形象，使人读了后感觉到少年时代的姜维活泼可爱、可亲可敬，尤其在家境极其贫寒的逆境中，他仍然坚持习文练武，孝敬母亲，操持家务，助人为乐，积德行善，所有这些都为他后来成为三国名将、蜀汉大将军、诸葛亮的接班人，奠定了一定的基础。俗话说"根深才能树壮，蒂固才能叶茂"，就拿我们现在修建楼房来说，只有扎牢了地基打好了基础，才能修更高层的楼房，质量才能过关，一个人也是如此，只有他从小各样优秀，后来的发展一定错不了。常言道："少小不努力，老大徒伤悲。"这里我就联想到家乡老人常教育孩子的一句朴实而很有哲理的老话，那就是："孩子从小不吃苦，长大肯定没出息。"因此，读了《少年姜维》这本书后，悟出了一个道理，就是千万不能忽视孩子的健康成长，"德、智、体"全面发展这个问题。

更为有意义的是，《少年姜维》填补了历史古典小说三国演义中蜀国大将军姜维从出生到青少年时期的成长道路，和许多发生在姜维身上的鲜为人知的传奇故事。

例如：书中第二章第五回"姜维孝母"中写道，七岁的小姜维为了给母亲医治劳疾，按照王先生的秘方，结果治好了他母亲的顽疾。又如第四章第十四回"灵虫报恩"一节中写道，正在练武中的姜维看到师弟王勇不小心失足掉下山崖，他不顾自己安危，急忙舍身相救，不幸掉下山崖，未想到一只他曾经抚养过的老虎救了他一命。这一节我看后着实感人，就连有灵性的动物也懂得感恩回报，何况人呢，同时也体现了姜维仁爱至深的高贵品质。所有这些书中的情节都显现了姜维少年时代做人做事的风格和闪光点。也正是值得成长在当今盛世、生活在现代优越环境中过着幸福美好生活的孩子们学习和效仿的正能量。

还值得一提的是书中写道：冀县渭水峪峡谷发生山贼抢劫外地商人财物一案，冀县县令杨雄立即派出姜维等一队人马前去剿匪，夺回了财物，归还商人。后姜维建议设立冀县护商队来保护往来商人的财物和人身安全，我认为这一节写得很好，作品反映出冀县从汉朝起就有了丝绸之路的通道，恰巧就是如今的渭水峪峡谷一带（陇海线），可想而知，从一千八百多年以前的三国时，历代官府就相当重视丝绸之路的保护与发展，而如今的甘谷县各界政府领导班子更加注重狠抓了本县的地理优势"一带一路"建设，促进文化、经济、旅游业的全面发展，造福于当地人民，从这一点上讲《少年姜维》这本小说的问世为我们提供了有价值的历史资料，有一定的现实意义。

阳春白雪，和着盖裹。总之，魏润民同志的小说《少年姜维》是一本描写和反映当地历史名人姜维少年时期故事的好作品，值得阅读和点赞，望润民同志再接再厉，再创佳作。

张臣刚

2017年10月20日晚

（张臣刚，甘肃甘谷人，曾任甘肃省军区副司令员，少将军衔）

序 (三)

王正强

20 世纪 80 年代以来，随着人们对地理人文空间因素的日益重视，我国人文社会科学学术领域出现了区域化研究的趋势。特别是新世纪以来，各个地区乃之县乡村镇，围绕当地丰厚的人文资源，从文化学、人类学、政治学、经济学、社会学等不同角度展开挖掘整理、深入研讨，并在赋予其时代精神和寻求同当地经济建设、政治建设和文化建设相结合方面作出积极贡献。由此推出了一批具有一定影响力的作品和作者。魏润民先生创作的小说《少年姜维》便是其中之一。

魏润民，甘谷县磐安镇人。参过军，转业于靖远煤矿，后调武山县工作，曾发表不少文学作品。退休后，出于社会责任感的萌发与自觉担当精神，致力于家乡文化的搜集与整理。近年来，又将精力集中在姜维文化的发掘和研究之上，终于写成这本 15 万字的小说《少年姜维》，其精神可喜可贺。

姜维，字伯约，公元 202 年生，264 年卒，天水冀县（今甘肃甘谷姜家庄）人。三国蜀汉名将，官至大将军。幼居原籍故里，练武习文，耕读奉母。其父姜囧曾是天水郡功曹。时逢羌、戎叛乱，姜囧挺身护卫郡守，死在战场，朝廷为表彰忠良，授赐官于其子姜维为中郎，天水郡参军。因其自幼崇尚儒家大师郑玄学说，得诸葛亮赏识重用。孔明死后，开始独掌军权，秉承诸葛亮未尽之事业，继续率领蜀汉军队北伐曹魏。司马昭五道伐蜀，蜀主刘禅不战而降。姜维欲利用钟会反叛曹魏而图复兴蜀汉，最终因失败被魏军所杀。润民先生则略疆场之勇谋，书少年之英才，通过鲜为人知的全新视角，使姜维的形象更加丰满，内涵更加深沉，并以通俗而抒情的文笔为大家讲好家乡故事。因此，我喜欢这本书，也相信读者会更喜欢这本书。

是为序！

2018 年 11 月 2 日于兰州

（王正强，甘肃省甘谷县磐安镇人，曾任甘肃省广播电视台文艺部主任，现为甘肃省戏剧家协会名誉主席）

目 录

第四章　赌博汉杀人焚尸　王师爷巧破凶案

第五章　西禅寺山高路远　为习武双腿跑断

第六章　遇庞德联手杀贼　水帘洞姜维救庙

第七章　救师弟姜维落难　危急时灵虫报恩

第八章　雨夜山间遇奇人　寺观老道点迷津

第九章　少年立下报国志　姜维单骑会群英

第十章　姜维卖布贼窃去　路遇银环婚缘来

第十一章　摆擂台威震天下　大比武冀县招兵

第十二章 伤心事姜母又提 踏征程姜维意决

第十三章 军民齐心守冀城 姜维请缨战羌胡

第十四章 王允巧施美人计 貂蝉舍身报国仇

第十五章　寻恩师肝肠哭断　念师恩刻骨铭心

第十六章　战赵云威武神勇　布奇阵诸葛失魂

第十七章　遇劲敌兵临城下　保天水姜维施策

第十八章　孔明巧施离间计　姜维身陷天水关

第一章

逢乱世多灾罹难　生伯约喜降甘霖

第一回　天怒人怨

话说在公元一千八百多年前东汉末期，汉少帝刘辩昏庸无能，宦官曹节专权，把持朝政，朝纲不振，朝政腐败，诸侯割据，横征暴敛，强盗山贼横行乡里，四处杀人放火，闹得人间鸡犬不宁、民怨沸腾。更为悲惨的是天灾频发，人祸不断。战乱一场接着一场而来，京城洛阳成了造反者夺取的中心目标。洛阳位于黄河中下游南岸的伊洛盆地中，洛水、伊水、廖水和间水四条河流，蜿蜒其间。纵横流贯，使其雨量适中，物产富饶，夏无酷暑，冬无严寒。再加上它东面有虎牢关，可供扼守；西面有幽谷关，可做屏障；南面有嵩山和伊阙，当其门户；北面有邙山和黄河为依托，进可攻，退可守。得天独厚的气候条件和地理环境使洛阳成为历代帝王建都和居住的理想之处，也当然就成了兵家必夺之地。

建宁四年二月，洛阳发生地震，天塌地陷，城内大片的房屋倒塌，百姓被砸，一片废墟，死伤者无数，血流成河，地裂大口，黑水喷出丈余。后海啸发生，海水泛滥，沿海渔民尽被大浪卷入海中，淹死者无数。秋七月，中原一带蝗虫（又称天虫）蔓延，灾情涉及三省六十二县，只见漫天遍野"嗡嗡"飞来，不咬人，只吃粮食，它落到庄稼地里，将已成熟的庄稼吃得一干二净，当地百姓苦不堪言。不久旱灾袭来，西北地区尤为严重，广大饥民流离失所，逃荒讨饭，荒野外尸体如山，白骨堆堆。天灾人祸导致天下人心混乱，盗贼山匪乘机闻风而起。

这时有巨鹿郡人氏张角、张宝、张梁三兄弟，以张角自称"天公将军"、张宝自称"地公将军"、张梁自称"人公将军"盘踞于巨鹿一带，张角领头，组织逃亡难民四十多万，头裹黄巾，手拿兵器，打着替天行道的旗号，鼓动人心，进犯中原京都洛阳。

黄巾军声势浩大，气焰嚣张，他们一路夺关破城，烧杀抢掠，各地官军闻风丧胆，纷纷而逃，根本无法阻挡。黄巾军兵分八路，昼夜

兼程，进攻洛阳，只见漫山遍野一片黄色，杆杆刀枪在阳光的反射下闪着银光，战火硝烟铺天盖地而来，有些地方百姓躲闪不及，被黄巾军马队踏死踏伤者无数。贼军猖狂进犯，势如破竹，犹如入无人之境，为首的黄巾军头领张角的先头军队已逼近洛阳郊区。

京城洛阳危在旦夕，汉少帝刘辩忙召集满朝文武百官上殿议事，商讨御敌之策，有大臣提出立即向全国发布征讨黄巾军榜文，招募兵勇家丁，一时间各路英雄豪杰、仁人志士、江湖好汉、民间武夫纷纷前来揭榜响应从军。这一日，涿县贩卖草鞋的青年刘备（字玄德）上前揭了榜文，决意从军，征讨黄巾叛军，为国建功立业。同时前来从军的有黑脸大汉张飞（字翼德），长须红脸关羽（字云长），他三人当下在一片桃花林深处结拜为兄弟，共闯天下。

且说，甘肃南安（今陇西县）人士董卓（原名董豹）因与其师抢夺兵书，却连伤两人性命，后不敢停留，化装潜逃，他一路东行，时逢黄巾军进犯洛阳，便从军于幽州太守刘全部下为统领，与军士们一起斩杀黄巾贼军。董卓身怀绝技，武功高强，且身壮如牛，又练得一手银蛇长矛枪法（方乾机），这董卓好生厉害，因消灭黄巾军有功，又买通了"十常侍"为己进言，被朝廷封为河州太守（五品官级），上任不久路遇少帝刘辩逃难，遂护驾进京。后闻朝廷宦官曹节弄权把持朝政，董卓当即斩杀了宦官曹节，少汉帝被废为弘农王，扶幼小的陈留王刘协继位，为汉献帝，改元建安，并自封太师，独揽朝中大权，后原形毕露，残忍歹毒之本性未改，为所欲为，草菅人命，滥杀无辜，又派人挑选全国美女，为自己大造太师府，竟花费国库黄金三千八百多万两，白银六万三千万两。挑唆天下虎将吕布杀死他的义父，收吕布为义子。从此，满朝文武皆在他的掌控之中，就连小皇帝刘协也在他的控制之下，整个朝廷之上人人自危，从此朝纲不振，乌烟瘴气，满朝文武敢怒而不敢言。就在此时，有南方英雄曹操、北方豪杰袁绍、中原义士王允密谋联合伐董。"桃园三结义"刘关张三兄弟也随即从军征讨董贼，董卓连忙派义子吕布迎敌。于是乎，新一轮战火又起，神州大地，烈焰滚滚，霎时间，无数颗无辜的人头纷纷落地，黎民百姓更加苦不堪言，怨声载道，乌云遮天。

这正是：

> 朝纲无目又无纪，
> 盗贼横行战火起。
> 时逢天灾祸百姓，
> 大汉江山气数尽。

欲知姜家庄究竟发生了甚事，请看下回分解。

第二回 伯约出世

且说公元202年八月甘肃大旱，地里庄稼颗粒无收，渭河干枯，地裂叶卷，当地百姓拖儿带女，流离失所，逃荒要饭，饿殍遍地，白骨堆山，真是一片凄凉悲惨之景象。旱情尤为严重的是天水一带，我们的故事便从这里开始。

冀县（今甘谷县）历史悠久，崇文尚武，重教兴学，物产丰富，物华天宝，是中华民族和华夏文明的重要发祥地之一，有着近二千八百年的人文历史。早在秦武公十年（公元前688年）就已建县，是我华夏儿女繁衍生息的历史文化名城，这里人杰地灵，水香土好，景色宜人，是一个不可多得的风水宝地，人文始祖伏羲就诞生在冀县朱圉山古风台太昊山上，人类圣贤孔子七十二弟子之一的石作蜀先生也诞生在渭川一带，冀县的一方水土孕育着一代又一代英雄健儿，驰骋疆场保家卫国，为国争光，建功立业。这里，群英荟萃，人才辈出，自古乃藏龙卧虎之地，文明风昌之乡。

坐落在甘肃冀县城东南的姜家庄是一个背靠南山、脚蹬平川、一条渭河波涛滚滚、沿川而下的老庄，庄里居住着一百多户以姜姓为主的人家。这里的人们大多数以务农为主，日出而耕，日落而息，靠天吃饭。八月，旱象严重，庄稼颗粒无收，渭河断流，井水干枯。在八月十四日这一天，姜家庄的父老乡亲们三五成群，纷纷进庙烧香拜佛求雨。庙门外荒野地有一群乌鸦飞到死人身上，撕揪人肉，竞相啄食。旁边野狗三五成群抢啃死骨，庄稼地里裂开大缝，满地青蛙张着大嘴、睁着圆眼到处奔跳，饥渴难熬，"哇哇"地满地大叫，树上蚂蚱到处飞舞"吱吱"乱叫。庄东头龙王庙内只见母女俩跪在龙王爷脚下边磕头边祷告说："龙王爷您老人家赶快显灵吧！我姜家庄一年没有见雨了，您可不能眼睁睁把人都渴死呀！"另一位老汉跪倒说："龙王爷您行行好，给地上打个喷嚏吧，我老汉求您了。"说罢，头像捣蒜似的不停地瞌着。接着满庙堂男女老少齐声央求说："龙王爷显显灵，老天爷发发慈悲吧！给我们下点雨吧！"

当日后夜三更时分，姜家庄半山腰的窑洞内姜囧坐在妻子柴氏（冀县柴家庄人氏，其父柴文进为冀县谕吏，柴家书乡门弟，柴玉莲从小受到家庭的影响，通情达理、聪明伶俐、泼辣贤淑。并喜爱学习、读书、练拳、耍棒，套路略知一二）身边垂头丧气，柴氏肚子疼得直叫，嘴里不住地喊道："我渴，给我一口水吧！"姜囧急忙起身拿碗去水缸里舀水，只听缸底"昂昂"直响，旁边接生婆束手无策，围着坑头满窑洞乱转，嘴里不住地说道："老天爷这可怎么办呢？没水喝，真要人的命呢。大妹子忍着点，努，狠劲努。"就在这时，"哇"的一声，一个婴儿落地。突然，天空"咔咔"两声刺耳的雷响，一道电闪划过夜空。紧接着大雨瓢泼，不断线的雨水，打在洞旁来回乱转的姜囧身上，他急忙扬头张嘴大口大口地喝着雨水，而后，赶紧进洞拿着一个瓦盆跑到外面接水，嘴里大喊："生下了，下雨了，老天爷保佑了！"说着赶紧端着雨水进洞，扳起妻子的头就往嘴里灌，接生婆急忙夺过瓦盆生气地说："不能，月婆子不能喝生水，不然会生病的！来，我烧去。"说着高兴地跑到洞外的灶头上生火烧起雨水来。姜囧急忙抱起婴儿亲了一下笑着说："噢，还是个男孩呢，我们姜家有后了！"妻子眼上露出了笑容。兴奋地说："夫君，你就给孩子起个名字吧。"姜囧寻思了一会儿，笑着说："此娃就叫伯约吧！"

这时山下庄里的男女老少纷纷翻身起床，光着膀子跳下炕，奔到院里，欢呼跳跃，有的双手朝天，扬着头一个劲地喝着雨水，有的拿着瓦盆接雨水，嘴里不住地仰天大喊："老天爷下雨了，龙王爷显灵了。"这时，忽然有一庄间老妇披头散发，独自一人冒着大雨，挟着香表盒，深一脚浅一步地跑到庄东头龙王庙里还愿，进门后还未烧香，脚下一滑摔倒在地，头碰到龙柱上，昏了过去。昏迷中：老妇梦见龙王爷说："姜家大嫂，老龙我愧对一庄父老乡亲，前几日，我上天向玉皇大帝要雨，玉皇大帝不但不给，还把我骂了一顿说：'龙王休得再言，今下界乌云笼罩，人间杀气腾腾，汉朝江山不保，无雨、无雨，

若要有雨，除非你庄上有贵人降临，你快快下凡去吧！'老龙我只好空手而归，突然一股冷气刮来，我打了一个寒战，掐指一算，果然你庄上今夜有贵人出世，玉皇大帝一高兴还给他送了一件礼物，那就是甘霖，这一老妇你要谢就谢那婴儿去吧！"又一阵冷风过后，这老妇从地上爬起失去了记忆，她一夜没有回家，到处跳着大喊大叫："下雨了，贵人出世了，神……"老妇突然脚下一滑摔倒在地，滚了一身泥，爬起后到处乱转，见人就说，逢人就讲，从此成了疯婆。

次日早晨，庄间人们奔走相告，议论纷纷，这个说："听说昨夜山上窑洞里姜家生了一个男孩，是贵人出世。"那个道："这孩子生下后，感动了苍天，降临甘雨，是神仙下凡，这下我们可有好日子过了。"这时姜囧去外庄干活，下山恰巧路过此处，听到人们议论后深感不安，忙上前解释道："王老爹您老可不敢这么说话，伯约这娃生下时正赶上老天爷打雷下雨，这只是巧合罢了，哪有什么贵人出世、神仙下凡之事。"然后双手一拱，向众人作揖道："诸位父老乡亲，以后再不要说这吓人的话了……我姜囧在这儿有礼了！"这时人们互相张望，不好意思地散了。

这正是：

> 伯约出世天作美，
>
> 龙王显灵降甘霖。
>
> 恩泽黎民德无量，
>
> 父老乡亲笑颜开。

欲知姜囧后来做出甚事，请看下回分解。

第三回　姜囧从军

　　且说，自伯约出生后两年内，姜囧夫妇又相继生下一女一子，家里又添了人口，日子过得越发紧巴巴的。姜囧白天给临近庄上的东家打工干活，晚上回家时带一点东家吃剩的馍馍让柴氏和小伯约吃。年底，东家才开点工钱，姜囧用以维持一家五口人的生活，家庭生活艰难的压力像一副千斤重担压得姜囧喘不过气来。每当夜深人静时，毫无睡意的姜囧一个人偷偷地流着眼泪，还不时地唉声叹气。这一日后夜时分，姜囧翻来覆去，实在睡不着觉，他越想越麻烦，越想越生气，父亲没有给家里留下一寸地（父亲说公元176年九月，姜家庄一连下了三天三夜的暴雨，庄后的山洪爆发，洪水从麻婆岭下南面山沟里冲了出来，当时就淹没了庄前自家的一亩半水地，等大雨过后，父亲和爷爷前去垧滩整地时地早被地邻占为己有），往后的日子该怎么办呢？思前想后之下他一个人便悄悄自语道："唉，我姜囧实在无能，枉为男人，空有一身力气，竟连自己的老婆孩子都养活不起……怪不得老丈人一直不愿意将女儿柴玉莲嫁与我为妻，嫌我家太穷，唉，这世道穷人难活呀……反正明日张家庄上，我是不想去了，那东家张老太爷见我在他家干活后多吃了半碗饭，就当着我的面摔碟子绊碗的，给我难堪，还沾了我一身的饭渣，嘴里骂着说：'你这个姜家庄的穷娃，一天干不了多少活，饭吃得倒很多，像你这么吃，早晚就把我家给吃穷了。'更可恨的是还牵过来他家的一条大黑狗，舔吃地上被他洒掉的饭渣，大声骂道：'你这个好吃懒动弹的死狗，去，滚过去。'这老头骂罢还朝狗恶狠狠地踢了一脚，背着手走了。"姜囧揉了揉含着泪水的眼睛，抬起头嘴里"突突"地向地下唾了两下接着说，"世上还有这么凶恶可憎、昧着良心干事的老汉，根本不把穷人当人看，唉，怎么办？……老天爷，我就不信你不给我姜囧一点生存的门路……"说完沉思片刻后，他忽的一下坐起，大声说："对，我要当兵吃皇粮去。"

　　妻子柴氏从梦中听到有人说要当兵去，一下子惊醒，她睁开眼睛

抬起头一看丈夫坐在那儿发愣。"娃他爹，我刚才在梦里听你说你要当兵去，这是真的吗？"柴氏披了件衣服，坐起后焦急地问姜冏。

"是，我要当兵去……听说军队上不但自己能吃饱肚子，而且还有饷银拿回家。"姜冏心里有了指望。

"娃他爹，你是听谁说的？"柴氏睁大眼睛紧追一句。

姜冏看了一眼旁边坐着的妻子，突然兴奋地说："真的，庄里人都这么说，这不，庄东头姜二娃也想当兵去，他今日就走……娃他娘，我看这是咱姜家唯一的一条出路，也许，在军队里还能闯出点什么名堂来。反正我去了后，每年能给你带点饷银来，养活你们娘儿三个不在话下。"

柴氏听罢双手紧紧地握住丈夫的手，难舍地说："娃他爹，这能行吗？……听说军队上经常打仗，经常有死人的事发生。不，就是全家人饿死，我也不想让你去当兵送命。"柴氏激动地说罢，一下子扑过来紧紧一抱住丈夫姜冏，脸上两行泪水滚了下来。

姜冏用双手擦干妻子脸上的眼泪后，一把推开妻子，坚决地说："这死人的事谁也估不住，就是不出门，躺在炕上，也有得病死亡的时候，娃他娘，没有事，你就放心吧，我在军队里会照顾好自己的……你就在家里照看好三个孩子吧。"此时，庄里的鸡公"咕咕，咕咕"地叫了两声。"天亮了，娃他娘，你下炕给我烙点高粱面馍馍，我路上吃。"姜冏说着三下两下穿好衣服，下炕拾掇去了。

妻子柴氏将信将疑、留恋不舍地烙好了馍馍，给丈夫包上，这时，睡在炕上的小伯约听见大人的说话声，用一双小手揉了揉眼睛，一看，爹爹不见了，赶忙跳下炕，到处寻找。一会儿姜冏从洞外进来正好碰上儿子小伯约，小伯约双手抱住爹爹的大腿，哭着说："爹爹，我不让你走……你和我娘说的话儿全听到了。"

姜冏一下子双手将小伯约举到空中，反复两下，而后放下说："乖孩子，爹爹去军队里当兵是挣饷银去的，爹爹回来时给你买好多好多好吃的和好玩的，听话。"

　　"爹爹，我不吃好吃的，也不要好玩的，就要爹爹嘛。"小伯约哭着说，又一把拽住姜囧的胳膊，不住地摇着。这时，柴氏收拾好包袱，来到丈夫身边，双手递到丈夫手里，而后，一把将小伯约拉开，用手擦了一下小伯约脸上的泪水，声音沙哑地说："乖孩子，不要闹了，你爹去军队当兵，是为了给咱家挣钱用哩，不然你们三个长大了哪有钱上学。你爹倘若干好了，说不定还回来接咱娘儿四个，到那天水城里享福去呢。"说话间，姜囧早已背着包袱迈开步子就要下山去。他刚走了两步，又回过头来，跑进洞里，亲了一下正在熟睡的小女，"哎，娃他娘，这女子惹人喜爱，就叫她姜菇吧。"又用手抚摸了一下小儿子的头，将小儿子盖着的被子往上提了一下，跑出来到洞外又亲了一下在他娘身边哭泣的伯约。此时，忽然听见山下路边有人喊道："姜哥，我叫你来了，咱们早一点走吧，到天水关路还远着呢。"姜囧一听，他一起去天水关的伴儿叫他来了，便向妻子一挥手，头也没回地走了。

　　"娃他爹，回来，你还没给咱的小儿子取名字呢……别忘了到天水关给家里捎信来。"妻子柴氏喊着跑了两步，抬起手不住地挥着，伤心的泪水"唰"的一下又从眼眶里流了下来。而后，她扭过头抱着伯约跑进了洞里。

　　这正是：

> 吃苦操劳为生计，
> 养活家人实不易。
> 姜囧心如刀割绞，
> 寻找活路从军去。

　　欲知柴氏如何教姜维认字，请看下回分解。

第四回　姜母教子

　　且说，三岁的小伯约聪明伶俐、好学上进，深得母亲柴玉莲喜爱，每当空闲时就与他教字，让孩子拿着树枝在地上比划着学写生字，柴氏念一句"日月的日，大小的大，上下的上，来去的来"，小伯约跟着念一句，如此反复，并在地上反复练习写字，日子久了，小伯约在母亲教导下已经能背《三字经》了。

　　一日他在洞外，背着母亲教他的三字经："人之初，性本善，性相近，习相远……"一阵后又按照母亲要拳的样子立在那里伸拳踢腿，反复操练，这样一段时日小伯约渐渐学会了一些简单的生字，并已经会倒脚步了，柴氏甚是欣慰。她为了让伯约识得更多的字就想了一个办法，刮了一些锅底的黑墨，放到碗里倒上水搅溶，又拿了一块旧白布，让伯约在白布上学着写字。柴氏突然灵机一动，从小伯约手上接过棍子蘸了墨水在白布上公公正正地写了"姜维"两个字，兴奋地说："孩子，娘想了很久很久，庄间的孩子个个都有官名，娘也要为孩儿取一个官名，将来长大了上学也好用上这个官名。"

　　"娘，儿明白了，这官名是大人用的名字，我现在也有官名了，太好了，娘，这头一个字儿认得，是姜家人的姜，这第二个字叫什么呀？"小伯约难为情地说。

　　柴氏用手指着白布上的两个字，大声念道："姜维的姜，姜维的维。"

　　柴氏念一句，小伯约跟着念一句，这样反复数遍，直至姜维完全认熟了为止。

　　"哎，母亲你说这个维字是啥意思儿不明白？"

　　"这维就是维持的维，维护的维，就是能堪大任的意思。"

　　"哦，儿明白了，是儿长大了能当大官的意思。"

　　"差不多嘛，反正就是志向远大的意思……我也说不好，今后你就叫姜维吧。"

　　"娘，那我弟弟叫什么呀？"姜维天真地问。

　　柴氏突然记起了一件事，自语道："一年前娃他爹当兵临走时，我让他给小儿起一个名字，他都没来得及起就走了，如今已经一年光景了，临走时说好给家里捎信和捎饷银来的，可如今杳无音信可能是军队上忙吧，唉，不提这些。"柴氏又给小儿子起名，她沉思片刻后兴奋地说："有了，小弟就叫姜和吧。"

　　"娘，这和是啥意思？"

　　"这和嘛，就是和和气气，和和美美，一家人团聚、安享太平的意思。"

　　"哦，我叫姜维，妹妹叫姜菇，弟弟叫姜和，太好了，我和小弟的两个字合在一块就叫维和，娘，你怎么想出这么好的两个字来，儿真是高兴极了。"

　　"维儿，记住了，往后出门在外念书要叫官名姜维，在家里嘛就叫奶名伯约，还有呢，在庄里碰到老人就叫大伯，碰到老妇就叫大娘，碰到比你大的男孩就叫哥哥，比你大的女孩就叫姐姐，可不能不理人家啊，从小做人要有礼数。"

　　"娘，孩儿记住了。"姜维调皮地说。

　　"好了，娘要纺线织布了，维儿到外面练拳去吧。"

　　这时姜维在外面一边打拳，一边嘴里不住地念着《三字经》，"人之初，性本善，性相近，习相远……"

　　一天家里没有柴烧了，柴氏拿着柴刀和绳子准备进山打柴，刚要出门突然站立不稳，差一点摔倒。五岁的姜维一看，赶紧上前扶住着急地喊："娘，你怎么啦？"

　　"娘没事，就觉得头有点晕，上炕歇息歇息就好了。"

　　"娘，儿扶你上炕。"姜维说罢扶着母亲上了炕，盖好了被子又接着说，"娘歇着，儿去山上拾柴。"说着"唰"的一下跳下炕，拿起了柴刀和绳子，一溜烟上山拾柴去了。

　　"维儿，你回来，你还小呢，背不动柴火，娘不放心啊！"

　　"娘，儿能背得动，一阵就回来，你就歇着吧。"姜维临出门喊了

一句，早已不见了人影。

"这孩子……"柴氏苦笑着摇了摇头躺下睡了。

这时，邻庄觉皇寺的女人黄冬梅进得洞来，将自己带的一包礼物放在炕头上，凑到柴氏耳边轻声轻气地说："大妹子，按那日你我说好的，姐今日是来接你的二女儿姜菇的。"

正在睡着的柴氏听到有人推门进来，慢慢地抬起头坐起身，盯着来人。

"大妹子，你放心，这姜菇到了我家后，我把她和自己的孩子一样心疼呢。"

"大姐，我这小女今已两岁多了，就是在你家一天吃三顿饭，你们有啥她吃啥就行了，至于饭钱，等娃她爹回来了一块儿算……我可是说好的姜菇暂时是寄养在你家的，迟早等她爹回来就来接。"柴氏说着含着眼泪用手抚摸着正在熟睡的二女姜菇的头，摇醒了她。

"来，孩子，起来，跟大妈吃白面馍馍去，家里有你白大哥和你玩呢。"黄冬梅笑嘻嘻地说着一只手扯住姜菇的胳膊就要出门，而后干脆双手举起小姜菇抱在怀里迈出门槛。这时小姜菇一下子在黄冬梅的怀里哭着挣扎着大喊："娘，我不去。"

"傻孩子，你这是逃命去的呀，娘这样的身子骨能养活得了你们姊妹三个吗？……你黄大妈家里就白俊娃一个孩子，儿去了肯定吃得白白胖胖的，还让儿念书呢……乖孩子，等你爹从军队一回来了，有了钱就来接你。"柴氏说罢硬是一把推着黄冬梅走出洞去。她抹了一把眼泪进了洞，又上炕睡下了。

这正是：

> 生不逢时多坎坷，
> 穷人之家磨难多。
> 姜维从小就懂事，
> 五岁孩童有道德。

欲知姜维进山拾柴究竟发生了什么，请看下回分解。

第二章

从小不畏艰和险　敢替母亲挑重担

第五回　险象环生

今年的冬天来得格外早，不到十一月的天气，就下起了大雪，雪花随着刺骨的西北风漫天飞舞，一夜到亮，漫山遍野一片白色，一场大雪把进山的路全封死了，地面上铺了厚厚的一层，"家里没有柴做饭了，怎么办？"小姜维寻思着。他瞒着正在病中的母亲，轻轻地摸黑穿好衣服，不声不响地下炕，而后从灶头上的篮子里摸了一个高粱面馍馍，揣到怀里，又轻手轻脚地"吱呀"一声开了门。"我的娃，天还没亮，你开门干啥去？"柴氏听到门响声，睁开眼，抬起头，有气无力地问。

"娘，儿实在憋不住了，到外边撒尿去，你睡着吧，还早。"

"唉，我的这病啥时能好？都半年天气了，……喝了那么多的草药，咋就是不见好呢？唉，可怜这孩子了。"柴氏自言自语地吐了一句话后又睡着了。

且说，这姜维腰里缠着麻绳，别着柴刀，深一脚浅一步地一个人进山打柴了。这时东方的天际边，渐渐地出现了一片红光，片刻后，一轮很圆很圆的红日从远山徐徐升起，照亮了大地，太阳的光芒晒在人们身上带来了一丝暖意。姜维睁着一对圆眼，到处寻找着从老松树上掉下来的干柴棍棍，可哪里有柴啊，一场大雪把什么都埋住了，姜维在一棵树根下用手刨着雪花，寻找着干柴，一根一根地拾着，冰冷的雪冻僵了姜维的一双小手，他用口哈着热气来暖双手，双脚不停地在雪地里跳着，自语道："这拾不上柴，家里没柴做饭可怎么办？……娘会着急的。"而后他猛抬头，四下张望着一棵棵粗壮高大的松树，又不住地搓手跺脚。一阵后，他突然眼前一亮，看见一棵松树上有几根细干柴树枝。"啊，有柴了……这下娘不用操心了，我这就上树掰去。"于是，姜维双手抱住这棵松树往上爬，可怎么也爬不上去，他干脆把鞋脱掉，朝脚心抹了点唾沫，只见他几下就爬到干树枝跟前，一只手抱着树身，另一只手用力往下掰，只听"咔嚓，咔嚓"干树枝断了的声音，姜维高兴极了，他赶忙一根根地往下扔，当他伸手去掰高处的这一根时，用力太猛，突然脚下蹬空，手一松，从三丈高的大树上"啪"的一声掉了下来，同时又滑进了一个五丈多深的雪沟里，被雪埋住了。这时，突然一只好大的野猪窜出树林，老远地看见一个什么东西从树上掉下来，它急忙跑过来将自己的身体在树身上两蹭，而后又号叫着跃下山沟，用嘴将雪推开，用牙咬住已经露出雪面的小姜维，不住往外扯拉。这时，突然又过来一只大野猪号叫着跳下山沟，来与这只野猪争抢食物，正在扯着姜维衣服的这只野猪一看后面又来了同伴，突然扑过去咬住后面这头野猪的脖子，于是两头野猪在雪沟里互相撕咬起来，各不相让。这时姜维从雪地里慢慢地爬起，站了起来，他拍打了一下身上的雪花，突然用手摸了一下怀里，惊讶地叫了起来，"啊，我的干粮馍馍怎么不见了？"他赶紧趴在地上到处乱摸，结果从雪地摸出了那块馍馍，他兴奋地双手抓起大口大口地吃了起来，可怎么也咬不动，原来这块馍馍早已冻成了一个冰块，像石头一样硬梆梆的。姜维灵机一动，又将馍馍塞进自己衣服里的心窝上，回头看时不远处那两只野猪还在互相撕咬着，谁也不示弱，好险啊，姜维看到这一情景慌忙爬上沟，穿好鞋赶紧将柴火捆起来，背到身上一边快步走，一边从怀里掏出已经暖软了的馍馍，大口大口吃了起来。

且说，这柴氏早已急疯了，拖着病身到处寻找姜维，就是不见人影，她突然惊醒连忙进洞寻找柴刀，柴刀不见，又寻找绳子，绳子不见，她这才明白这孩子一大早一个人进山打柴去了。柴氏心里着急地自语道："这傻孩子这么冷的天到处都是雪哪里有柴拾呢？我可怜的孩子冻坏了手脚可怎么得了，再说呢才五六岁的人能砍得动柴火吗？这孩子怎么让娘放心得下。"柴氏挣扎着做起饭来。

这时只见姜维背着柴火，啃着干馍回来了，一进洞把柴火扔到地上，一下子扑到母亲怀里伤心的哭了起来，"呜呜……娘，儿……"

"我的儿啊，你这是怎么了？怎么浑身全是雪啊，噢，脸上还擦破了皮，过来让娘看看。"柴氏说罢着急地一把抱住姜维，抚摸着小脸心疼地用自己的衣袖擦着姜维脸上的血迹又接着说，"孩子你给娘说这是怎么回事？"

这时姜维依偎在母亲怀里，突然觉得浑身暖暖的，心里甜滋滋的，就寻思道："多好的母亲啊，为了不让母亲担心自己，为了以后还能帮助母亲进山砍柴，只好瞒住今日之事。于是他说："娘，儿这不是好好的吗，就是上树掰柴火时不小心擦破了皮。"

"儿啊，你小小年纪还敢爬上树……如果掉下来怎么办？"

"娘，儿能干着呢，那么高的树儿噌噌几下就爬了上去，这些干树枝都是儿从树上掰下来的。"姜维越说越兴奋，一把推开母亲接着说，"娘，以后咱家就有柴烧了，儿进山上树专捡干树枝掰，这样一年下来，咱家烧的柴就堆成山了，这下娘就不用在为没柴烧而操心了。"

"我的好孩子啊，你小小年纪怎么这么懂事呀，娘真是为儿高兴啊……饿坏了吧，娘这就给儿盛饭去。"

"娘，儿拿的馍馍在路上已经吃饱了，你先吃，儿还要在雪地里用棍棍写字去哩。"姜维说罢朝洞内一瞧，"唉，怎么没看见二妹姜菇呢？"

"啊，你二妹到觉皇寺亲戚家里玩几天，这不娘生病顾不上照看，因而……"姜维一听随口说道："啊，儿明白了，过几天儿去看她。"姜维说罢跑出门拿了一根柴棍在雪地里写起三字经来。

次日早晨，天刚蒙蒙亮，突然姜家庄里"啪啪"几声巨响。

"娘，你听见没有？庄里刚才响了几声，那是什么？"

"我的傻孩子！那是庄里的孩子们正在放鞭炮哩。"

"娘，这么早放鞭炮干啥？"姜维不解地问。

"儿，你知道今天是什么日子吗？"柴氏苦笑着说。

"娘说今天是什么日子？"

"你知道吗今天是大年初一，要过年了，庄间的孩子们兴高采烈地放起了鞭炮，可娘无钱为儿买鞭炮让儿也响着高兴高兴。"柴氏说罢

难过地揉了揉了眼睛，头也没回进洞去了。

姜维二话没说，灵机一动进洞取了一股麻线，用手搓到一起后绑到一根树枝上将麻绳头撕开，而后扬起在空中两甩，谁知这麻绳在剧烈地甩动下也"啪啪"地发出了响声，姜维一个劲地甩着马鞭，这马鞭发出和鞭炮一样的响声。这响声惊动了正在屋里做饭的柴氏，她急忙出洞想看个究竟："儿你从哪儿得到的鞭炮在咱家洞前响着……来，我看看。"

"娘你看这是什么？"姜维说着高兴地又将马鞭扬起在空中使劲甩了几下，这马鞭果然像鞭炮一样"啪啪"地发出了响声。

柴氏激动地一下子将姜维搂在怀里，泪眼汪汪地说："维儿，这就奇了，你从哪儿知道这马鞭也能发出响声，能够代替鞭炮呢？"

"娘，你忘了去年夏天你领我进城买布，一路上坐着庄里李大叔的马车，李大叔为了赶路，不住地扬起马鞭，在空中一个劲地甩着，这马鞭发出"啪啪"的响声，结果这匹马也飞快地奔跑起来，一阵工夫咱们就进城了。当时坐着这样快的马车我高兴极了，还能听到马鞭的响声，真是好玩极了，因而儿就记下了。今日当听到庄里伙伴们放鞭炮时，儿就想到了用马鞭代替鞭炮的这个主意，咱们不是同样过年了嘛。"

"我的好孩子，你有这个聪明劲，娘就知足了，走，进屋去，娘给你做了一件新棉袄，穿上到庄里和你的那些小伙伴们一起玩去吧。"一阵后姜维穿着一件崭新的棉袄，手里举着马鞭"啪啪"两甩高兴地喊道："过年喽，我和庄里的伙伴们一块放鞭炮去了。"

这时突然走上来一老一小两个女人，一进洞这个老女人就说："大妹子今日过年了我给你挖了几碗白面，给姜维擀面吃。"另一个又说："姜阿姨咱俩是邻居，我娘让我给姜维提了一只老母鸡，你炖好后给姜维弟弟吃吧。"

柴氏出洞后急忙迎住这一老一少两个庄间人，接住过年的礼品，激动地含着热泪说："大姐，小侄儿，你俩能来我就很高兴了，还带什么礼物，来，快进屋我给你们泡茶。"

这一老一少进洞后看到姜维母子过着这么寒酸的日子，心里不觉一阵酸痛，这老的声音沙哑地说："唉，这该死的世道不让穷人活呀……你男人没来几年了，你一个人抚养着两个孩子过着这么艰难的日子……要不你母子三就搬到我家去住吧，我家西面有一座小柴房闲着可以安身。"

"大姐，你的好意大妹子领了，我母子这几年都过来了，住在这洞里也习惯了，再不给大姐增加麻烦了……快请坐喝茶。"

柴氏急忙端起泡了山里野茶的茶杯，递到姜润花手上说："大姐你尝尝这是维儿从山里采回来的野茶，可香了。"

姜润花接过茶杯端起抿了两口，点点头说："嗯，不错，味道还很香甜哩……听说这种野茶还能解暑、清火、润肠哩。"

"大姐我也没有啥送给你的。"柴氏说着起身从瓦罐里抓了几把野茶包到一只手绢里递到姜润花手里，接着说："大姐这茶名字叫龙树茶，凡进山砍柴打猎之人都要顺手采几把龙树茶带回去解暑。"

这柴氏为这一老一少两个女人每人包了一包龙树茶作为礼品送给了她们，而后这两人下山去了。

年过了，春暖花开了，一大早姜维又踏着温暖的阳光进山打柴去了。

这正是：

> 数九严寒衣衫单，
> 姜维替母挑重担。
> 冰天雪地去打柴，
> 穷人度日如度年。

欲知姜维究竟抱回来什么东西，请看下回分解。

第六回　奶育虎崽

　　且说这姜维一边走一边背《三字经》："人之初，性本善，性相近，习相远……"不觉来到一片小树林跟前他一边拾着树枝，一边念着，大约两个时辰后姜维已拾了一堆柴火，他用绳子将柴禾捆好后刚要背起回家，谁料他腿软竟站不起来了。可能是他肚子早已饿了，就干脆躺在草丛里两腿平展，面朝蓝天，头枕双手歇息起来。他望着天空中蓝天白云下的一群群上下飞转的小鸟，用头不住地点着数数，这时突然有一条草绿色的小蛇从草丛里钻了出来，它抬起头一对黄眼珠子滴溜溜一转，一下看到了有人躺着，便悄悄地向他爬来。这蛇连续绕姜维的身子转了两圈，然后爬到姜维头边，竖起蛇身舌头吐了两下。这时，姜维腾出一只手用手指着数小鸟，没想到这一举动竟惊动了蛇，它突然一缩头刺溜一下钻进草丛里了。姜维只是一个劲的看着蓝天，数着小鸟，对蛇的出没毫无察觉。这时，有一对小鸟落在了一颗树上，姜维的两只眼睛顺着小鸟也落到了树上，突然他眼前一亮，看到了树上长着许多野果子。"啊，有了，我何不上树摘几个来吃呢。"于是他立即翻身起来，走到树下，双脚一抬，脱下鞋就要上树，可怎么也爬不上去，他又给手心吐了一口唾沫，抹到脚心上，结果"唰唰"地爬了上去，不知怎地这条蛇又从草丛里钻了出来，跟着姜维爬上树，好像故意逗着姜维玩似的，它爬了半截仰着头舌头两吐，此时姜维摘了几颗果子后往下溜，当双脚就要碰到正在往上爬的蛇头时，这条小蛇又弯腰爬了下来，钻到草丛里去了。这时，姜维摘了几颗野果子正要从树上下来时，无意中向下一看，发现草丛里卧着一只什么小动物，一对黄眼珠子不住地向远处张望。他惊讶地自语道："啊，这里还卧着一只野猫。"他悄悄溜下树来好奇地看了一眼，然后把砍下的树枝柴火捆住背起下山来了。

　　姜维进洞后从怀里掏出几颗野果子，双手递给母亲说："娘，你尝，这是山上野梨树上的果子，儿摘了几个，可甜呢，娘……你猜儿今日看到什么了？"

"儿看到什么了？给娘说说。"柴氏接过姜维手上的野梨吃着问。

"娘，是野猫。"姜维说着调皮地用双手展开比划。

柴氏瞪了一眼姜维说："我不信这山里还有这么大的野猫，明日进山抱回来让娘看看。"

次日，小姜维仍然进山打柴，拿着柴刀和麻绳，嘴里咬着一个馍馍上山去了，两个时辰后将柴火捆好，又爬到野梨树上摘了几个果子，他边吃边到处看着什么。突然只见脚下一片草丛里有一东西乱动。姜维扔掉梨，悄悄下树慢慢向前一下扑倒，双手掐住这东西自语道："又是昨日那只野猫，对，抱回家让母亲看看。"而后将野猫抱在怀里，背起柴火一路奔跑下山来了。

"母亲，你看，儿把野猫逮回来了。"姜维扔下柴火，双手抱着野猫，进门上气不接下气地说。

这时，正在做饭的柴氏听到叫声，回头看时惊讶地叫了起来……我的傻孩子呀，这那里是野猫，这……这这分明是一只小虎崽啊，柴氏急忙站起大声骂着说："你好大的胆子，怎么敢把小虎崽抱回家来呢……那大老虎怎么没把儿吃掉。"

"母亲，儿抓住它时没看到有大老虎。"小姜维赶忙给母亲解释说。

"太危险了……赶快放回去，那大老虎找不到它的小虎崽出来伤人咋办？"柴氏睁大眼睛指着小虎崽说。

这时小虎崽在地上"吱吱"地叫了起来。姜维踢了两脚说，"还是一只小虎崽，怎么和野猫长的一模一样呢，去，回去，找你妈妈去。"姜维撅着小嘴生气地说。这小虎崽只是在窑洞里乱窜，张开小口"吱吱"地叫着，不肯出去。"母亲，小虎崽像是饿了，家里有吃的吗？给它喂上一点。"姜维看着小虎崽关切地问。

柴氏摇了摇头，没有吭声，只是从灶头上的一只篮子里取出一个粗面馍馍给小虎崽喂。小虎崽用鼻子闻了一下，不吃，只是"吱吱"

地乱叫。"这可怎么办呢？……噢，对了，赶快给小虎崽烧点面汤喝。"柴氏心想着于是赶忙烧了一盆面汤喂小虎崽，小虎崽还是不吃，姜维抱起小虎崽在洞内来回乱转，使劲跺脚说："急死我了，这可怎么办呢？"姜维沉思片刻，撅着嘴说，"还是把它放回去吧，免得饿死。"他说罢抱着虎崽出了窑洞。

"不行，儿现在进山太危险了，说不定小虎崽的妈妈大老虎正到处找它的儿子呢……儿若遇上大老虎那可就了不得了，此时不能进山。"这时小虎崽又在姜维怀里"吱吱"乱叫，用爪子乱蹬。

"这可怎么办呢？"柴氏也束手无策，正在这时，睡在坑上的小弟姜和醒来后"哇哇"地哭了。

"对，有了，我何不喂它奶水呢，老人们常说人畜生一理嘛。"说着柴氏撩起衣服伸出奶头喂小虎崽。这小虎崽又"吱吱"两叫，把头挤到柴氏怀里，使劲吸扎起来。柴氏抬起头忙叫："疼死我了……这小虎崽那来这么大的劲呢！"

姜维一直紧紧抱着小虎崽看着它不停地食吃母亲的奶水。就兴奋地大喊："母亲，儿的好母亲，您怎么想出这么个好办法呀，这下可好了，这野猫，不，小虎崽有救了。"当又看到母亲脸上出现十分痛苦的样子时，忽的一下把小虎崽扔在地上。谁知这虎崽"唰"的一下立在地上，"吱吱"两叫跑到旁边一堆柴草里边卧着去了。柴氏刚把上衣布衫放了下来，小弟姜和"哇哇"地哭得越厉害了。"别哭了，母亲给儿喂奶。"柴氏说着过去抱起姜和伸出另一只奶头给小儿子喂起奶来。姜维走到柴草旁，用脚踢小虎崽，它只是"吱吱"乱叫，并不出去。姜维自语道："这死虎崽快回你的山上去，小弟姜和的奶都不够吃哩，那还有奶与畜生吃的，快走，快走呀。"这虎崽就是不动。反而跳得老高与姜维逗着玩了起来，姜维拳打脚踢，虎崽左躲右闪，虎崽直扑姜维，姜维用手推拉，玩得非常开心。这样日子一长，小虎崽倒成了姜维的好伙伴，姜维打柴一回来就逗着小虎崽玩，并渐渐悟出了一套伏虎拳法。

这正是：

> 伯约天真又可笑，
> 误把虎崽当野猫。
> 成天逗着与它玩，
> 伏虎打拳有一套。

欲知小弟姜和发生了什么，请看下回分解。

第七回　雪上加霜

且说，秋后的一天夜里，阴雨连绵，不断线的雨点随风飘散，窑洞内两岁的姜和突然发起烧来，柴氏急了赶快叫醒姜维。"维儿快起来，你弟姜和病了，赶紧穿好衣服，到山下请先生去。"正在睡梦中的姜维听到母亲叫声，一下跳起边穿衣服边跑，一阵工夫请来了庄东头常给人看病的柳先生。柳先生背着药箱，拄着拐棍，踏着泥泞的小路，深一脚浅一步地跟在姜维身后，来到洞内。柳先生急忙摸了摸小儿姜和的额头，突然吸了一口凉气，又抓起姜和的手把起脉来，一阵后柳先生站起摇摇头遗憾地说："太迟了，孩子已经不行了，看样子他是加饿带冻受凉得了伤寒病了，准备后事吧！"

只见坑上睡着的小姜和已不省人事，呼吸微弱，奄奄一息了。柳先生这一说如五雷轰顶，晴天霹雳，吓昏了柴氏，姜维急忙用手摇着母亲着急地喊叫："母亲，醒醒，你醒醒呀，吓死孩儿了！"柴氏慢慢地睁开眼睛，突然抱起小儿姜和边亲边哭着说："吾儿你是怎么了？白天不是还好好的吗，老天爷你要人的命呢，这可怎么办呀！"说罢"扑通"一下跪在柳先生跟前央求说，"柳先生，您行行好，赶快把孩子救过来吧，我母子俩求您了！"说着大哭起来。姜维跪在地上，早已泣不成声，柳先生摇着头拎起药箱同情地说："姜夫人你保重，老朽实在无能为力，还是赶快另请高明去吧！告辞了。"姜维听到弟弟病重，没等母亲吩咐，一溜烟工夫早就飞奔进城请来了张先生。这张先生已是七十多岁的老人，走路很慢，再加上下雨路滑，不小心脚下滑了一下摔倒了，姜维怎么扶也扶不起来，还是这张先生用尽力气挣扎着慢慢站起，姜维背着药箱在前面跑，张先生在后面跟，他走得上气不接下气。姜维急了，回过头来赶紧上前扶住张先生说："张老先生，请你老快点，不然……"姜维哭着说道。张先生扶着姜维的肩膀，站起后又跟在姜维身后急步走了起来，大约一个多时辰后，两人一老一小才来到姜家庄半上腰的窑洞前。这时老远的听到母亲的哭声。"不好。"姜维双手推开门一看，母亲紧抱着弟弟姜和不停地摇着，哭着喊着："姜和，我的儿，你醒醒……"姜维赶紧扑到母亲跟前焦急地摇着姜和，但姜和早已紧闭着眼睛，没有了呼吸，张先生抓起姜和的胳膊一把脉，摇了摇头说："姜夫人，孩子早已断气了。"柴氏一听早已昏了过去，姜维哭得死去活来。

"娃他爹啊，你在哪里啊，快来救救你那可怜的和儿吧……老天爷，这可咋办?"柴氏被姜维摇醒后双手不住地摇着姜和的身子，大声哭喊着说。

柴氏一看小儿姜和已经断气了，正哭得死去活来时，突然闯进来一老两少三人，老的急忙上前抚摸着姜和的额头，上气不接下气地说："我看这侄子怎么啦……"

"大哥，姜和他……"柴氏听到有人推门进来问话，她慢慢地抬起头，有气无力地说。人称姜善人的永善老汉把手拿开，站起身摇了摇了头声音沙哑地说："弟媳啊，姜和这娃早已没了，我看挖个坑把他埋了吧。"姜老汉转过身，偷偷地抹了一把眼泪。

"呜呜呜……"柴氏不停地哭着。

"别哭了……我跟你说过多少回了，你就是不听，这么潮湿的山洞，娃儿能不生病吗?"姜善人回过头看着柴氏生气地说。

"姜和这孩子自生下后就没有过过一天好日子，正当吃奶的娃儿却断奶了……唉，硬是把孩子活生生给饿死了。我该死，我真该死，老天爷怎么不让我死呢……呜呜呜。"柴氏哭着说罢。坐起身突然"啪啪"朝自己脸上打起耳光来。早已哭得泣不成声的姜维急忙扑倒在母亲身上，双手抓着母亲的双手，哭着说："娘，不要。"这时，进来几个姜姓族人，为姜和换好衣服并很快制作了一副小棺材，装在里面，正要往外抬时柴氏双手紧紧抓住棺材哭着说："姜和儿啊，让娘再看一眼。"其中一个中年人赶紧把柴氏的手分开，大伙连忙把人抬了出去。姜维紧跟在后面，快步上山跟长辈们把小姜和埋在了山上的一块草丛地里。

洞内姜永善老汉用手指着柴氏继续说："自那年我姜家把你用毛驴接到家里，嫁给了老二姜冏，当了媳妇后，你们的小日子过得倒还清静自在，谁料一把火把你们的新房烧了个精光，我当时就让你们搬进我家东房，可姜冏就是不肯，硬是把你拉着住进了这姜家庄半山腰人们平常避雨的又潮又湿的窑洞里，这……喜财，发旺，你们帮着把你二娘的物件抬到咱家东面角房里，让他母子俩到那儿住去。赶快离开这让人伤心的烂地方，快，今日立马从这洞里搬走，不然我怎么对得起我那在天水关阵亡的二弟姜冏呢……"姜永善越说越激动，连忙背过脸用袖子擦了一下泪水，亲自去抱炕上放着的被子。

"大哥，快放下，弟媳我和维儿住习惯了，喜财，发旺侄儿你俩快放下，二娘我哪儿都不去，这窑洞就是我们母子的家，万谢亲房的好心好意，我和姜维是不会下山去别人家住的。"柴氏坚决地说。

"大伯，大哥，二哥，我娘说啦，我们那儿也不去，我还要与小虎崽天天玩耍呢，它待会儿就跑回来了。"姜维说着跑过去双手夺过喜财双手端着的一只瓦盆，放在灶头上。

"弟媳，你真的不下山？"

"我不下山，在洞里住着甚好，能避风雨，冬暖夏凉。"

"那你可要把姜维侄子照看好，他可是老二家的根啊，这娃儿自小就聪明伶俐，好学上进，有一种咱姜家人的骨气，这全庄人都是看到的。你可要费心照料，让他习武读书，将来长大指望咱姜家人能有出息。"姜永善说罢双手一背，头一扬，气呼呼地走了。其他人也都跟在他爹的身后下山去了。

这正是：

> 穷人娃儿命真苦，
> 有病无钱大难处。
> 可怜姜和命呜呼，
> 世道不公天亦怒。

欲知伯约与伙伴玩耍发生了什么，请看下回分解。

第八回　伯约闯祸

　　话说，小弟姜和病亡后，姜维母子俩一直生活在无限悲伤痛苦之中，这一日姜母为了让小伯约心情稍微开朗一些，便老早做了午饭。吃完饭后，经得母亲的同意，他下山找庄里的小伙伴玩去了，一路上他边跳边唱，格外开心，不知不觉间来到庄间的打麦场上。老远的看见那里早有一群男孩子在玩着雪人，他们打雪仗的打雪仗，盘腿斗鸡的斗鸡，跳方子的跳方子，打鳖的打鳖，六岁不到的小伯约也飞快地挤到小伙伴里玩了起来，他看人家正在斗鸡，也挽起自己的一只裤腿，盘起一条露着皮肉的腿，竟和一个比他大两岁，名叫王二旦的小伙伴斗起鸡来，两人斗着斗着一个不服一个，转着圈儿斗了三十个回合不分胜负，突然伯约身后不知谁用劲推了一把，这伯约的身子站立不稳，一下子撞到王二旦身上，结果把王二旦撞了个跟跄，摔倒在地，伯约的身体不由自主地压到王二旦身上。躺在地上的王二旦顿时哭了起来，恰巧王二旦的大哥王大旦来麦场叫弟弟回家吃饭，一眼瞧见了姜伯约压在弟弟身上，他不分青红皂白抬起一脚踢在伯约的屁股上，这小伯约急了，"嗖"地一下站起转过身也朝王大旦肚子上踢了一脚，此时，躺在地上的王二旦"唰"地一下站起身双手抱住伯约的后腰，这王大旦连连朝伯约胸前用拳头猛砸，这情景一下子吓哭了比伯约小两岁的堂弟姜小牛，他急忙抹着眼泪向山上跑去。

　　姜伯约用劲挣脱王二旦的双手，又飞起一脚踢在王大胆的肚子上，用拳连连左右开弓，打得王大旦弟兄两人连连后退，此时王大旦像疯了一样，在伯约身上又踢又砸，嘴里还不住地骂道："你这个没有爹的野娃，还敢到麦场上打我家二蛋，看我今日不把你打死。"正在边跑边躲的小伯约一听这话，肺都气炸了，他不顾一切地拼命踢打王家弟兄两个，嘴里骂道："王大旦，你才没有爹呢……你连娘都没有，你是从从山里跑出来的野狗，乱咬人呢。"伯约骂着又飞起一脚踢到王二蛋身上，这王二蛋站立不稳，一下子摔倒，将头碰到旁边的一只石碌

轴上，顿时鲜血从额头上流了下来，在场的小伙伴们都傻眼了，王大旦看到这一情景，哭喊着连连朝伯约身上用拳头乱砸，嘴里还不住哭着说："你赔二旦的头。"伯约看到王二蛋头上流血了，顿时也傻眼了，任凭王大胆一个劲地在他身上乱打乱砸，也不还手，而急忙跑着左右躲闪。躺在碌轴上的王二蛋顺手摸了一把自己头上流出的血迹，一看吓得又哭了起来，躺在地上来回打滚撒泼。此时，王大旦一把揪住伯约的衣领，一拳打在他的鼻子上，鲜血顿时从鼻子里流了出来。

且说，柴氏在侄子小牛的带路下急步来到麦场，目睹了这一情景，她二话没说，上前就朝伯约脸上打了一巴掌，大声骂道："你这个挨刀子的死娃，不在家学文练字，一个人跑到这儿来打架，看我不打死你个闯祸的家伙。"这柴氏骂着又要去打伯约时，被一只粗大的手捏住了。"伯约娘，你这是干啥？……孩子们打弹闹戏是常事，再说我家大旦二旦不也打了你家伯约了吗……你们这些死娃还不往家里走，饭都凉了，回去看我不收拾你们。"大旦爹王怀仁用脚踢了一下躺在地上装死的二旦大声骂道。这王二旦一看他爹来了，急忙从地上爬了起来，乖乖地跟在大旦身后往家里走去。

"孩子，过来，让大娘看看伤着哪儿了，走，到庄上李先生那儿把头上包一下去。"柴氏着急地上前看了一下二旦的额头关切地说。

"大妹子，不要紧，我刚才看了，二旦他额头上只是擦破了点皮，回去撒点高粱面贴住就好了，倒是你家伯约的鼻子不要紧吧？……大旦，你这死娃你可比人家伯约大，怎么也欺负小的呢，还有二旦，你弟兄两个打人家姜伯约一个，这不是以多欺少嘛……伯约他娘，不，如今要叫姜维呢，这可是他娘给他起的官名呢，好了，回家，没事。啊，要不你娘俩到我家吃了饭再上山……"

柴氏一听这比她大五六岁的王怀仁的一席话，深感怀仁名不虚传，人家处事说话就是通情达理、仁义得很呢。她连忙双手在腰间一扣，微笑着说："万谢王大哥通情达理，不计较我家姜维今日闯的祸端，实在是令奴家佩服……不早了，我娘儿俩就回了。"柴氏说罢一手缀上姜维上山去了，柴氏进得洞来，问起刚才在麦场和伙伴们打架的经过，当姜维哭着诉说起王大旦骂他是没有爹的野娃时，一下子勾起了柴氏的心病，她突然拿起扫炕的笤帚把把，用劲在姜维腿上连连抽打着，她边打边骂："谁叫你惹斗那王家弟兄呢，这不，连死去三年的亡人寒骨都挖出来了，我叫你今后再闯祸。"姜维躲闪着母亲不住的抽打，哭喊着说："娘，孩儿以后再不敢闯祸了，听娘的话，好好练字。"柴氏听罢一下子抱住姜维，伤心地流出了两行泪水，姜维委屈地越哭越凶，柴氏禁不住抱住姜维也痛哭起来。自从姜维爹三年前在天水关为救太守王大人，保护地方百姓与前来攻城的山匪征战厮杀，而被可恶的山匪杀害后，柴氏经受不住这突如其来的打击，如今又雪上加霜失去了两岁不到的小儿姜和，她的身体一下子垮了，一病不起，吃了不少的草药，也不见好转，眼看着姜母的病情一日重似一日，可今日偏偏又遇到这等痛肝伤心之事，能不叫人心里难过吗？唉，这往后的日子咋过呢，姜母心事沉重地低头无语，这小伯约看到母亲伤心欲绝、痛不欲生的样子，突然"呼"地一下站起，双手摸了一把脸上的泪珠，又用小手擦了一下母亲脸上的泪珠，激动地说："娘，不必伤心，孩儿已经长大，懂事了，孩儿一定要把娘的病看好，不让娘再受苦了，往后，家里的事，有我呢，再不要为孩儿操心了。"柴氏听到小伯约的这句话后甚感欣慰，脸上慢慢地露出了笑容。

这正是：

> 福不双降穷人家；
> 祸不单行难躲过。
> 伯约意外闯祸端，
> 姜母训子家教严。

欲知今后柴氏母子如何打算，请看下回分解。

第三章

尽孝心姜维伺母　除顽疾智取奇药

第九回 姜维孝母

且说，姜维的小弟姜和病亡后，姜维母亲的身子一下子垮了，再加上长期劳累，粗馍淡汤，吃得不好，一下子病倒了，今年才七岁的姜维发愁得不知怎么是好，他一天跑来跑去，请先生给母亲瞧病熬药，又端上炕，给母亲边吹边喂，喝了几十服草药，都不见好转。一日，他扶母亲去茅坑解手，柴氏双手推开姜维说："维儿，娘一个人能行，你出去吧，这茅坑不是儿站的地方，去，到外边玩去。"姜维在外边等了好一阵，也不见母亲解完手出来，就着急地喊："母亲，解完手了喊儿，儿过来扶您。"等了半天，也不见回音，他急忙跑进去一看，母亲正脸红脖子粗地往下努着，但又拉不出来，这时，她已经昏昏沉沉，实在蹲不住了。

"母亲的肚子可能是烧住了，解不出手来，待儿帮您。"说着，姜维进来袖子两卷，蹲在母亲身边，眼睛瞅着用手指一点一点往出抠大便节节。

"维儿，脏，这可要不得，快拿一个柴棍棍往出抠。"

"娘，孩儿怕戳痛了您。"

"傻孩子，不要弄脏了儿的手。"

"娘，儿的命都是娘给的，没有娘哪来的姜维？……手脏了算得了什么，用水一洗就净了。"姜维说着已经把几节大便用手指全部抠了出来。顿时，柴氏觉得肚子轻松多了，气也顺了，脸也不红了，可眼眶中的两行泪水不由得滚了下来，哽咽地说："娘的好孝子，委屈儿了。"柴氏系好裤带后，姜维扶着她走进了窑洞。

等了一阵后，柴氏从缸里面挖了半瓦盆高粱面让姜维到庄里他大婶家换了点玉米面，就这样连着吃了一段时日，才慢慢缓解了病态现象。

"维儿，记住了，咱庄稼人平时吃的这高粱面是热性，若经常吃，这肠胃就上火，给烧住了，因而就出现了人解不下手的病态现象，肠

胃不通，天长日久，人就要得病的。可是，这玉米面呢，则是凉性，若吃的时间长了，肠胃就要受凉，人就要拉肚子了，这同样是病态。所以，为娘近日摸索出了一个办法，那就是这两种面要搭配着吃，凉热结合、阴阳平衡，人才不会生病，因而为娘才让儿去邻居家换面吃，这样，邻居家也喜欢，咱们也不算丢人，维儿，记住了吗?"柴氏语重心长地说罢，看着姜维。

"母亲，你这个办法真好，孩儿已经记住了，往后母亲上茅房就能解下手了，再也不吃力，不费劲了，真是太好了。"姜维高兴地说着拍起手来。

"傻孩子，娘这个办法是咱穷人没有办法的办法，若在有钱人家里就不是办法了，因为人家能请来先生吃药治疗。唉，都是这世道给逼的，孩子，娘指望儿快快长大，早晚能有点出息，日子过得和平常人一样，就好了。咳咳……"柴氏说罢，不住地咳嗽起来。

姜维跳上炕，赶忙用一双小手给母亲捶起背来，一对机灵的眼睛一转，认真地说："娘，儿一定要好好念书，好好学艺，长大了肯定能养活你。"

"那好，娘就等着儿出息的那一天呢……维儿，睡吧，明日一大早你还要进山砍柴去呢。"柴氏说罢"吱呀吱呀"地在油灯下纺起线来。

姜维睡下后耳朵里只听得母亲不停地"吱呀吱呀"纺线声，先是翻了几个身，后来慢慢地睡着了，渐渐地进入了甜蜜的梦乡。姜维梦见父亲姜囧从天水郡回来了他一下子扑到父亲怀里，父亲不住地抚摸着他的头，高兴地说："维儿，你看爹爹给你带什么来了?"姜维抬头一看，父亲已将一个白面馍馍递到自己手里了。"爹爹，你从天水郡回来，身上穿着军队上打仗的战袍，好威风，好厉害啊……你还给我们带来了这么多白花花的馍馍，好香啊!"姜维说着抓起一个馍馍狠狠地咬了一口，得劲地吃了起来。"孩子，别噎着，慢慢吃，有的是。"姜维听罢双手抓住父亲的双手不停地摇了起来。"母亲听见姜维吃东西的声音和甜蜜地嬉笑声，自语道："这孩子又做梦说梦话了。唉，三年了，孩子这是想你了。娃他爹，我短命的夫君啊，你死得太惨了，如今你撒手而去，这可叫我娘儿俩咋过呀"柴氏说罢用手抹一把流下来眼泪，把油灯吹灭，慢慢地睡下了。

这正是：

> 光阴贫困又潦倒，
> 相依为命受煎熬。
> 姜维孝母母欣慰，
> 七岁男儿懂事早。

欲知姜维母子如何艰难度日，请看下回分解。

第十回　夜半哭声

夜已经很深很深了，雨还在一个劲地下个不停，雨借着风势四处飘溅，打到窑洞门上"唰唰"直响，这么晚了，是谁还在"哇哇"地啼哭呢？从南山上走出来路过此处避雨的一老一少父子俩，听到了这心酸而悲伤的哭声。"父亲您听这哭声像是从这窑洞里传出来的……哎，父亲你咋不走了呢？"心娃说。

"心娃，你听。"这父子俩贴着山根竖着耳朵仔细听了起来。

"你说你到了军队上就托人写信给我……可整整三个年头过去了你杳无音讯，你知道吗？这三年我和孩子们是怎么过来的呀，这寒窑里又潮又湿，我一个妇道人家，整整盼了你三年，可盼来的竟是一句你为保护天水关郡守，被山贼打死阵亡的噩耗，老天爷你怎么这么不公啊！这真是塌房儿遇上了连夜雨，我拉扯几个孩子容易吗？这姜和不病才怪哩，你走后，你的二女子姜菇为了活命我送人了，小儿姜和因无钱治病也死了，呜呜，如今你也抛下我和维儿走了，往后叫我怎么活呀，老天爷你睁开眼看看，我姜家为什么是这样。"这时天空中突然响起了两声炸雷，一道电闪划过夜空，照亮了山川大地，也照亮了窑洞旁这一老一少，原来这是本庄姓刘的一户猎户人家，父子俩大清早进山打猎，夜晚才出得山来，半路上遇上下雨就在这山崖的窑洞下避起雨来，刚才听到了这可怜女人的哭声，不由得勾起他失去孩子娘的心酸往事。

七岁的姜维被炸雷惊醒了，他揉了揉眼睛看见母亲一夜未眠，一个人偷偷地流泪哭泣，他突然一下子扑到母亲怀里"呜呜"地大哭起来说："母亲，儿要爹爹，要爹爹嘛……"柴氏忍不住又一次伤心地抱着小姜维大哭起来，"傻孩子，你那可怜的爹已经离我们而去了，他再也回不来了。"柴氏忧伤地说。

柴氏越说越伤心，不由得记起了七年前的一件往事：你记得吗，七年前咱俩刚成亲那会儿，亲朋好友挤满了院子，全庄父老乡亲都来为咱俩贺喜祝福，我感到一下子掉到蜜罐子里了，心里甜蜜蜜的，你高兴地也合不拢嘴，双手拱着应酬客人。庄间乡亲们边吃着酒席边笑着说："姜囧兄弟，你可娶了个好媳妇啊，听说她是东川柴家庄上有名的富汉家闺女，还读过私塾，是个知书达理的才女……往后我可要让我的儿子上你家向弟妹学字呢，也好让娃儿们出息出息。"姜囧听到后走到此人跟前赶紧双手一拱，笑着说："不敢不敢，玉莲她略知一二，要孩子们上学还是另请高明之人，免得耽误娃儿们的前程……啊，吃菜吃菜，大家吃好喝好。"姜囧说罢，双手一拱到别处去了。可是，谁能想到，到了夜晚，却大祸临头了，后半夜不知从哪儿来了一把火，把咱们的新房烧着了。大火冲天，烟雾弥漫，庄间人看见后都来喊着救火，他们有的提着水桶，有的扛着铁锹急忙拍打着火苗。可是，火借着风势越烧越旺，就这样眼巴巴地看着把咱们的新房烧了个精光，只剩下一堆残壁烂瓦！……你当时二话没说，拽上我跑进了这半山腰人们平常避雨的破窑洞，就这样凑合着安了家。本来这窑洞虽破，倒还能避风雨，日子还算过得勉强。我让你追查失火的原因，傍晚时分，你回来说是邻居家的几个小娃娃玩火，不小心烧着了咱家院墙外靠北房立着的一堆高粱秆，当时火苗扑上北房一下子把橡儿燃烧起来了，你说小娃娃玩火不懂事已经烧了就烧了，咱能找谁去，我看算了。后来，谁知你为了一家人的生计，硬是要当兵去，也怪我当时没有拦挡你，还劝你去，说是当了兵，能挣饷银，咱们一家五口人就有活路了，可谁知……唉，也怪我柴玉莲命苦啊，呜呜呜……

这母子俩的哭声感天动地、痛肝伤心，也触动了在外边避雨的刘猎户，他同情地说："洞里的姜夫人，你不要再哭了，我俩在外面全听到了，我父子俩心里也不好受啊……唉，这世道，就没有咱穷人活的门路呀。"这番话也勾起了刘猎户的心病，不由得悲伤起来，唉声叹气地说："这如今家家都有一本难念的经，这不家里没有吃的了，为了活命，孩子他娘三年前一个人进山挖野菜时，竟被一群饿狼咬死吃了……连几根骨头都没有剩下呀。"

"父亲，你别说了，儿心里难受啊。"站在跟前的儿子心娃眼泪哗哗地说。

正说话间，门"咯吱"一下开了。"他刘爹快进来避避雨吧，不然淋湿了要得病的。"

"姜夫人真不好意思，刚才让你见笑了。"

"没什么，咱们都是同病相怜的命苦人。"柴氏一把拉进了刘心娃，又说："孩子快把湿衣服脱下来给，把它换上。"柴氏说着顺手翻出了一件姜维爹穿过的旧衣服让心娃换上。

这正是：

> 北风呼啸南山松，
> 长夜难眠泪湿襟。
> 梦惊无有下锅米，
> 更思亡夫痛烂心。

欲知这刘猎户在洞中说了些什么，请看下回分解。

第十一回　洞中夜话

话说，这刘猎户进门后用手擦了擦脸上的泪水加雨水，另一只手将一只用箭射死的野兔子递到柴氏手里说："给，这是我在山上打来的一只野兔子，炖了补补身子吧。"

"姜姨，这野兔子肉可好吃呢。"心娃跑上前指着兔子说。

柴氏赶紧推让说："不要，他刘爹你打一只也不容易啊……我不能白要你的猎物，你还是拿回去自己吃吧。"

"姜夫人，这不，我还有一只呢，够我父子俩吃几顿的了……你就不要客套了，再说我们都是同一个村子里的，早不见晚见呢，咱先人一直都是好邻居。"刘猎户微笑着说。

这时姜维从母亲手上夺过野兔子，坚决地说："我娘说了不能随便要人家的东西，明日我上山自己打。"

"傻孩子，你爹和我是同村异姓的好友，不是别人，你不要就是看不起你刘老爹。"刘猎户说着又从姜维手中夺过死兔子，放到灶头上的瓦盆里盖住了。

"那我就收下了，谢谢他刘爹……唉，心娃他娘死得也太惨了，庄里人都说你为了给他娘报仇，三年来不知打死了多少只饿狼，也剥了好多狼皮，听说你父子俩还天天煮着吃狼肉，吃不完的就喂狗，有这事吗？"柴氏肃然起敬地说。

"这一点不假，因为我打死了狼觉得还不解恨，每一次进山就把打死的狼背回来拨了皮煮了肉，我就送这家给那家。可庄间人都不要，他们说害怕人吃了狼肉要得疯病的。这样一传十十传百，全庄人宁可饿死谁也不敢吃我煮的狼肉，他们个个见了我像见了瘟神似的都躲着跑开了。更气人的是有人还说，这姜家庄上的刘猎户真疯了，让他一个人硬是把南山里的狼全部打光了，倒落下了一柴房的狼皮，这要是背到城里卖成钱，可够他刘家吃几辈子的了，他姜姨你说气人不气人。"

"那你为啥不把它拿到城里卖掉，换些钱再为你续一房女人呢？"柴氏关切地说。

"不瞒你说……"刘猎户猛抬头向两个孩子看了一眼，见他们正在炕上玩得高兴时，又接着说，"他姜姨，说实话自从你男人姜囧在天水关被山贼打死阵亡后，不几日我也失去了孩子他娘，这段时间以来我就想要是咱俩家合为……"刘猎户还没有说完。

"不要再说了，我柴氏自嫁到姜家那天起，生是姜家的人死是姜家的鬼，发誓再不嫁人。如今我的男人死了，我要为他守一辈子寡，再说了这可怜的孩子再不能没有母亲了，我要把姜维儿抚养成人，让他读书练武，长大了好有所作为。这不我现在的心全在维儿身上了，无心再思虑别的，再说了我柴家也曾是名门望族，书香门第。你有所不知，我的爹爹，曾经还当过县衙的谕吏呢，他的训言我不能忘怀，要懂得女子嫁人从一而终的古训，这你不会不知道吧？今晚还请刘大哥见谅，以后再不要提这档子事了，往后我们还是好乡邻。"说罢她看了一眼正在炕上玩耍的两个孩子，回头又说，"孩子们还是好伙伴，你看他们玩得多开心啊。"柴氏说着不好意思地看了刘猎户一眼。

"好，好，姜夫人说得极是，你是出自书香门第的大家闺秀，是有家教有文化的人了，我怎么把这一茬给忘了，今后不提此事便是了，只是……"

"只是什么？"

"只是你一个妇道人家，带着个孩子，这窑洞里又湿又潮，离庄上又有好长的路哩，往后如何生活呀。"

"谢谢刘猎户的关心，这些年来我已经习惯了，艰难是暂时的，等孩子长大就好了。"

"话是这么说，可眼下……听说你还有病呢。"刘猎户非常同情地说。

"眼下是难点，这世道兵荒马乱的，谁家还没有点难处哩。"

"要不这样吧，夫人要是不嫌弃的话，我看咱们今后就以兄妹相称，也好互相有个照应，你看如何？"

"这……这样也好，就以兄妹相称，刘大哥今后如有用得着妹子的地方，尽管开口。"柴氏说着起身双手在腰间扣住，头一低高兴地说。

"那大妹子，哥走了，今后有用得着哥的地方吭个声，哥随时来帮，再说我是个男人家嘛，有的是力气……心娃叫姨娘。"

"姨娘在上，心娃给你磕头了。"说着这心娃"扑通"一声跪在地上磕起头来。

"孩子快起来……哎，刘哥你应将孩子送学堂，让他去读书才是……咱们这辈人已经半截儿入土了，咱可不能再耽误孩子们的前程了，你想想咱们这么辛辛苦苦地奔波不都是为了孩子们吗？"

"大妹子说得有理，是该让孩子们念书了，成天跟着我钻山沟是没有出息的。"

这时，姜维扑通一声跪到刘猎户跟前，一个劲地磕头说："刘大伯你就教我学射箭吧，你把狼都能射死，太厉害了，我长大后也要射死一切吃人的恶狼。"

"好大志气的孩子，快起来……"这刘猎户双手扶起姜维后，惊讶地说："你这孩子年纪小小竟有如此志向，好，明日大伯就教侄儿射箭。"刘猎户双手掐住姜维的腰，举在空中抡了两圈放下来，用手摸了摸姜维的头接着说："我看这孩子，聪明机灵，是块练武射箭的料，不过要听你娘的话，要先识字呢。"

这时姜维高兴地拍起手来。

"心娃，记住明日一早你来接姜维，在咱们院里练射箭，爹爹明日不进山去了。"刘猎户高兴地说。

"孩儿记下了……爹爹，咱们回去吧。"这心娃说罢摇着他爹的胳膊说。

这时，雨停了，只听见山上偶尔发出猫头鹰的叫声。

"那大妹子，我们爷俩就不打扰你了，你多保重，姜维侄儿记得

明天来我家里练射箭啊。"

柴氏语重心长的一席话，说得刘猎户五体投地，心服口服，顿时打消了原有的念头，兴高采烈地走出洞门。柴氏出门相送，互相打招呼告别，两个孩子难舍难分，互相招手相望。

次日早晨天刚亮，姜维一骨碌从炕上爬起，揉揉眼穿好衣服后悄悄地下炕，从灶头上的瓦罐里包了几颗昨日煮熟的山芋，来到庄间刘猎户家。一进门见了刘猎户便跪倒磕头说："师父在上，徒儿姜维给你磕头了。"

"徒儿快快起来。"刘猎户双手扶起姜维说。

"师父，我娘给您煮了几颗山芋，给，你吃吧。"姜维起身后双手将一包山芋递到刘猎户手上。

"啊呀，姜维侄儿我和你娘都是一家人了，对我还这么见外干啥？徒儿快跟为师来，我教你射箭。"刘猎户说罢进屋从墙上取下一把弓箭，递给姜维。姜维双手接过，这弓箭太重，一下子把姜维压倒在地上，姜维用手拉怎么也拉不开，他干脆双脚蹬住箭弓，双手抓住弓绳，用尽全身力气才拉开了一点。刘猎户立好了箭靶后一看，姜维躺在地上用双脚和双手来拉弓，也拉不开，他急忙扶起姜维笑着说："徒儿这是大人使用的弓箭，你一个小孩怎么能拉得开呢，今日你先看看为师是怎么开弓搭箭瞄准射击的……这是最基本的要领，需加紧练习才对。"这样刘猎户反复射，姜维认真仔细看。

"好，射准了，太好了，师父的箭法太准了，可徒儿拉不开弓，这可怎么办呢？"姜维想着想着突然脱口而出，"师父你先练着，徒儿先回家一会就来。"姜维边跑边说。

原来这姜维急忙跑回家一趟，抽了一根竹棍折弯后，又寻了一根麻绳两头一扎，果然一只小弓箭做成了，他又抽了几根竹棍一阵风又跑到猎户家院子里，举起自做的弓箭高兴地大喊："师父，徒儿也有弓箭了，我也可以跟你一起射箭了。"刘猎户接到手中一看高兴地说："啊，没想到你这小子还挺机灵，竟然自己做了一把小弓箭，这下可以和为师一样练射箭了。"刘猎户然后进屋取了一把柴刀，将姜维手中拿着的几根竹棍削尖，让姜维站在五步以外练习。姜维将竹棍搭在箭弓上拉开射向靶心，果然射中了，姜维高兴地大喊："我射中了，我射中了。"刘猎户也高兴地拍着手说："好，好样的，徒儿只要一有时间就这样练习，一定会学好箭法的，不论箭弓大小，关键是要瞄准靶心，发射稳、准、狠，就能射死野兽，徒儿就先用你自做的小弓箭练习一些时日，等两膀有劲了再用大弓箭练习，今日就练到这儿吧。"

"师父，那我就回去了，我还要为我娘进城取药去呢。"姜维说罢兴奋地蹦蹦跳跳回家去了。

这正是：

> 玉莲贞节感天地，
> 抚养姜维实不易。
> 可怜天下父母心，
> 含辛茹苦度时日。

欲知姜维明日进城究竟做了甚事，请看下回分解。

第十二回　智取奇药

且说，一日黄昏时分，姜维抱着一个包袱上气不接下气地进得洞来，母亲在炕上有气无力地睁开眼睛问道："维儿，你这是用衣服包着个啥来了，是不是偷了人家地里的西瓜抱回来了？儿若想吃，明日进城把布卖了，买一个就是了，儿可千万不能干这等偷鸡摸狗之事，坏了姜家门风，赶快给人家送回去。"

"不是，母亲，孩儿今日从城里拾来一颗……"

"啥东西打开让娘看看？"柴氏怀疑地问。

"母亲，孩儿为了给你治痨疾，从城里拾回来一颗人头，王先生说了，母亲这种病，世间再无药可治，只有用人脑髓蘸馒头吃，才能治好娘的病。"姜维哭着说道。而后慢慢地将包袱打开，"扑通"一下跪到母亲面前。柴氏看见眼前一颗血淋淋的人头，大吃一惊，昏了过去。

"母亲醒来，孩儿不孝，吓杀母亲了！"姜维用劲摇着母亲的身子不住地哭喊着。一阵后，柴氏慢慢睁开眼抬起头指责着说："吾儿万不可为给娘治病，做出这等不仁不义、伤风败俗、大逆不道之事。"柴氏生气地骂罢，突然朝姜维脸上打了一个耳光，坐倒在地上。

"母亲，不要生气，孩儿也是没有办法呀。儿已经失去了两个亲人了，如今再不能失去……"姜维说罢捂着自己的脸大哭起来。柴氏抱着姜维也伤心地痛哭起来，片刻后柴氏慢慢说道："吾儿不必啼哭了，是为娘的不对，不该打你，如今既然拿来了，那就把人头摆上桌案，香火侍候，为娘赔示一下，让他早早转世去吧，维儿跪下。"柴氏说罢挣扎着起来，取出香蜡表纸设案跪下，双手一合，念了一段经文。姜维跪下不停地磕头，而后柴氏化纸磕头。

姜维慢慢地说起了拾回人头的经过。今日上午时分，烈日炎炎，午时三刻，只见冀城菜市口人山人海，人们像潮水般来回拥挤，北面平台的木桩上绑着三个犯人，他们后背上都插着用朱砂红笔打叉的要命牌，每人身边都站着一个身穿红袍、头系红绸带的刀斧手，台上坐着穿大红袍的监斩官。这时只听旁边一衙役大喊道："午时三刻已到，请大人行刑。"此时监斩官起身向四周瞟了一眼，咳嗽两声，而后又向三个刽子手瞪了一眼，大声喊道："菜市口看热闹的闲杂人等闪开退后，不要拥挤生事，不要大声喧哗，不然老爷我连尔等一块儿收监问罪，听着，凶犯家属可自行处理死者尸体，打扫行刑现场……行刑。"这时，菜市口看热闹的人们开始涌动了，小孩子的哭叫声，大人们的喧哗声一下子淹没了监斩官的吼叫声。胆小的人不敢用眼看刽子手手上闪闪发光的钢刀和烂泥般瘫在那儿的罪犯，有个胆大的壮汉忽然抬头用手指着台上的罪犯，骂着说："大伙儿瞧瞧，这就是做了恶事的下场。"另一个老汉也跟着说："小伙子，这是天报，杀了人，终究是要偿命的。"

此时，监斩官随即从木箱里抽出三支犯人姓名牌扔到台上，同时牛角号响了起来，只见刽子手同时大口喝了一碗酒，而后把碗摔到地上，向刀刃两面喷了两口，手起刀落，只见三颗人头同时落地，顿时无头脖颈上鲜血喷出老高，血流成河。一直躲在石狮后面的姜维突然一个鹞子翻身，扑到台下血淋淋的人头面前，急忙脱掉上衣，将人头包住，抱起就跑。这时，只听后面有人边追边喊："放下，快放下，这是我……"原来追赶姜维的一老一少父子两人老的是王二的父亲，少的是王二的小弟，家住渭河畔上的王家庄。"不好，有人追赶。"姜维自语着越跑越快，几乎飞了起来。片刻后不见了踪影，他二人追赶不上姜维，就进村挨家挨户地寻找。一个焦急地说："爹爹这小子明明跑进了姜家庄，怎么一转眼就不见了呢……唉！他为啥要抢我哥的首级呢?"

"我儿我看算了，咱们回吧，这是天意，谁叫你哥王二赌博成性，杀人灭尸，今日有这样的下场这是他罪有应得……也罢，你哥的人头是找不着了，但爹看出来了，那小子是想用人的脑髓给什么人治病去了。听说这可是世间少有的秘方，能医治好人多年的顽疾，我也是听

庄上老人说的。说实话若用你哥的人头，果真能治好什么人的病，也就值了，没想到王二逆子到了阴曹地府还做了一件积德行善的好事呢，唉，走！咱们回。"

这姜维一口气跑到姜家庄，未敢进家，他上山后先躲到一片树林里，屏住呼吸低头偷看，好一阵后眼看天色已晚，夜幕降临，再没有人追赶时，他才抱着人头从树林里出来慢慢地来到窑洞里。

这正是：

> 姜维胆大能包天，
> 竟用人头疗疾顽。
> 常人怎能办得到，
> 从小做事不一般。

欲知这颗人头究竟是什么人的，请看下回分解。

第四章

赌博汉杀人焚尸　王师爷巧破凶案

第十三回　王二赌钱

说起姜维抱回来的这颗人头，究竟是什么人的？这儿不妨细细讲说一番。原来这王二是城北王家庄人氏，他是庄上不务正业的一个赌徒。一日夜晚，他在县城西关马家钱庄赌场赌钱，他赢了八十吊铜钱，大约半个时辰后，不但将这八十吊铜钱输光，反而还欠了别人的三百吊铜钱，同桌的赢家张三瞪大圆眼，恶狠狠地说："常言道杀人偿命，欠债还钱，姓王的你今日欠爷三百吊钱，你是还钱还是抵命，随你挑。"

"还钱、还钱，小弟马上还钱。"这王二赶紧低头哈腰赔着笑脸说。

输红了脸的王二正在发愁之际，他贼眉鼠眼地左右两看，看到放钱的庄家马有财也在耍钱，这王二悄悄过去，贴到马有财耳边，用双手捂住嘴，央求地低声说："马大哥赶紧救救场，小弟我今晚手气不好，财运不佳，不但连本输了个精光，而且还欠了人家三百吊铜钱，马大哥您行行好，暂借小弟五百吊，让我捞回来，我王二一定加倍还你。"

马有财听了这话，眼前忽然一亮，寻思片刻后，猛抬头，坚决地说："借钱可以，得三倍还上……五百吊……三五一十五，你可要还一千五百吊铜钱哩，期限是三天……看你敢不敢借，口说无凭，立字为据。"

"好，好，我借，我借。"王二眼巴巴看着马有财焦急地说。他心想这马有财的心比锅底的黑墨还黑，比地上的蛇蝎还毒，可自己要过眼前这一关，怎么办？王二心一狠，豁出去了，于时就说："我写，我立马就写，场主快拿笔来。"场主马有财拿来笔和纸，王二赶紧战战兢兢地写了"借冀县马家山庄马有财铜钱伍佰吊，利息三倍，共壹仟伍佰吊铜钱，从即日起，期限为三天，若还不上愿意以本人房产妻子抵当"，字据写好后，双手交给马有财，这马有财一只手将借据掌在眼

前，细细一看，另一只手指着让李小二把一个沉甸甸的布包推到王二面前，王二迫不及待地打开一看，倒在桌上又用手数了数。见五百吊铜钱，一文不少，这马有财又是一句："王二小儿，三天后你可要主动上门还钱啊，如期不然你那王家庄上的房院和你老婆娃娃可都是我马有财的了……到时候你可别后悔啊！"马有财说罢恶狠狠地大笑起来。

"马大哥，你就把心放到肚子里吧，三天后保证连本带利背上到你府上拜访。"

"你说话可要算数啊。"

"放心，没麻烦。"

这马有财小心翼翼地把借据折好后揣到怀里，转过脸一拍屁股，头也没回地走了。这王二一看马有财揣着字据，心满意足地走了，他随口骂了一句："要钱不要命的黑心狼，等着去吧。"

"三百吊数过来呀。"张三又瞪大眼珠子指着王二的鼻子恶狠狠地说。

"给，这是还你的三百吊……我还剩二百吊，咱们再要两把如何？"

"要就要，你输了可别怪张三大哥欺你。"张三激了一句。

"愿赌服输，废话少说，来。"王二提起包袱"哗啦"将两百吊铜钱倒在赌台上，得意地说："这次我押小，我先摇。""我押大，你先来。"张三随口一句。王二一只手抓起碗子，用劲摇了几下，"哗啦"一下泼在赌台上。这时，大家都将头挤到赌台上，对面的人碰了对面人的头，互相疼得摸起头来了，张三睁大眼睛一看，傻眼了，然后向后撩了一下，丧气地说："完了。"

王二得意地大声喊道："我赢了，我赢了……"说罢双手将对方的二百吊铜钱抛到自己的怀里。

"再来……"张三不服气地说。

"来就来……我还押小，我先来。"王二兴奋地说。

"我押大。"张三目不转睛地盯着碗子。

王二双手抓起碗子，用劲摇了几下，"刷"的一下揭开碗子一看："哈哈，我又赢了。"而后"哗啦"一下又将张三的二百吊钱抛到自己怀里。这张三急了大声说："这次咱们来大的，四百吊一碗子，输了走人。"

"四百就四百，我还押小，还是我先来。"

"你先来就你先来。"张三将自己放在桌子下面的钱全部倒在赌台上，数了一下，刚好四百吊。

王二得意地又一手抓起碗子用劲摇了起来。

"大大大。"

"小小小。"

王二摇了好几下后"哗啦"一下将色子泼在赌台上，睁大眼珠一看，突然眼前一黑，一下子瘫倒在地上了。

"哈哈，我赢了我赢了。"张三大喊着双手将王二的四百吊铜钱"哗啦"一下全部抛到自己怀里了，一直站在旁边的手下急忙帮着张三把钱装进了布袋里，"对不起了，我就不陪你玩了，今日就玩到这里，大爷我还有事，恕不奉陪，告辞了，二娃咱们走。"这李二娃早已背起布包迈出了房门，张三唱着山歌，甩着罗圈腿摆开四方步子，昂首挺胸地走了出去。

这正是：

> 好吃懒做不动弹，
>
> 王二一生好赌钱。
>
> 空中哪有馅饼掉，
>
> 无钱定要生事端。

欲知王二究竟能否还上借债，请看下回分解。

第十四回　穷凶极恶

话说，转眼已到还钱的日子了，怎么办呢？这王二连着三个晚上都没有合一眼，吃饭也没有味道，怎么办？日期已到，我拿什么给人家还钱，也怪我王二太贪心了，当时要是赢了四百吊的时候，连赶收手，背起钱走人多好啊！我王二从今以后要啥有啥，吃香的喝辣的用不着发愁，再到集市上去给老婆娃娃扯几段花布，做几件漂亮的衣服穿上，你看有多美啊！可如今，我王二却落到了这步田地，也是我自作自受，这真是富汉的心穷人的命，想吃锅盔不中用。王二心里越想越后悔，越想越来气，他干脆坐起来，一个劲地用拳头猛劲砸着自己的胸膛。这时王二老婆揉揉眼，翻了个身，骂道："你半夜三更不睡觉，犯的什么病？烦死人了。"

这王二也不吭声，翻身起来，下炕一个人在院子里转悠去了。这时鸡叫三遍，东方拂晓了。

只见王二去厨房里取了个玉米面馍馍，叼在嘴上，双手抡起一大布包东西，背到身上，这东西沉得把王二的腰闪了一下，他没精打采，像丢了魂一般慢悠悠地上山向马家山庄马有财家走去。

大约一个时辰后，王二背着沉重的布包，吃力地走着走着，不觉来到马家山庄庄前的一片树林里，他实在走不动了，就坐在一块石头上歇了起来。突然老远看见一个放羊的小娃娃，赶着一群羊，从树林里穿了过来。王二心生一计，忙叫住那小娃说："娃儿，过来，大叔有话问你。"这小娃走过来问："大叔你有啥事？"

"你知道马家山庄上的马有财吗？"

"知道，从这儿再走半截路便到。"

"娃儿，我背着东西实在走不动了，你给大叔捎个话，就说王家庄的王二给他还钱来了，在庄头等他着呢！……给，娃儿这是一把饴糖，可甜呢，拿着！"这小娃看着这个陌生人，不敢上前接糖。"给，娃儿别怕，叔叔不是坏人，拿着。"王二说着站起身，将一把糖塞到小娃手里，又说，"去，叫马有财去，我在这儿等他着哩。"

这娃儿接过糖后边吃边赶着羊群跑进庄去了。

大约半个时辰后，只见从庄里走来一人，进了一片树林，嘴里不住地喊："这王二在哪儿，怎么到庄上了，还不进家，我怎么看不见？……王二，王二你在哪儿。"马有财焦急地大喊起来。

"我在这儿呢？你喊叫什么……你是让人都知道你马有财放高利贷吗？"

"王二你怎么不进庄，把钱背到我家里来呢？"

"那么多钱，我能背得动吗？我背到这儿，都把我快要累死了，哎，你把借据拿来了吗？……当初咱们可说好，一手还钱一手交借据。"

"给，忘不了。"这马有财说着从怀里掏出了王二给他写的还一千五百吊铜钱的借据。

"拿过来我看。"

"给，你把钱拿过来我看。"马有财从怀里掏出借据，小心地说。

这王二突然一把夺过借据，几下撕成了碎片。这马有财急忙扑过去撕住王二骂道："你这个坏怂，怎么把我的借据撕了，我还没有验你的钱呢？"

"马大哥，你不要急吗？钱一分也不少，都在旁边放着的布袋里装着哩，你瞧，满满一口袋，你自己验去，我走了。"

这马有财急忙跑过去，扯开布袋一看，傻眼了，我的妈呀！里面全装的是碎石头。

"王二，哪里走，你看你布袋里都装的是什么？"

这王二边走边说："是钱呀。"

"你说是什么？"马有财气急败坏地一下追了过来。这王二说罢，脚下越走越快，最后干脆跑了起来。

马有财三脚并着两步，一下子奔了过来，一把扯住王二的后衣角。王二急忙转过身，双手拆着马有财的手，可怎么也拆不开，王二干脆

一不做二不休，豁出去了，于是朝马有财脸上一拳。这马有财那里顾得上疼，只是一把抱住王二的腰，用尽全力一甩，将王二摔倒在地，马有财骑在王二身上，用尽吃奶的力气，铁拳乱砸，几下子打得王二鼻青脸肿，皮开肉绽。大骂："你这个不讲信誉的癞皮狗，你要借钱，我好心借给了你，欠债还钱，杀人偿命，天经地义，你今日背着一布袋石头，上得山来，欺骗于我，我把你当成好人，先给你了借据，你却把它撕了，你让我去拿钱，我打开一看，布袋里全是石头，你叫我全家人今后怎么活呀！你知道吗？这钱是我全部家当。你这个狼心狗肺的家伙，我今天要打死你。"马有财越说越来气，骑在王二身上，又继续用拳砸了起来，马有财三下五除二把王二用拳头砸得已经奄奄一息了。谁知这王二用尽了吃奶的力气，鼓劲一翻身又将马有财压倒在身下，用拳头一阵乱砸，这马有财个头高大，身壮如牛，这王二根本不是他的对手，马有财又使劲一翻身将王二压在身下，使劲"啪啪"照脸上乱打，王二拼命挣扎，就是无法翻身，王二双手在地上乱摸乱抓，突然从地上摸到一块石头，抓在手里，用尽全身力气，朝马有财头上猛砸了一下，当时就砸晕了马有财，马有财一下子从王二身上滚了下来，倒在了地上，脸色苍白，没有力气。王二又压在马有财身上用石头像雨点似的猛砸马有财头部，一阵后不动弹了，王二还在用石头猛砸，他砸累后才放下石头，用手一摸马有财的鼻子："啊，没气了，了不得了，我怎么把人给砸死了，这……"

王二一看闯了人命，连忙站起拔腿就跑，他刚跑了两步，停下，寻思道："不行，我不能就这样跑了，这样会被人发现的，干脆一不做二不休，弄它个干净。"

王二转身走到马有财的尸体跟前，从怀里掏出两块打火石，砸了两下碰出了火花，又掏出一张纸点燃后扔到尸体的衣服上，突然燃烧起来。王二一看尸体烧着了，转身就走，刚走了两步又停下，看见遍地都是他撕碎的小纸片，便回来一点一点地拾起全部扔到火里了，然后又过去将一布袋的石头"哗啦"倒下，将布袋也扔到火里烧了，一看四周无人，赶紧跑了。

话说马家山庄上的人老远的看见庄前树林里火光冲天，烈焰滚滚，突然有人大喊："着火了，树林里着火了……赶快来救火啊。"

于是大伙儿都挑着水桶，扛着铁锹，从四面八方赶来救火，这个给火堆上泼水，那个用铁锹拍打火苗，突然有一人用铁锹拨出两块正在燃烧的骨头。"啊呀，这是啥东西？"这人惊讶地大叫了一声。在场的一位老汉急忙大声说："大伙赶快把骨头拨出来，不要烧光了……我看这是啥骨头？"

这时只见一女人抱着一个小男孩，上气不接下气地跑来了。同时又一个小伙子用铁锹拨出了一件未烧完的半截黑上衣。这女人急忙跑过来踏进正在燃烧的火堆里，提起衣服一看，"啊，这不是我家男人有财穿的衣服吗？怎么烧成……啊，我的天呀，这是那个挨千刀的把我男人烧死了。"这女人哭着扑到火堆里，打起滚来，旁边的人拉都拉不住，马老汉一看说："老四，你赶紧骑上咱家的骡子，到衙门报案，这可是人命官司。"马老汉说罢蹲下身从火堆里拾出几个骨头。

这会儿马有财的老婆已在火堆里滚成了一个黑人。她哭喊着说："我家男人平时与人无冤无仇，他连三岁的小孩也没有惹过，怎么被强人烧成这样子了？"另一个中年人脱口而出："这说不定是有人图财害命起了歹心。"

"是哪个，我柳金莲和他拼命去，这个挨千刀的我与他拼了。"马有财的妻子柳金莲急忙从灰堆里站起瞪着大眼到处寻人。

正说间，只见远处尘土飞扬，一阵后，一帮衙役、捕快骑马来到事发现场，为首的一人下马后大喊："马家山庄闲杂人等一律远离此地，老爷我要勘查现场，调查亡者死因！"

这时几个衙役用木棒驱赶围观的人。让大伙儿都一一退后，只见一女人抱着个小男孩，"扑通"一下跪倒在此人面前，哭着说："大人替我做主啊，我家男人死得好冤啊。"

"好了，好了……这位妇人你起来站在一旁，不要妨碍老爷我勘查

现场。"

在场的闲杂人等散开后，负责命案的王师爷在已扑灭的火堆旁，睐着一对鼠眼，贼眯眯地来回转了两圈，突然转到这女人跟前，用手一指，威严地大声喊道："大胆淫妇，你分明是与那奸夫共同作案，杀人灭口，焚尸毁迹，你倒还在这儿猫哭耗子假慈悲，衙役们把她给我绑了，带回县衙严加审问。"

这时，衙役捕快数人快步过来三两下将这女人绑了。

"冤枉啊，大人……民女不是凶手，民女是马有财家婆娘，你抓错人了。"

这时前来救火的庄间人纷纷议论起来，这个说："大人，你弄错了，她的确是马有财媳妇。"那个道："是呀，她是马有财女人，来寻她丈夫的，大人怎么把她也抓起来了，错了，错了。"

"没有错，你们不要干扰公务，走，带回去审问就清楚了。"王师爷把袖子一甩，口气坚决地说。

"实在是冤枉啊，大人。"这马有财婆娘拼命地喊着，回头拉着自己的儿子，不愿离去，这帮衙役加推带拉往县城走去。王师爷上马前顺口问道："你们谁是死者马有财的亲属？"

"大人，我是他大哥，马大有。"站在火堆旁泪眼汪汪的马大有双手一拱答道。

"你叫人把你二弟的骨灰埋了，让他安息吧，本师爷自有公论……衙役们走了。"

马家山庄上的男女老少对衙门里的这一做法非常愤怒，其中一个中年人跑了几步，大声骂道："什么狗屁县官，不分青红皂白，上得山来就乱抓人，简直是草菅人命。"另一个又骂着说："该抓的人不抓，把不该抓的人抓了，世间哪有这样的糊涂官，这是什么世道，走，乡亲们咱们到县衙论理去。"紧接着有一帮人跟着此人快步下山进城去了。

这正是：

世间事儿太奇怪，

好心当成驴肝肺。

王二耍钱害人命，

有财婆娘倒大霉。

欲知王师爷究竟如何断案，请看下回分解。

第十五回　法网恢恢

话说这王师爷一干人马押着死者马有财的婆娘带孩子来到县衙后，县令杨雄用怀疑的目光看了一眼这女人和孩子，回头对着王师爷不解地问："师爷你这……吾不是叫你前去马家山庄勘察杀人现场去的吗？怎么带回来一个女人和孩子？"

王师爷让众衙役退堂，而后亲自给马有财婆娘解绳松绑，让座、看茶。笑着说："马有财婆娘委屈你了，今日之举都是为了早日破案抓到真正的凶手，为你丈夫申冤，我这么做是不得已而为之，不要怪怨本师爷。"

"王师爷你葫芦里卖的什么药？前脚把人家绑来了，后脚又给放了，你这是什么意思？"

王师爷走到杨县令跟前，贴到耳边，窃窃私语如此这般地说了一番。杨县令听着不住地点头。而后王师爷叫人将马有财女人和孩子领到后院管吃管住，与外界完全隔离了。

就在这时，马家山庄一干人已经到了县衙大门口，要进去为马有财婆娘申冤，门上的衙役们用棍棒把他们打了出来，骂道："快走快走，县衙是你们这些刁民随便能来的地方吗？回去等候，不要干扰大人办案。"

这些人无奈，只得憋着一肚子的怨气，气愤地上山去了。

且说这王二自那日将人打死焚尸后，他不敢上庄，早已跑得无影无踪。然而不久，满冀城百姓都在传言马家山庄马有财婆娘与人通奸，打死自家男人，用火烧了尸体，县衙已将其马有财婆娘柳金莲捉拿归案，还说官府正在四处缉拿奸夫吴有仁。城门口墙上已贴出了缉拿罪犯的画像和布告。

自从马家山庄出了命案后，县令杨雄命本衙师爷王智林限期一月内破案，这王师爷压力太大，寝食难安，不得以才出此下策，冒险定了一计。

这天上午时分，他让衙役打开后院柴房房门，一个人走了进去。只见这母子俩正在一块床板上睡觉。王师爷的脚步惊醒了柳金莲，她惊慌地连忙坐起。

"不用怕，老爷我是前来向你询问案情的。"

"大人你说，民女听着呢。只要是我柳金莲知道的，不敢隐瞒，全答复于大人。"

"柳金莲，我问你案发前，你在家做什么？"

"民女在家正要做饭。"

"你男人当时在干什么事情？"

"我男人当时正在给小花狗喂食呢……那狗娃子当时还'汪汪汪'地叫了起来，原来是庄北头的放羊娃马岁狗推开大门跑了进来。"柳金莲仰起头回忆着说。

这王师爷一直注视着柳金莲的眼神，步步紧逼着问："你接着说这放羊娃，到你家做啥来了？"

"大人，您听我说……马岁狗进门后上气不接下气地用手指着外面说，二叔，庄外小树林里有一人坐在石头上歇着，旁边还放着一个大布口袋，像是装有什么贵重东西似的，看上去怪沉的。当时，我男人急忙问侄儿马岁狗那人是否上身穿一件黑布衫下穿一条黑色灯笼裤。马岁狗点了点头，还说那人站起后给我硬塞了一把饴糖让我吃。'对，就是他。'马有财眼前一亮兴奋地说。我当时还顺口问了一句，是谁呀！我男人说：'是大王庄的王二呀，他与我有一笔大买卖，我得去看看……你一个妇道人家管那干啥？岁狗带路走，在哪里？'马有财说着一个健步跃出门去，马岁狗急忙跟在二叔马有财身后出门去了。

"回来，饭就要熟了……这挨千刀的，我当时还以为出门到树林里谈什么生意去了，也没在意，谁知……"

"好啦，今日就问到这儿。"王师爷已胸有成竹地背着手走了出去。他进得大堂立即叫了两个衙役快马加鞭一溜烟工夫，将马家山庄放羊娃马岁狗带来县衙问话。

且说这王二事发后害怕县衙抓他，连夜跑到南山米家岙一个亲戚家里躲了起来。半月后的一天，表哥米来祥进城买柴，在城门口听人说，半月前马家山庄的那起杀人焚尸案已经被官府破了，听说凶手是一对奸夫淫妇，那女的正是马有财的婆娘，早已被官府抓去关进了大牢，官府正在派人四处捉拿奸夫吴有仁。这米来祥一看好多人挤在城门口看着墙上的什么，他连忙挤过去，抬头一看，城墙上贴着缉拿犯人的告示，上写吴有仁如此这般等等。

　　这米来祥回家后将城里听到的和看到的事情一五一十地说给了表弟王二，王二听后哈哈大笑起来，在屋里来回转悠了两圈，得意地说："没事了，我可以回家……"

　　"啥没事了？表弟，莫非你在庄上犯了什么事了？"这米来祥睁大眼睛怀疑地问。

　　"没事，我没事，也不是我的事，你不是说是那对奸夫淫妇的事吗？"王二脑筋一下子转了过来。

　　"你没事就好，没事就好，你不再住两天，怎么这就要下山去了？"

　　"对，我这就得回去，在你家住的这半月来，表弟我的手实在是太痒痒了。再说，我在你家的这段日子，给你也添了不少的麻烦。我今天就走，你也知道我这半辈子一直是在赌场上度过的，两三天不赌就憋起病了。好了，不说了，哎……表哥，把你进城卖下柴的钱给我先借上，等我赢了双倍还你。"这王二张口又向米来祥借钱了。

　　"这……表哥我还要攒着几个钱给你侄儿娶媳妇用呢。"

　　"哎呀，不耽误，等我赢了一定双倍还你，你今日说这话算是找对人了，下次我连钱带人一块给你送来……可不是吗？正好我外甥女兰花今年刚好一十六岁，还未过门呢，这事包在表弟我身上了。"王二三寸不烂之舌一下子说得这米来祥高兴极了，急忙跳上炕，从木匣子里取出了五十吊铜钱，又"刷"的一下跳下炕，笑着双手掌着递给王二说："表弟，你侄儿的婚事就全靠你了。"米来祥说着双手一拱，高兴地蹦了起来。

"表哥，咱本来就是一家人嘛，跟我还行啥礼吗？"这王二得意地用双手握住米来祥的双手，笑着把米来祥的双手压了下去。而后，他赶紧将五十吊铜钱装进一个布袋里，双手一拱说："表哥，保重，三天以后等我信儿。"王二说罢，唯恐他表哥米来祥变卦，背着钱布袋一溜烟工夫跑下山去了。

且说，王师爷叫人把马家山庄上的放羊娃马岁狗带到县衙后，如此这般地对放羊娃嘱咐了一番。而后，这放羊娃已打扮成乞讨娃，天天蹲在县城西关刘家钱庄门外守候。这时，大街上一帮衙役全部打扮成农夫模样在大门外来回转悠。这王二哪里知道一张无形的法网正在向他暗暗撒来。

话说，这王二背着五十吊铜钱袋子连家都没回就直径下山，来到县城西关刘家钱庄，他大步流星地走进赌场，进门前还回过头贼溜溜地左右一看，而后一步奔了进去。

这正是：

> 王二做了亏心事，
>
> 杀人焚尸违天意。
>
> 法网恢恢罪难逃，
>
> 可喜人间有道义。

欲知县衙捕快究竟如何抓住王二，请看下回分解。

第十六回　为民申冤

　　话说门外这乞丐娃看得清楚，一眼就认出了王二，他向左右点了点头，用手一挥，这时突然有十几个农民打扮的壮年人一起跟在乞丐娃的身后进了大门。手提竹篮子、挂着打狗棍的乞丐娃马岁狗进门后来回寻找王二。这王二已在东头一个赌台上正得意忘形地摇着碗子。这乞丐娃挤到王二跟前一点头，顿时十几个"农夫"也挤到了王二跟前。

　　"哪里来的讨饭娃，去去去，脏死人了，你也挤在这儿凑热闹呢，滚一边去。"

　　"就是他……给我饪糖的人。"乞丐娃一把揪住王二的衣角。

　　"王二，哪里走……抓住他。"一个衙役大喊一声，一把抓住王二的胳膊，其他人一起抱住王二的腰，这王师爷进来大喊一声："将凶犯王二带走。"王师爷等一干人在赌场上抓住王二后，当天收监次日审问，并让放羊娃马岁狗当场指认。

　　这时，马有财婆娘也出现在堂前，她一看到凶手竟然是他时，跑过去双手撕住王二，朝脸上扇了一个耳光，骂道："你这个丧尽天良、忘恩负义的赌徒，我丈夫为在赌场救你，竟然瞒着我给你借了五百吊铜钱让你翻本。你不但输了个精光，还欠了许多赌债，你无钱还债就背着一布袋石头上得山来，欺骗我丈夫说布袋里背的全是铜钱，并要我丈夫当场拿出你写于他的借据。我丈夫老实，也没有防备，就顺手掏出了借据，谁知你竟然把它撕了个粉碎撒腿就跑。我丈夫追赶你，你说钱就在布袋里当我丈夫打开布袋后一看里面全是石头急忙追赶你时，你竟然回过头来抱住我丈夫一顿好打，最后，你竟然残忍地用石头猛砸我丈夫头部，结果致使我丈夫毙命。你还回过头来又将我丈夫用火烧了，你个挨千刀的，我今日非打死你不可。"柳金莲说罢，急忙夺过衙役手中的木棒来打王二，被王师爷一把挡住说："马有财婆娘，现在真相大白，你消消气，让县令大人公开宣判此凶犯，还你一个公道。"

这王二一下子瘫倒在地上，在人证面前无法抵赖，当场承认了杀人焚尸的犯罪事实，师爷让凶犯当场画押。杨县令听得清楚看得明白，大喊一声："大胆赌徒王二，你竟敢图财害命，用石头将马有财打死还焚尸灭迹，罪恶累累，按大汉王朝律法秋后问斩，衙役们将杀人犯王二押下去投入死牢。"

一日上午时分，一帮在庄稼地里干活的庄间男女忽然看见马有财的婆娘骑着一匹高头大马，怀里抱着自己的孩子，摇摇晃晃地上得山来。拉着缰绳、牵着马的衙役用袖子抹了一把脸上的汗水珠子，上气不接下气地自语道："我的老天爷啊，终于到了……这马家山庄怎么这么远呀，要不是王师爷派我跑这趟差事，打死我，我也不来呢！平常都是我们这些官差骑马，百姓们拉马，这次不知怎么了，县令大人和王师爷却偏偏叫马家山庄马有财的婆娘和娃娃骑马，变成了我这个官差拉马，真是不可思议。哦，对了，可能是咱王师爷心里有点对不住这马有财的婆娘，才这样做的，不过还好，回去时有马骑呢……乡亲们，我把马有财婆娘娃娃送回来了，你们接回去吧，我还要回去交差去呢。"

关于姜维抱回来的人头一事，说到这儿就该结束了。但最后还要带上一笔，原来杨县令让王师爷在一月之内须破了此案，给受害者家属有个交代，谁想他竟然巧施妙计，很快在半月之内破了杀人焚尸大案，王师爷断案神奇之事已在冀县大街小巷传为佳话，人称王师爷为"冀县神探"。

县令杨雄走上前，双手紧紧握住王师爷的手，高兴地说："哈哈，我的好师爷，你真能行，在短短的半月之内就能破了此桩杀人命案，真是神了，我杨雄有你这个文案协助于我，是冀县百姓之大幸也，今后我可高枕无忧……唉，只可惜咱冀县还缺少一个武功盖世、天下无敌的武将来保一方平安啊！哎，王师爷你不是提议咱冀县要来一次青壮年大比武吗？这可是件大好事，咱可趁这个机会从比武优胜者中精

选一些忠君良将来保卫咱冀县百姓安危。"

王师爷双手一拱说："在下正有此意。不过眼下还不是时候，等过几年再说。"

这正是：

> 生前赌博害人命，
> 死后还能做善魂。
> 天常有情论公道，
> 福报往往赐穷人。

欲知姜维如何学艺，请看下回分解。

第五章

西禅寺山高路远　为习武双腿跑断

第十七回　伯约拜师

话说母亲柴氏病愈后，这一日老早领着八岁的姜维，怀着愉快的心情上西禅寺（今大像山）进香还愿，当柴氏还了愿后起身要走时，却不见了儿子姜维。她急了到处寻找，不停地大喊："维儿，维儿你在哪儿？"这时趴在松树枝上的姜维看到院内老道脚下电闪风驰，拳打脚踢，忽儿一个鹞子翻身，忽儿一个老鹰抓鸡，忽儿又一个飞脚踢虎，忽儿一个风扫鸳鸯。他正看得入迷时，忽听到母亲的呼叫声，姜维"唰"的一下从树上溜了下来，离地面三尺时翻了个跟头，双脚落地。正好与推开院门的老道相遇，其实院内老道练武时早已察觉墙外树上有一小孩偷看自己练武，他故意装着不知继续操练，当听到墙外忽然有一女人叫喊时才停下推门走了出来。老道双眼定睛一看，不觉大吃一惊，自语道："这是谁家的小施主。"说罢双手抓住姜维的肩膀，上下仔细又看了一番，惊奇地说："我看这小施主，头大额宽，两耳垂肩，身大膀圆，天生异相，气度不凡，将来定是国家栋梁，不凡，不凡，无量天尊。"

正在寻找姜维的柴氏看到道人与小姜维说话，急忙过来高声说："维儿快给师父磕头。"柴氏说着，急忙抓住姜维的胳膊一起跪下磕起头来。

"女施主快快请起。"老道说罢，急忙扶起姜维母子，接着说，"他是你的孩子？"

"是奴家的顽童，今年刚好八岁，我母子惊动师父了，还请见谅。"

"无妨无妨，你家孩子从面相上看，他不但有将相之才，而且还有孝子之心……难得！难得！善哉！善哉！"这道人单手一举、双眼一闭说。

"师父过奖维儿了，奴家很是不安，多谢！多谢！维儿我们走。"柴氏说罢，拉着姜维正要下山。

69<<<

"慢……老道有一个请求，不知女施主答应否？"

"什么请求？师父但讲无妨。"

"贫道已经看上你家孩儿了……今后能否留在寺院，跟贫道习武练拳，一则可以强身健体，二则将来长大了还可以保家卫国，报效朝廷，你看意下如何？"

"这……好啊，不瞒师父您说，奴家祖上也曾是练武之人，奴家从小也常练一些表皮拳法，平常也教维儿一些简单的棍棒之术，但终不能成大器。自古凡成大器者，常有高人精心教练，指点拳路终能长进。俗话说，名师出高徒嘛！奴家今日将维儿交于师父是最好不过了。这也是维儿的福气，维儿跪下，赶快给师父磕头！"柴氏高兴地说。

"母亲，维儿就喜欢习武，今有师父教我，太好了。"姜维说罢连忙跪在师父跟前，连磕三个响头，不停地说，"师父在上，徒儿这里给您磕头了，往后我一定要全心学艺练武。"

"徒儿快快起来。"老道忙扶姜维起来，捋了捋胡须哈哈大笑起来。

柴氏一看，今日姜维遇到了大善师父高僧道长，高兴地合不拢嘴："儿一定要好好拜师学艺，不要辜负了师父和为娘的期望，但有一句话维儿切记。"柴氏叮咛着说。

"母亲只管吩咐，孩儿听着呢。"

"儿只管习武，不许出家。"

"儿明白！儿还要养活母亲，给母亲尽孝呢……儿只习武不出家，早晚一定回家侍奉母亲。"

"孝子！天底下少有的孝子！可姜家庄离西禅寺二十里路程呢，徒儿……"道士操心地说。

"不怕，徒儿从小就经常上山打柴，很能跑路，这二十里路不远。"姜维赶紧应声。

"好，那就一言为定，从明日起，每天早上上山习武，日落回家侍奉你母。"

"谢师父了，维儿咱们走。"柴氏说着向师父施礼，二人下山去了。

次日早晨，天刚蒙蒙亮，柴氏下炕到灶头旁忙活着，烙了几个白面馍馍，用布包好递给姜维说："维儿，这是为娘烙的三个白面馍馍，你吃一个，给你师父送上两个，作为拜师礼，让他尝尝，这也是为娘的一点心意……维儿记住，到了山上，可要好好学艺，不得贪玩。晚上回来给娘要要，娘要看你学的怎样。哦，练罢武，早些回来。"姜维双手接过布包，调皮地说："娘，维儿记住了，上得山来维儿先给师父送上娘烙的馍馍，再跟师父学艺，你看是这样吗？"柴氏听罢，用手抚摸着姜维的头高兴地说："我的维儿就是聪明，已经长大了，对师父一定要有礼数……对了，西禅寺山高路远，儿走路脚下一定要格外小心，不要摔了绊了。""娘，放心吧，维儿记住了。"姜维边走边说，一溜烟工夫走远了。

不久，姜家庄及附近几个庄上的娃儿们听说姜维在西禅寺拜师学艺，他们觉得好奇都想看个究竟。于是，一日早晨，这些娃儿们三五成群结伴来到西禅寺看姜维学艺，姜维练了一阵后正要休息。突然有一小孩跑上前向师父躬了个躬，激动地说："师父，王勇也想学艺，请师父收下吧。"同时，四五个孩子都跑过来跪在地上让师父收下学艺。黄龙道长一看，高兴地笑着说："徒儿们快快请起，只要你们今后好好学艺，用心练功，贫道一定将平生所学全部传授于你们。姜维徒儿，快快过来见过你的众师弟们。"

姜维双手一拱，高兴地说："啊，这下太好了，我有这么多师兄师弟了，咱们今后一块儿跟着师父好好学艺，长大了报效国家。"这帮徒弟一个劲地磕头，其中一个说："太谢谢师父了，我们一定不辜负师父和姜维师哥的期望，好好学艺。"

从此以后，冀县西禅寺热闹起来了，寺内不仅香客不断，香火旺盛，庙宇增加，还多了一些练武的孩童，黄龙道长更是起早贪黑，辛勤指导，亲自示范，手把手地教这些娃儿们练功，心里有说不出的高兴。一看到这些小徒儿们，更是乐和着合不拢嘴，人显得格外年轻了，而这些娃儿们在姜维的带领下学艺练武，更加刻苦认真了。

这正是：

> 自古英雄出少年，
> 习文练武不怕难。
> 从小立下凌云志，
> 驰骋疆场保民安。

欲知姜维他们此后如何刻苦练武，请看下回分解。

第十八回　黄龙轶事

且说，一日早上，天气阴沉，乌云翻滚，西禅寺院内一帮徒弟在姜维的带领下刻苦练功。

姜维在前面领拳，师弟们在后面跟学，近一个时辰，天空突然响了两声炸雷。顿时，天下起了大雨，徒弟们仍然在雨中练习。其中一个大徒弟名叫赵虎的说："师兄，天已下雨，弟兄们都淋湿了，能否让弟兄们停了明日再练？"

"练，如若在雨中打仗还能停吗？……眼下不吃点苦，将来上了战场何如？"姜维眼睛盯着赵虎坚决地说。只见大伙儿又认真练了起来。

"姜维徒儿，让大伙儿在禅房内躲躲雨吧，不然要受凉的。"黄道长从禅房里出来，看到徒儿们在雨中继续练武时心疼地说。

"弟兄们，师父发话了，今日就练到这里吧！解散。"姜维说了一声。这时，大家都在屋檐下躲起雨来。唯独姜维走进禅房生火给师父泡茶。

"徒儿快把衣服脱下，在火上烤烤吧，不然要受凉得病的。"

"无妨，师父。"

"快脱下趁火烤烤吧！"

姜维把上衣脱下在火上烤了起来。"哎，师父你上次好像话里有话，徒儿愿闻其详。"

黄道长喝了一口清茶，捋了捋胡须感叹地说："好吧！为师今日就将埋藏在心里十年前的一桩往事给徒儿细说一遍。"姜维点了点头，一边烤着上衣一边仔细地听了起来。

这黄道长坐在火炉旁慢慢地说起了那段不堪回首、痛苦而辛酸的经历：那是公元一八六年间的事了，为师家住甘肃狄道县（今临洮县）李家庄。从小父母双亡，家境贫寒，十五岁的我为了活命有口饭吃，就给人家也就是你的师爷陆智家喂马，维持生计，你师爷陆智系南安府（今陇西县）太守郭天义的女婿。你师爷看我老实厚道，就将自家女儿陆氏许我为妻，并教我武功。不久的一日，天气晴朗，我与师兄董豹，这董豹是南安府郊外董家庄人氏，比为师长三岁，我叫师哥。我和董豹在你师爷院内练功对打，董豹出拳狠准，杀气逼人，我处处躲闪，不与他计较，你师爷陆智在一旁摇头，而后进屋。

"师兄今日出招如猛虎下山，蛟龙摆尾，招招致命，我看今日就练到这儿吧。"

"怎么你怕了……我董豹今日就要与你李英比个高低，看谁武功高强，咱俩同拜一个师父门下，为何师父总是偏心与你，他给你老是吃独食，还把女儿金花许配与你，我就不明白了，你一个穷得叮当响的、无依无靠的喂马夫，有什么资格娶金花？"

董豹越打越气，李英继续躲闪。

"金花喜欢我，师父做的主，这就够了，为何你今日与我过不去？"李英生气地说。

"好了，你俩今日就练到这儿吧，回去吃饭。"师父陆智再次从屋里出来大声喊道。这董豹哼了一声，头也没回地一步跃出了院门。

"师父，徒儿也回去了。"李英双手一拱说。

"慢……贤婿你随我来。"陆智赶紧说。

李英跟着师父进了厅房，陆智一个垫步跳起，腾空从房梁上取下一个布包。落地后说："这是你的师爷传授于我的，他名叫郭天义，曾做过南安府太守之职，官为五品。今日为师把它交与贤婿，你可要好生保存，今日我看那大徒儿董豹杀气腾腾，满脸怒容，居心叵测，不怀好意，他这样下去早晚要出大事！给，你拿回去仔细深读。"陆智说着一手将布包递到李英手上。李英忙跪着双手接住，不解地问："师父，这是什么东西？"

"徒儿打开一看便知。"

"啊，《孙子兵法》三卷！"跪在地上的李英将布包打开后惊讶地脱口而出。

"徒儿起来说话，这三卷《孙子兵法》流传下来实属不易，绝不能落入恶人之手……我看你心地善良，为人厚道，又文武兼备，日后可大有作为，这部兵书也许对儿有用。"

李英双手掌着兵书，又一次跪下磕头说："多谢师父器重，徒儿日后定当细读活用，报效国家……噢，我看师父病了，这就去请先生。"

"不用了，这病是三年前被枣红烈马踢的，当年为师正值壮年，抗得住，当时无妨，为师也没有在意，这两年越发重了，怕是看不好了……"陆智非常吃力地说着，又咳嗽起来。

"不，师父，徒儿这就去请先生。"李英说罢，一溜烟不见了，一阵工夫请来了临庄先生姚世林，姚先生急忙为陆智把起脉来。

"先生，我师父他如何?"李英焦急地问。

这姚先生慢慢地起身后摇了摇头说："这位贤侄，你是他……"

"哦，我叫李英，既是女婿又是徒儿。"

这姚先生感叹地说："俗话说，一个女婿半个儿，你又是他的徒儿，这真是亲上加亲，贤侄过来说话。"姚先生避开陆智说，"我看你岳父的病恐怕是凶多吉少，给耽误了，我老汉是无能为力了。"

李英听后焦急地说："姚先生您一定要治好我岳父的病啊……我求求您了。"李英说罢，突然跪倒在地，给姚先生一个劲地磕头。

"贤侄快快起来，你岳父的病已经根深蒂固，神仙恐怕也搭救不过来，不过让他慢慢疗养，千万不要生气，也许还能多活几年。"姚先生说罢，捋了捋胡须，摇着头走了。

李英扶着岳父陆智到炕上歇息去了，临走时说："岳父大人，先生说了，只要你心情好，不要生气，病就好了。"李英说罢，眼睛湿润了。

一日，陆智师父疾病发作，躺在炕上呻吟。

大徒弟董豹突然闯进门来，满脸怒气，一对贼眼滴溜溜乱转，四处寻找什么。

"徒儿今日一进门二话未说，满屋寻找什么？"

"你心里清楚……快将兵书拿出来传授与我。"

董豹说罢又到处乱翻了一阵，还是没有找到。便一个垫步跳到炕上，双手撕住师父衣领，提起大喊："你个老东西，把兵书藏到那儿了，快说。"董豹到处寻找了一阵未找到什么，恶狠狠地吐了一句。

"师门不幸，我怎么教出你这么个丧尽天良、忘恩负义之徒……唉！真是一只恶狼啊！"陆智有气无力地骂道。董豹猛劲摇着陆智。

陆智双手分开，"唰"的一下跳起大喊："你要做甚？"

"你今日不交出兵书，休想踏出房门半步。"董豹步步紧逼。

"那兵书我烧了。"

"我叫你烧！"董豹说着朝陆智脸上一拳，陆智又朝董豹脸上一拳。这时两人撕打起来，从屋内打到屋外。

陆智上气不接下气，他边打边退，当退到墙角时没有去路了。董豹铁拳像雨点一般，用劲全力继续朝陆智胸前砸去。可怜这陆智口吐鲜血，无力再打，而董豹越砸越猛，结果陆智向后一倒，断气了。这董豹还在一个劲地猛砸。片刻后他恍然大悟："啊，我知道了……你把兵书传给李英了，我找李英去……"

董豹说罢，跃出门去，与正要进门的家人碰了个跟跄，家人进院一看，老爷坐在墙角一动不动，赶忙跑过去扶住老爷大喊："老爷你怎么了？啊，老爷死啦……李英大哥快救老爷，这是谁干的？"家人大喊着跑到外面去找李英。这时李英正在庄外一片草滩上放马，听到喊声，抬头远望。

董豹一口气跑了十多里路，闯进李英家门大喊："李英在哪？快把兵书交出来。"而后像疯狗一样到处乱翻。这时陆金花正给两岁的女儿貂蝉喂奶，见闯进一人到处乱翻。

"你要做什么？"金花大声喊道。

"我要兵书，你男人李英哪儿去了……快把兵书拿出来。"董豹气急败坏地说。

　　"兵书，什么兵书？我们李家不曾有什么兵书。"陆金花边给孩子喂奶边生气地说。

　　董豹双手抓住金花衣领，暴跳如雷地大声骂道："你和那老东西一样又臭又硬。这么多年了，我董豹一忍再忍，那老东西，平时就看不起我，你那穷小子李英有什么好？你就那么体贴他、爱着他，更可恨的，他把那么贵重的兵书交于李英这穷小子了，真是气死我了。"董豹一把将金花提起掌在空中，这时刚满两岁的小貂蝉从母亲怀里掉在了地上，哇哇直哭。

　　董豹又将金花放倒在地，如饿虎扑食般一下子扑了上去，用身体压住说："我今日得不到兵书，能得到临洮县的大美人，也是一件快事。"董豹说着双手撕开陆金花的衣服，解开自己的裤腰带正要施暴。陆金花拼命挣扎，她用劲推开董豹站起来就跑，董豹到处乱扑。陆金花刚要跑出门去，却被董豹飞起一脚，踢在陆金花身上，金花的头碰到门框上的一枚铁钉上，铁钉一下插进了金花脑袋里。顿时，一股鲜血从头上流了下来。董豹一看，傻了眼了，再用手一摸陆金花的鼻子，吓了一跳自语道："怎么就断气了呢，不好，我今日害了两条人命……快走。"

　　正在放马的李英一听家人如此这般的几句话，一下子站立不稳，他急忙跟随伙计飞也似的赶紧回来一看，岳父已经丧命。

　　"岳父大人，您这是怎么啦，快醒醒。"李英用劲摇着师父陆智的身子。

　　他突然把头猛一抬大喊"董豹！董豹在哪儿？不好，这强盗今天是冲着我来的，三娃子，你快叫人料理岳父后事，我回去看看就来。"

　　李英一口气跑了十多里路，进门看时，傻眼了，自己的妻子早已躺在血泊里，旁边小貂蝉还在地上不住地哭着。

　　李英扑倒在地，双手摇着妻子陆金花的身体。"金花这是怎么啦！你醒醒！苍天啊！你睁开眼睛看看，两条人命啊！这可怎么叫人活呀！董贼！你今日就是钻到老鼠洞里，我李英也要把你挖出来碎尸万段！"

李英一边叫人到衙门报了命案,一边请人帮忙,料理了这父女俩的后事。

发丧那天,李英及家人等穿白戴孝扯绳拉纤,纸钱漫天飞舞,鞭炮声"噼啪"乱响,唢呐吹吹打打,后面跟着满庄人及近邻好友,还有南安府官差等也前来吊丧。

李英没有哭,他将父女俩安葬后回到家中闭门半月不出,不吃不喝,整天卧在炕上一言不发。忽一日李英从炕上爬起后,跳下地在锅上炒了一锅黄豆,谁也不知道他炒黄豆究竟要做甚。

这正是:

> 董豹夺书闯人命,
>
> 可怜陆智两不幸。
>
> 貂蝉从此失爷母,
>
> 李英血泪淹过心。

欲知这李英炒黄豆究竟有啥用处,请看下回分解。

第十九回　李英复仇

　　且说这李英将炒熟的黄豆倒在瓦盆里，突然将自己的脸塞进滚烫滚烫的黄豆里，只听得瓦盆里发出吱吱的响声，片刻后只见他满脸是泡，泡破后留下一脸麻窝窝。他而后腰挂短刀，脚蹬麻鞋，头戴草帽，抱着两岁的女儿小貂蝉从此浪迹天崖，闯荡江湖。他一边卖艺，一边打听寻找仇人董豹的下落。这父女俩一路东行，他们先后来到天水、宝鸡、武功、长安、郑州、洛阳、开封等地。

　　五年后的一日，父女俩来到京城洛阳，在大街市上耍武卖艺，七岁的女儿貂蝉敲锣助阵，不时地拾着好心人扔过来的铜钱。正当李英双手一拱向旁观者施礼时，一两银子"当啷"一声扔进了小貂蝉的铜锣里，此人转身就走。

　　"这位大人，留步，贫民有话要说。"

　　"何事呼吾？"正要抬脚上轿的官人回过头来问道。

　　黄龙（李英化名）上前双手一拱央求说："我看你是一位大好人，若不嫌弃，能否将我女貂蝉收为义女，给娃找个活路……貂蝉快来给大人磕头。"聪明伶俐的小貂蝉跑出场外，"扑通"一下跪在大人脚下，只是磕头，小嘴不住地说："谢谢大人！谢谢大人收我！"

　　"小女子你叫什么？"这位大人问道。

　　"小女子名叫貂蝉，他是儿的父亲。"

　　"孩子快起来。"司徒王允双手扶起小貂蝉一看，这孩子长得很是水灵，模样秀气，就说："吾看你父女俩可怜，出门在外无依无靠……老夫就收尔为义女吧！"这时围观的人们纷纷议论起来，这个说："朝廷的司徒王大人果然是一位好官，这下这可怜的小女孩有救了。"那个道："可不是吗，听说这王允与当朝太师董卓不合，董卓凭借一身武功欺压王允。"又一个说："他不但欺压群臣还挟持当今皇上呢……这个乱臣贼子早晚有人要除去他哩。"说者无意，听着有心，这时黄龙回头看了一眼人群里说话的那人。

黄龙跪在地上一个劲地磕头说："多谢大人！好心收留我女，这下我女貂蝉饿不死了！"

"壮士请起！"王允赶紧扶起黄龙，叫随从掏出十两银子递到黄龙手里说，"这十两文银拿着做个盘费，回家去吧！这京城不是穷人待的去处。"黄龙双手一拱说："谢谢！多谢大人帮我……小人无家可归，现如今四海为家，到处闯荡，从此后小人就再无牵挂，落得个自在。"

这时王允抱着小貂蝉钻进了轿内走了。

小貂蝉将头伸出窗外，泪眼汪汪地望着自己的父亲，恋恋不舍地离开了。这黄龙头也没回转身就走。

且说，一日夜里，伸手不见五指，漆黑一团，风雨交加，电闪雷鸣。突然一个黑影一闪，跃进了董府大院，院内戒备森严一队队持枪卫兵来回巡逻。

这黑影连翻几道高墙，神不知鬼不觉地来到董府院内，趁着几声雷响慢慢打开窗户，"唰"地一下跃了进去。然后轻轻跳到董卓（董豹化名）床前照头就砍，不料这董卓睡觉时常有防备，忽听见"嗖嗖"一阵冷风过来，忙跃起身子"唰"的一下用剑挡住了腰刀，而后跳下床与黑影厮打起来。黑影紧追不舍，董卓左右躲闪，并急忙搬倒了木架上的许多古董来砸黑影。黑影用刀一一砍过，打碎落到地上，仇人相见，分外眼红，当下两人相互厮打不分上下，董卓拖着肥胖的身体连连躲闪，力渐不支，喘着粗气，左右用剑招架，黄龙乘机突然转到董卓身后朝后肩膀上狠狠刺了一刀。常言道，两雄相斗，勇者胜，黄龙越战越勇，国仇家恨涌上心头，他准备再连一刀砍死这贼，不料这贼躲闪而过。这时又是一声炸雷，一道电闪划过屋内通明。同时院内巡逻卫兵听见屋内动静，急忙闯了进来，追杀黑影。这黑影见势不妙，又一个鹞子翻身跳出窗外，接连几个跟头跃出墙外，早已不见了踪影。

"快追，就是追到天涯海角也要把刺客抓住……快，全城戒严，就是一只耗子也不能给老夫放过。"董卓一边用手抚摸背上伤口一边急喊。

一帮卫兵冲出府内朝大街上追去，这时满城火把挨门搜人。府内太医为董卓包扎肩膀上的伤口。董卓站立不稳，嘴里不住地叫喊，而后大骂，一怒之下，一脚踢倒两个太医。

"快滚！滚出去！……唉！不对呀！刚才这贼人出手时的刀法很像一个人，难道是……噢！想起来了。对！就是他。"董卓自语道。旁边参军怀疑地问："太师说的是谁呀？"董卓无声。

"莫非是甘肃临洮李英小儿？对！肯定是他。……五年了，听说他一直在找老夫……快，赶快发函甘肃巡抚缉拿李英，活要见人，死要见尸……半月之内捉不到李英，格杀勿论！"

"就这样，为师刺杀奸贼董卓之事败露，果不其然，朝廷在全国张贴告示画像缉拿为师，为师只好隐姓埋名，隐居于冀城南山之上的西禅寺山上当了道士，整整十年了……现不知吾那可怜的女儿貂蝉如今怎么样了。"黄道长伤心地说罢，流出了两行泪水。

"原来如此，师父与那当朝太师董贼有灭门之仇，请师父放心，徒儿姜维我誓杀此贼，为师父报仇，为国除奸！"说着拿起毛巾递到师父手里，黄道长接过毛巾擦了起来。

这正是：

> 王允有缘收貂蝉，
> 李英从此心坦然。
> 为报家仇闯董府，
> 谁料小女救江山。

欲知姜维练功时究竟发生了何事，请看下回分解。

第二十回　姜维驯马

话说，一日早上，天气晴朗，微风轻拂。姜维跟在师父黄龙身后习武，一阵后，师父收功站起说："哎，姜维今日天气尚好，为师就教徒儿如何骑马，在马上实行搏斗攻击之术吧。"

"万谢师父，这太好了。姜维从小就爱骑马，但又不敢骑，又苦于无马骑，今日师父教我，请受徒儿一拜。"姜维说着就要下跪，黄龙赶紧扶住说："徒儿今后不要太客套了，你我不是外人，一切跟平常一样为好。"姜维赶紧从树枝上取下手绢，双手递与师父。师父接过手绢一边擦汗一边说："你将后院马圈里的那匹骏马牵出来，咱们下山练练马术，徒儿要学会马上功夫才是，吾想今后有大用场。"姜维赶紧双手一拱说："是，师父。"而后，三步并作两步飞快地将马牵了过来。

师父用手拍了一下马屁股，笑着说："这匹马因身上长有红毛，故叫'枣红烈马'，是为师三年前托人从西凉买来的……说起来出家人平常是用不着骑马的，可为师曾经在家乡养了十多年的骡马，时间长了，总想看一看，摸一摸，训一训，不失为一件愉快之事。看来，今日这匹马总算有了新的主人了，姜维，为师就将这匹骏马赠予你为坐骑，为师想往后徒儿可能是会用得着的。"姜维一听，连忙跪地磕着头激动地说："万谢师父，赠徒儿这么贵重的礼物，徒儿往后一定要精心喂养，好生照料。有朝一日骑上它驰骋沙场，保家卫国。"

"徒儿说得好……快起来说话。"

"师父赠我宝马，无以回报，这可如何是好？"

"不用徒儿回报，只要你将来在战场上骑上这匹枣红烈马杀敌报国，为师足矣……好了，不说啦，为师今日就教你如何骑马，在马上持枪作战，咱们下山去练吧。"

"师父，你骑上，我牵马。"姜维说着捏着缰绳。只见黄龙脚下"嗖"的一声，跳到马背上。姜维紧握缰绳，嘴里"驾"的一声在前边飞跑起来，一阵工夫他们来到山下一片林中小路上。黄龙趁姜维牵着马前行立足未稳之时，又"嗖"地一下一把将姜维提悬，姜维乘势骑在马上。黄龙使劲用牛筋马鞭"驾驾"地抽打了两下马屁股，只见这枣红烈马扬头"昂昂"地大叫了两声，突然前腿蹬空，尾巴一甩，腾云驾雾般在树林里穿梭了起来，一阵工夫，他们向西来到朱围山下。

姜维抬头问："师父，这是何处？这山竟如此雄伟壮观。"

"徒儿，此处名叫'鸡嘴河湾'，这山名叫'朱围山'。"黄龙用手指着山后继续说，"听说一画开天的人文始祖伏羲就出生在那山后面的古风台，太昊山上，他一出世落地就与众不同，会牙牙私语，而且走路很快，真可谓神童也。"

"啊，师父，咱冀县还有如此智慧超群、神通广大之人，有机会我姜维一定去那里看看。"

"徒儿有所不知，我近日教你的那阴阳八卦正是出自伏羲之手，伏羲创八卦，历史久远，现传于后世，实属不易，你可要好好学啊。"黄龙与姜维正说着话，姜维无意间回头一看，身后无人，只见黄龙早已下马，他还用皮鞭抽了一下马屁股，"驾"的一声，不料这枣红烈马又朝回飞奔起来，黄龙的这一举动着实把从来没有骑过马，而如今只有十三岁的姜维吓了一跳。他脱口而出："啊，师父，这……"这时，宝马继续跑着，姜维只好双手紧握缰绳，两腿夹紧马肚，睁大眼睛，喘着粗气，抬头注目前方，任这匹宝马狂奔，姜维勒马朝师父的方向行走。当他看见师父时高兴地大喊："师父，您看徒儿已经会骑马了。"可谁知未等姜维把话说完，这烈马突然仰头"昂昂"地大叫两声，将两只前腿立起而后用尽力气又将两只后腿向后两蹬，全身一抖，将姜维从马背上抖了下来，把他摔了个四腿朝天。

这烈马看到了主人，飞奔到黄龙面前大叫了两声停住，将头塞到主人怀里。黄龙一看姜维从马上摔了下去，急忙在马屁股上抽了两鞭大声骂道："你这个不听话的畜生，你知道吗？你把你的新主人抖下了马背，看我不把你打死……姜维徒儿没有摔伤吧，快起来。"黄龙说着快步跑了过去看姜维，这时姜维早已从地上双腿一蹬跃了起来，然后拍了拍屁股上的尘土笑着说："啊，这枣红烈马果然名不虚传，性子还真够烈的……师父我没事，咱们继续练习吧，我就不信制服不了它。"姜维走到师父跟前不服气地说。

"不急，今日就练到这儿，这练习骑马如同练习武功一样，有一个过程，急不得，为师当年学骑马时也从马背上摔下来过，有好几次还把为师的屁股都摔肿了，躺在炕上起不来了，你师娘还端茶倒水侍候了好一阵子哩……"黄龙说罢笑笑，"唰"的一下跃上马，一手又将姜维提上马背向西禅寺方向去了。

又是一日，姜维牵马下山，独自一人练习骑马，到了林间小道，你看他双腿一蹬，"嗖"的一声跃到马上，然后用皮鞭"啪啪"抽打了两下，这骏马立时昂头蹬腿，风一般狂奔起来，在鸡嘴河湾的羊肠小道上来回穿梭。姜维嘴里不住地"驾驾"，同时用马鞭抽打着马屁股，这骏马一双后腿向前一蹬，浑身一抖，飞了起来。姜维紧紧抓住缰绳，双腿夹紧马肚，任凭烈马狂奔乱抖，再也抖不下姜维。姜维反而越骑越稳，又一个劲地抽打着烈马。就这样在林间小道上反复练习。姜维骑在马上灵机一动，心想，我何不学师父马上轻功呢，于是，他就勒住缰绳，让马停下来，而后双手扶住马背，双腿上下翘动，这样反复练习，最后干脆双脚站立在马背之上，上下跳动。你看这马像是领会了姜维的用意似的，很是听话，立在那儿一动不动，这姜维在马上越跳越高，更悬的是，他用马鞭抽打着让马走起来，最后干脆让马跑起来。姜维兴奋地大喊："师父，您看，徒儿已经像您一样会马上轻功了。"而后昂头哈哈大笑起来。

这正是：

> 枣红烈马赛蛟龙，
> 黄龙饲养煞费心。
> 姜维慧眼识宝马，
> 勤习苦练马上功。

欲知姜维练武时遇到了什么，请看下回分解。

第六章

遇庞德联手杀贼　水帘洞姜维救庙

第二十一回　姜维救庙

　　话说，西禅寺院内众徒儿正在练武。黄道长在前面领拳，后有十三四个徒弟跟着一起学拳（太极八卦掌），只听他们的吆喝声，地上的脚步声，他们动作统一、步调一致、用力很猛，大汗淋漓。这时，黄道长停下后看了看徒弟们的拳路，而后大声说："姜维徒儿，你来给大家领拳……众徒弟可要用心学呀。"

　　姜维出列后，先给师父深深鞠了一个躬，而后又向大家双手一拱说："姜维献丑了。"然后转过身开始领练起来。练过一阵后，有人说："大师兄，你的拳路了得！武功高深能否单独操练一番，让大家开开眼界。"

　　这时姜维朝师父看了一眼。黄道长满意地点了点头，姜维双手一拱，一点头，只听脚下旋风"嗖嗖"，头顶拨云驱雾，鸳鸯腿横扫千军，豹子拳猛砸天灵，忽儿一个鹞子翻身，忽儿一个饿虎扑食，直打得天昏地暗，脚踏出地下深坑。忽然有人拍手叫好大声喊道："好！打得太好了！"此时大家接着都赞赏地拍起手来。

　　黄道长面带笑容，双手捋起胡须，而后又慢慢地点头。

　　突然，有一个满脸是血、遍体鳞伤的小道士喘着粗气推门进来，倒在门前，而后仰头上气不接下气地用手指着西方，嘴里不住地说："快！快去救师父！他们把水帘洞抢……"来人话没说完就昏倒了。"小徒弟，你师父他怎么了？快醒醒。"黄道长急忙扶住小道士，摇着问。

　　小道士慢慢睁开眼睛又指着西方说："昨日夜里……"小道士回忆着——黑云密布，天昏地暗，突然远处尘土飞扬，人喊马叫，火光冲天，有一伙山贼骑马从鲁班沟里窜了出来，他们打着火把，手持钢刀，直奔水帘洞而来。为首的一个大喊："弟兄们！水帘洞里藏有金佛爷，给我冲上去拿下来，大爷我重重有赏……弟兄们冲啊！"正在禅房里熟睡的道长妙清师父和道士们毫无防备。强盗们已经上来了，道

士们急忙翻身起床，慌里慌张随便抓起棍棒抢起就打，双方一阵厮杀，水帘洞道士死伤过半。

"昌俊徒儿……快快去向冀县西禅寺贫道师兄黄龙道长报信，山下有马，快去快回。"刘道长说罢继续与强盗厮杀起来。

"师父快去救人。"昌俊道士哭着说。

黄道长听罢，急忙大喊："众徒儿听令，操家伙跟为师去水帘洞救人。"顿时只见十几个大小徒弟和道士跟随黄龙道长正要下山。

姜维赶紧带上兵器，冲在前面大喊："师兄师弟们，为刘道长报仇，冲啊。"黄道长骑在马上飞奔起来。这十三个小徒弟和寺内道士多人手持各种兵器，跟在师父黄道长后面飞跑起来。刚要进沟时，其后又有一伙手持刀枪棍棒的人追赶前面的这伙人。

"贼人那里走，看刀。"来人满脸胡须，穿着一身黑衣，个头不高，身体偏胖。此人见了姜维拉开架势，抢刀便砍。姜维只是招架，并不还手，他左躲右闪夺路而走。

"贼人还讲义气，为何不还手，莫非怕爷不成。"来人紧追不舍，继续挡住姜维去路，只是抢刀乱砍。这时姜维急了，一个垫步飞起一脚，踢在来人胸口，他连连向后退了几步，姜维持枪刺向来人心窝。

"慢，千万不要伤了他人性命。"黄道长看到这一情景急忙勒马返回，大声喊道。姜维听到喊声，收枪回望。

"你们是？"来人这才停住脚步，用怀疑的目光看了一下姜维问道。

"贫道是冀县西禅寺主持，今带领姜维等徒儿前去水帘洞救人……你为何拦住去路，你是何人？"

"错了，错了，我等也是前去水帘洞救人的……唉，这位想必就是用人头给他母亲治病的姜维贤弟了，久仰大名。"来人说着双手一拱。

"你是？"姜维也双手一拱问道。

"我乃南山狟道县人庞德是也。昨夜有一庄间念佛之人庞氏急报，水帘洞被贼人霸占，这不，今日一早，吾带领庄间十几个拳棒手前来救人。"黄道长听罢哈哈大笑道，"这真是大水冲了龙王庙，一家人不认一家人了……庞德贤弟你来得正好，咱们合兵一处，去攻打贼人，夺回水帘洞，救出师弟刘道长。"

"对！救人要紧，千万不要让贼人把刘道长给害了，弟兄们冲啊……"庞德说罢，持刀飞跑起来。这时姜维等人早已冲到水帘洞庙门前，只见火光冲天，贼人围在四周，妙清道长盘腿打坐着，已被大火烧得只剩一副骨头架子了。旁边有几个小道士拦住一个中年道士哭喊着说道："师兄……你不能这样呀，徒弟们今后还要靠你主持寺院呢。"

"这水帘洞今后就是大爷我的了，小道士你再胡说，把你一块儿扔到火里烧死。"

这时只见姜维长枪已刺了过去，那贼首闪过，持刀便杀，双方厮打起来，随后庞德冲上去手起刀落，砍掉了贼首一只胳膊，姜维一枪刺到了贼首心窝，贼首当即毙命，一帮贼人前来砍杀，不到几个回合均被姜维、庞德联手杀死。其余跪地求饶。

不到一个时辰姜维、庞德等众人重新夺回了寺院。黄道长跪地念经，为二师弟刘铭（水帘洞道长妙清）超度亡灵，只见他闭着眼睛嘴里念个不停。一阵后站起向火堆双手一合道："无量天尊，善哉善哉……愿二师弟腾云驾雾早去西方极乐世界。"

黄道长回过头来，指着旁边一小道士问："你就是前来报信的那个徒儿吗？"

"徒儿名唤昌俊，法号行空，正是前来向师父报信之人。"小道士双手一合答道。

黄道长接着说："国一日不可无君，家一日不可无主，寺一日不可无道，你既然是水帘洞刘铭道长的大徒弟，贫道今日做主，你可接任水帘洞主持，继承刘道长遗愿，弘法护寺，贫道相信今后的水帘洞定会佛光普照，香火旺盛，保佑四方善男信女平安无事……唉！人为

财死，鸟为食亡，什么时候是个头啊！听说水帘洞在西汉初年就遭贼人洗劫，这次也不例外，同样都是为了寻找一尊价值连城的金佛爷，听说这尊金佛爷是朝廷贡佛，不知什么年代流散到民间来了！徒儿们，这都是民间传说，不说它了。"黄道长说罢用手将蝇甩左右两甩。而后回过头来指着庞德说："庞贤弟，贫道今日看你长相不凡，武艺超群，何不前去从军征战杀敌，为国出力呢？"

"黄道长说得在理，徒儿正有此意，就是年岁大了，不知人家要否？"庞德双手一拱回答道。

"贤弟，今年几何？"

"徒儿今年三十有五，大了！大了！"

"正好！正好！"黄道长捋了捋胡须接着说，"今西凉太守马超正是用人之际，你何不前去投他？"

"师父提醒得是。"庞德回过头问姜维道，"姜维小弟！你年纪虽小，但武功在我之上，何不与我一起投靠马超处当兵吃粮，凭你我一身武艺，总能干出一番建功立业的大事来。"

"庞德大哥，我家中还有一老母，疾病缠身，无人照顾，我不能丢下她老人家一个人孤苦伶仃，受苦受难，建功立业的事以后再说。大哥先去吧，小弟祝你马到成功。"姜维说罢双手一拱，又说，"你我后会有期，弟兄们走！"庞德微笑着招手大声说道："姜维小弟，莫忘了哥哥，弟兄们咱们也回。"这样双方都撤了回去。

这正是：

> 水帘洞山清水秀，
> 遭横祸姜维去救。
> 遇庞德联手杀贼，
> 保寺庙慈悲为怀。

欲知这庞德究竟身世如何，请看下回分解。

第二十二回　庞德打恶

前面说到庞德，此乃究竟何人，这里还有一段鲜为人知、令人难忘的故事呢。

庞德，字令明，生于东汉末年公元一八二年六月。他幼年丧父，与母亲孙氏相依为命，庞德为人忠厚、好抱打不平、易怒、性燥、脚勤、泼辣，以作醋为生。幼时体弱多病，其母为让德儿有一个强壮的体魄，九岁时请当庄武术世家之后庞武为师，上门给庞德教武。此后庞德勤学苦练，晨打夜习，几年后他不仅学到一身好武艺，而且练就了一个结实的身板。虽说个头不高，却头大额宽，肩硬腰圆，庄间人都叫他石碌轴。因为有一次师父让他骑马去狙道县城办一件事情，他个头小无法上马，一怒之下，将麦场上的一个二百多斤重的石碌轴双手抱起端到马跟前，蹬着碌轴上了马，然后骑马进城去了，从此庄里人都叫他石碌轴。

有一次庞德挑着一担陈醋到狙道县城去买，这天城里逢集，来往赶集的商人不断，熙熙攘攘，大街小巷全是人。庞德担着醋刚进街，忽然看见不远处几个小伙子手里捏着肉包子正吃着，一个嘴里嚼着包子双手拽住卖包子的老汉，另一个睁大眼睛恶狠狠地骂道："你这个老不死的东西，今日爷爷吃你的几个包子是抬举你哩，你再要钱小心，我砸了你的摊子，打断你的狗腿……弟兄们，给我可劲吃。"

这庞德看得清楚，只见他怒目圆睁，满脸胡须翘起，撇下扁担一个箭步冲了上去，一阵拳打脚踢，三抛两下，打得几个地痞趴在地上一个劲地求饶说："爷爷饶命，爷爷饶命啊！"

"你们几个地痞流氓，竟敢在光天化日之下抢吃老汉包子，不给钱还打人，成何体统……滚，今后爷爷看见一回打你们一回。"

这几个地痞一个个从地上爬起："是，是，我们以后再也不敢了。"一个年龄大的双手一拱说，而后这帮人早已跑得无影无踪了。

这时围在旁边的人个个都伸出大拇指说："打得好，是该狠狠教

训这帮兔崽子了，他们往日太猖狂了，在街上大摇大摆，见啥拿啥，见啥吃啥，不给钱打人是常事，今日这壮汉教训了他们一顿，真是解气。"另一个说："看往后这街上谁还敢不给钱吃老汉的包子呢。"

"万谢这位壮士出手相助，我老汉早年失家，她娘病死后，膝下只有一小女子名叫兰盼儿，今年刚好一十六岁，壮士若不嫌弃的话，老汉我愿把小女许配与你，不知壮士意下如何？"

庞德一听红着脸赶忙双手一拱说："多谢老爹好意，可我家境贫寒，与母亲相依为命，只恐小姐来了后受苦。"

"无妨无妨，小女自幼吃苦惯了。盼儿快过来见过恩人。"

这时只见兰盼儿揭起门帘，从里屋出来，这庞德一见，心想："好一个兰盼儿，真是仙女下凡，你看她身材苗条，脸如瓜子，白似莲花，口似樱桃，真是一个美丽大方的小女子。"

"小女子兰盼儿见过恩人，这里给恩人行礼了。"兰盼儿红着脸走到庞德跟前，双手在腰间一扣低头微笑着说。

"令明侄儿还愣着干啥？还不赶快给你岳父跪下谢恩，这可是打着灯笼都找不到的好事，兰老哥，我替咱家侄儿应允了这门婚事……令明侄儿咱们赶快回去与你母商议，准备礼节，定个黄道吉日，前来迎娶新娘吧。"庞德二叔庞雄双手一拱，激动地说。

这庞德跪在地上一个劲地磕头说："万谢老爹。"

"叫岳父。"庞雄瞅着庞德说。

"岳父大人，小婿庞德这就回去告知母亲，商议今日之事。"随后他二人出来，走在大街上，庞德这才想起自己担的那两桶醋。

"我刚才明明是将一担醋放在这儿的，怎么不见了？"庞德一边寻找一边思考着。

"我的傻侄子，我已经将这两桶醋卖给客栈了……这是卖下的钱。"庞雄说着从怀里掏出一串铜钱递到庞德手里，庞德接过钱感激地说："谢谢二叔替我卖了醋，二叔你是怎么知道侄儿的醋就是放在这儿的？"

"今日上街时，我就看见侄儿在前面担着两桶醋一晃一晃地走着，当进了街里。看见有人闹事，你突然撤下担子，冲上去制止，我一直蹲在这儿看着醋，一阵后有人过来要醋，我就担到客栈替你卖掉了……两桶醋一共买了六串钱，我正在找你时，见你已经钻进卖包子的老汉铺子里面了，我想看个究竟，于是也就进了老汉屋里……侄儿今日遇到这种好事，是咱庞家前世修来的福分，若专门托人说媒的话，那得要多少礼节钱啊，侄儿，我看你今日是捡了一个媳妇。"庞雄说罢，哈哈大笑起来。

"二叔，你看这事能成？"庞德将信将疑地问道。

"能成，你没听见那兰老汉刚才说的话吗？你还傻愣着做甚……走，快回家与你母商议此事呀。"庞雄笑着说罢，一把揪住侄儿庞德的胳膊，飞快地走了起来。

"二叔，依您之见，这兰家的礼节钱得多少就够了？"庞德边走边问。

"啊呀，我的傻侄儿，你又来了，你见过这世上哪家倒央媒的事，能要多少礼节钱呢？"

"这就好，这就好，叔，你也知道我家的家境，是穷怕了，不说了，咱们走，回去好好商议商议。"

一路上这庞德脚下生风，走路如飞，心里甜蜜蜜的，你看他吹着口哨，挑着空桶，与二叔庞雄欢天喜地地回家去了。

这正是：

> 庞德打恶得福报，
> 天公作美婚缘到。
> 忠厚实在人人夸，
> 庞氏门庭有家教。

欲知这庞德究竟如何提亲，请看下回分解。

第二十三回　庞德探母

　　话说此后不久，庞德果真与那县城卖包子的兰老汉女儿兰盼儿成了亲，几年后，生有两男一女，大儿名叫庞会，二儿名叫庞文，小女名叫庞花。兰盼儿在家照顾老母和三个孩子，丈夫庞德白天做醋，晚上练武，隔三岔五担到城里去卖。卖下的钱再从城里买些家里用的穿戴衣物，补贴家用。妻子贤惠，勤劳善良，庞德吃苦耐劳，孝敬母亲，日子还算过得红火。

　　且说自那次冀县姜家庄的姜维与庞德联手，消灭了抢劫水帘洞的山贼后名声大振，威名远扬。不久就按照冀县西禅寺道长黄龙的指点，独自一人跋山涉水历经千辛万苦来到西凉（今嘉峪关），投郡守马腾的儿子马超帐下，因作战有功，武艺高强，升为参军。后被调往西域镇守边关。

　　一年后，庞德得知老母有病，即告假骑快马火速赶回家看望老母。他一路上冒着烈日的暴晒，不敢停顿。庞德当踏进这火焰山时，人和马都快要烤熟了，若不是他骑的名叫"火龙驹"的烈马，跑得快，早已烧死在那儿了。庞德探母心切，哪顾得了这些，你看他快马加鞭，硬着头皮飞快地闯过了人称三百里的火焰山，于次日午时时分赶到家中。庞德下得马来，急叫"母亲"。不知何故且叫不出声，只是跪在老母面前一个劲地磕头，庞母急忙扶住庞德说："吾儿你这是怎么啦？"

　　庞德起身后，只是摇头，还是说不出话来。庞母明白了是何缘故，急说："盼儿媳妇，你即刻去咱家地窖取一坛陈醋来。"

　　"母亲，取醋何用？"

　　"吾儿休得多问，快快取来。"

　　这兰盼儿急忙进得窖去，抱了一坛陈醋出来，递到母亲手上。

　　"来，德儿，快张口吾与儿灌下。"

　　庞德仰头张口，庞母抱起醋坛"咕噜咕噜"将其灌下少许。这庞德"咳咳"咳嗽了两声，片刻后，果然声似洪钟，嗓音清脆地大叫：

"母亲，真是急死孩儿了……你不是托人捎信说母亲您得病了，儿火速赶来，这……"

"儿呀，自你走后，一年多杳无音讯，日夜思念，娘夜不能眠，日不能食，想死儿了，娘不说有病，你那上司能让你回来看娘吗？"

"娘只要身体健壮就好，儿今日太高兴了，母亲，儿有一事不明？"

"啥事？说来听听。"

"儿刚来时，说不出话来，为何一喝醋这嗓子就即刻能说出话来了呢？"

"儿有所不知，咱家这老陈醋的配料里有草药渣，若与其他配料一起浸泡，日子长了就成好醋了，它也叫药醋。既是一剂清热解毒、消炎利嗓的良药，又是一副通畅开胃、活血化瘀的龙汤，因此儿喝了它，儿的嗓子立马就好了，能说话了，而且全身通畅舒服多了。"

"娘，咱家的这醋还有这等功效，真是神了，明日儿在马背上驮两桶陈醋，也好让马将军他们尝尝咱家陈醋的味道。"

"德儿，咱庞家世代作醋，远近闻名。你爷爷手上曾有朝廷官差千里迢迢专门前来狙道县新庄村购买咱庞家陈醋，你爷爷当时没有要钱，送了他们两大木桶，此后庞家陈醋就成了朝廷贡品。"

"娘，咱家做的陈醋依娘说来还是朝廷贡品，那可了不得，若是当今皇上吃了咱家的陈醋，那爷爷可就是有功之臣了，为何不年年上贡呢？"

"傻孩子，这不眼下在打仗吗，战乱年代，谁还顾得上与朝廷送醋呀，再说这上京之路也不通，此后也就无人再过问这档子事了……好了，不说了，娘这就与儿装醋去。"

"娘，你等等，听儿把话说完……既然咱家陈醋有如此功效，总得有个名号啊。"

"对啊，儿说得对，是得有个名号，儿说，叫个啥好呢？"

庞德眉头一皱，沉思了一会儿，突然脱口而出："庞氏陈醋，对，

就叫'庞氏陈醋'吧！"

庞母拍着庞德的肩膀高兴地说："儿想的这个醋名正合娘意，往后，就叫它'庞氏陈醋'吧。"

就这样庞德喝醋之事，广为流传，当然这是后话。而庞氏陈醋从此以后远近闻名。县城与邻近村庄的人们都仿效制作庞氏陈醋，家家做起了陈醋生意，留传至今。

这正是：

> 庞德一生乐助人，
> 路见不平动真情。
> 武艺高超力无比，
> 各为其主方显忠。

欲知姜维究竟得甚宝贝，请看下回分解。

第七章

救师弟姜维落难　危急时灵虫报恩

第二十四回　伯约得宝

一日，阳光灿烂，风和日丽。西禅寺大院内十几个徒弟正在跟着黄道长练武。他们动作整齐，步调一致，出拳迅猛，口中不住地喊着"嗨嗨"。

一阵训练后师父黄龙停住说："徒儿们，今日就练到此处，徒儿们要记住一句话，练武主要靠自己，师父不过是引路人。"这时，姜维从旁边树杈上取下手巾，双手递到师父手上，师父擦了擦脸上的汗水，坐在旁边一块大石头上与姜维说："当今天下混混浊浊，四海之间，杀气腾腾，朝廷小皇帝刘协无能，奸贼董卓专权，南方有曹操，北方有袁绍，再加上洛阳的司徒王允联合伐董……如今又出了个桃园三结义，这三人一个是刘备。""这刘备何许人也？"姜维随口问道。

"这刘备是汉室宗亲，人称刘皇叔，这关羽、张飞便是他手下大将。"有一日刘备、关羽、张飞三人在一片桃园之中下马，三人跪地烧香磕头，面对苍天同时发誓道："不求同年同月同日生，只求同年同月同日死，铲除奸党董卓，恢复汉室江山。"此后骑马直奔南洋而去。后在茅庐与诸葛亮见面施礼，打坐饮茶，畅谈天下大事。黄龙道长继续说，"姜维徒儿，听说这刘备，为了请南阳诸葛先生出山，为他出谋划策、振兴汉室，巩固汉朝江山，竟先后三次拜访于他，三顾茅庐……真是难得啊。"姜维仔细听罢惊讶地说："世上还有这等真诚谦逊之人，徒儿看此人将后能成大事。"

"师父今日一席话使徒儿见识不少，师父，您是怎么知道这些世间之事的。"姜维不解地问。

黄道长将了将胡须，哈哈笑说："傻徒儿，这天下大事流传甚广，只要一进县城什么事就听得了，也就清楚了。"黄道长笑着说罢，看着姜维。姜维恍然大悟，连忙双手一拱说："原来如此……那师父您就歇息吧！徒儿告辞了。"姜维起身要走。

"慢……姜维徒儿，你随我来。"师父留住姜维说。

姜维用疑惑的目光看了一眼师父，随后跟着走进了无量祖师大洞。"姜维徒儿，为师观你这些年来所练武功大有长进，如今可以独当一面了，从今日起为师该教你如何布阵用兵打仗了，今有一样东西为师要交与徒儿。"黄道长说着跳上无量祖师爷神像身后取出一卷用旧白布包着的东西，又一个鹞子翻身落地说："姜维徒儿接着。"

"师父这是什么东西？"

"上次为师与徒儿讲了那董卓就是为从你师爷那儿夺取这东西，先打死了你师爷陆智，后又到为师家打死了你的师娘。但这东西为师我一直藏着，今日为师交与你的这东西是用两条命换来的，你可要好生保存啊，这是为师的师父陆智十三年前赠予为师的……打开看看。"姜维慢慢打开后只见用一捆竹子串起来，上面用毛笔写着的文章。姜维惊讶地脱口而出："啊，原来是一部《孙子兵法》。"姜维双手捧着兵书突然"扑通"一下跪倒在地，慌忙磕头说："师父，我姜维何德何能叫师父如此抬爱，这《孙子兵法》世上罕见，太珍贵了，徒儿无以回报！"

"为师不用徒儿回报，如今为师老了，但眼睛不花。十三年了，为师一直苦苦寻找着能担此大任之人，今日总算找到了，为师愿把一生所学全部传授与徒儿，包括武术、拳路、兵法、易经、天文、地理、太极八卦，这《孙子兵法》一部先拿回去慢慢细读……为师只希望徒儿将来能从军挥戈，驰骋疆场，报效国家，清除董卓奸贼。"黄道长说罢气愤地将蝇甩一甩，怒气冲天地接着说，"吾与此贼，势不两立也！好了！天色已晚，徒儿拿上兵书快快下山去吧！不要让你母挂念。"

姜维双手接过兵书之后连忙跪地不住地磕头，激动地说："万谢师父再造之恩，徒儿回去后定熟读细研，掌握要领，领会含义，决不辜负师父对徒儿的期望。"

当日夜晚，柴氏睡下多时了，姜维还在一盏清油灯下，默默地仔细看着这部来之不易的世间珍奇之物《孙子兵法》。姜维越看越迷茫，越看越糊涂，竟连书中的一些生字也无法认得，再不用说领会书中含义了。他寻思道："如此下去，怎么能尽快掌握兵书的内容呢，何谈用兵之道……这可咋办？"姜维这一夜彻底失眠了。

这正是：

黄龙传书姜维受，

细读深研多思虑。

孙子兵法世难有，

军事要略要吃透。

欲知师父黄龙究竟有何打算，请看下回分解。

第二十五回　黄龙引路

话说，一日上午，风和日丽，天气凉爽。黄道长一边用黄龙带把枪与姜维示范，一边口念枪法口诀："打、推、扭、拉、劈、翻、扣、提、搬、杀、扫、追、拦、钩、扎、挑、卷、缠、格、挡、抱、护、沾、连、点、刺、撩、挂……记住了吗？好！今日就练到这儿！此枪法不但要熟练，而且更要牢记口诀，掌握要令，应用自如，才能在战斗中发挥黄龙带把枪的威力和妙用……这些枪法是为师经过多年的练习自创而来的，世间还没有这样的兵器。它的枪法的妙用是先刺、后勾、再鞭（黄龙带把枪的枪头为鸳鸯双钩，若与武将交战时，枪头先刺他的肩膀，当他肩膀抬高时盔甲张开缝隙，此时，再用枪勾将其勾于马下，紧接着再用枪尾的金鞭头鞭他，一般情况下此人逃脱不了一二三连环套路的枪法，毙命于黄龙带把枪下），因此，我就将此长矛以为师的名号黄龙为枪名，今传授于徒儿，还望徒儿练习才是。"

"是，师父，徒儿姜维记住了……"姜维双手一拱说。

"哎，姜维……你近日看兵书了吗？"

"回师父问话，徒儿近日每天夜里都在读，但……"

"但什么？"

"但里面有好多生字徒儿无法认得。"姜维解释说。

"这……"黄道长捋了捋胡须皱起眉头，沉思片刻后突然抬头说道，"徒儿咱们下山！"姜维不知师父何意，只是跟在身后紧步行走。他们下山向西走了约五里路，进了一村庄。"施主，贫道向你打听一个人。"黄道长上前双手一拱，向路人施礼道。

"敢问师父寻找何人？"这人也双手一拱说。

"你庄上石儒林老先生家怎么走？"

"从这儿进庄朝南走约一里路便到。"

"人之初，性本善，性相近，习相远……"老远就听到屋里传出朗朗的读书声，师徒二人进了院内，书童迎上前问道："师父寻找何人？""石儒林老先生就住在这儿吗？"黄道长快步上去忙问。

"谁呀？"正在屋里教书的先生石儒林听到有人找他，出门迎了上来。

"您就是圣贤石老先生吗？可见到您了！"黄道长双手一拱施礼道。

"不敢，老儒正是，你是……"石老先生睁大眼睛问。

"我是西禅寺主持黄龙，法号妙能，今日我师徒二人前来拜访，打扰打扰！"

"啊，你就是远近闻名的西禅寺主持妙能法师吗？今日一见真是三生有幸。"

"如我说得不错的话，石老先生是大圣人孔子七十二弟子石作蜀先生的第二十四代后嫡，您才真正是远近闻名，谁不说这方圆百里相传石老先生继承祖业，世代学儒，教徒有方，桃李满天下啊！"黄道长说罢哈哈大笑起来。

"黄道长赞杀老儒了，我只不过是接替了祖上基业，在家乡办学教书而已，听说你黄龙更是一位武艺超群，神机妙算，未卦先知的高僧呀……"石先生说罢也哈哈大笑起来。

"今日上门拜访有一事相求，不知先生应允否？"

"但说无妨。"

"我这徒儿名叫姜维，他从小聪慧过人，天生好学，很有志向，抱负远大，现正在山上跟我学艺，但他识字浅薄，文底不厚，难以理解武术套路，读不懂兵法，我想让他在你门下读书，那样会对孩子的成长更有益处，你看意下如何？"

"这是好事，老儒求之不得。我就喜欢聪明肯学，勤奋上进的孩子。"石老先生用手抚摸了一下姜维的头微笑着说。这时黄道长立即站起，双手一拱说："这就太好了，谢谢石老先生的美意，我就将姜维留下了。"

"万谢师父收我！"姜维说着"扑通"一下跪倒在地，一个劲地磕

头。

"快起来，为师收下徒儿了。徒儿莫非是西周宰相姜子牙之后嫡，那可是个天下奇人，人常言姜太公钓鱼——愿者上钩嘛，哈哈！"石儒林先生风趣地说罢将了将胡须大笑起来，黄道长在一旁也将了将胡须微笑着点头。

姜维起身后，双手一拱向二位师父施礼道："我姜维命大遇到了二位一文一武的恩师，维定不辜负二位恩师之期望，将来定要保家卫国，建功立业，以报二位师父传授教导之恩。"黄龙师徒二人告辞后上西禅寺去了。

次日一早姜维背着母亲为他缝的书包，兴高采烈地上石家庄石儒林先生私塾学堂念书去了。这石儒林先生在冀县西关读了三年私塾，回乡后，他一边务农，一边自学，先后读完了《三字经》《论语》《劝学》《春秋》《三纲五常论》及先人石作蜀贤达的许多论著，自学成才。在冀县很有名望，尤其自筹钱财在自家院里办学堂，经常为穷人家的孩子免费教书，此项大善之举在当地传为佳话。

这正是：

> 黄龙慧眼识高人，
> 指引姜维勤学文。
> 文武双全集一身，
> 挥泪赞叹感师恩。

欲知姜维在练武中发生了甚事，请看下回分解。

第二十六回　灵虫报恩

话说，一日下午，天气炎热，骄阳似火。姜维正在寺院内带领师弟们练武。这时只见一个叫王勇的小师弟翻起了跟头，这引起了姜维的注意。"小师弟，慢点，危险。"姜维提醒说。果然，这小子越翻越快，越蹦越高，把握不住，姜维一个箭步跃了过去。说时迟那时快，只见这小子脚跟不稳，身子突然掉下崖边，幸亏被姜维一把抓住王勇的一只手，自己另一只手紧紧抓住崖边一棵小树，姜维用尽全力一下一把将王勇提了上来，然而用劲过猛这棵小树根同时也被姜维拔了出来。结果姜维双脚站立不稳闪了下去。

这时黄道长和众师弟们站在悬崖上束手无策，眼巴巴地看着姜维往下掉。"快！还愣着做甚？赶快下山救人。"黄道长急喊道。紧接着和众徒弟们急忙往山下跑去。一路上黄道长自语道："有惊无险，有惊无险，但愿姜维徒儿有惊无险。"

这时，姜维掉到了一棵大松树树枝上，而又滑了下来，快要落地之时，突然一阵冷风过来，只见一只白额大虎猛扑过来，一下跃起。一对前爪接住姜维，轻轻抱在怀里，卧倒在地滚了两下，松开前爪，用舌头舔了两下躺在地上的姜维。姜维慢慢睁开眼睛看见一只老虎在旁边卧着，他长出了一口凉气，慢慢地站了起来，抚摸着老虎说："灵儿，……这真是灵儿。"姜维激动地将自己的头贴住老虎的头说："你真是我的好灵儿，五年没见了……都长这么大了，你怎么在这儿呢？"这老虎好像能听懂人语似的，流出了眼泪，将头靠到姜维怀里。

这时，师父与众师弟及寺内道士十几人已经来到姜维出事地点，黄道长一看，姜维竟然毫发未损，还与虎对语，这场面把其他徒弟惊得说不出话来。一个徒弟大喊："我的妈呀，哪儿来的这么大一只老虎在大师兄跟前，真吓死我了。"

姜维抬头激动地说："你们知道吗？是这只老虎救了我，我出事时它就卧在这棵大松树下，看样子它是在报五年前我娘养育它的恩

呢。"

"奇迹呀，这真是世间少有的奇迹，人掉进万丈深渊，竟然有惊无险，毫发未损，天意呀！天意……"黄道长回头双手紧紧抓住姜维的肩膀高兴地说道。

"师父我没事，今日亏了灵儿救我，我没事，这就是徒儿曾经与师父说过的那只小虎崽，如今已经长这么大了，师父咱们回吧。"这老虎过来用头碰了一下姜维，姜维明白，而后跳在虎的身上，骑着老虎同大伙儿回姜家庄去了。黄道长微笑着与众徒告别。

姜维被老虎救了的事情，一时间被传得沸沸扬扬，满冀城百姓都在互相传说，这个说："这老虎是上天派下凡间专门等着保护姜维的。"那个道："这姜维福大命大，大难不死，是其父母积德行善之果。你看姜囧当年在天水关为保护太守王大人与山贼征战而阵亡，他母柴氏年纪轻轻守寡，含辛茹苦抚养孩子，在寒窑里过着苦难而辛酸的日子……她还用她织的布角边料为庄上这个缝一对枕头，那个织一双袜子，这不，你我就穿着姜母织的袜子呢。真是善心有好报啊。"

这正是：

> 姜维临危救人命，
> 谁知老虎有灵性。
> 大善之举得福报，
> 世间事物说不清。

欲知石老先生告知姜维甚事，请看下回分解。

第八章

雨夜山间遇奇人　寺观老道点迷津

第二十七回　洪沟救妇

话说，一日上午下课后石老先生留住了姜维，将了将胡须认真地说："姜维徒儿，听说南安府今年九月初，要举行十年一次的群英大会，凡有志者均可报名参加，不知徒儿愿不愿意去南安。"姜维一听赶忙双手一拱说："师父让徒儿去参加，是抬举徒儿，可徒儿学文时日不长，好多学问一知半解，尤其对经学类文章知之甚少，徒儿实在是不敢去呀。"

"徒儿把自己不要看得太低了，这三年来徒儿除了练武就是学文，依老夫看来徒儿的文学功底和勤奋好学的钻研劲儿，是没有啥问题……还是去吧，上去试一试，见见世面，交识一些朋友，也不失为一件幸事嘛，若遇到比老夫更有学问的先生，请教请教，不是更好吗？"

"师父，这……"姜维红着脸不好意思地说。

"就这么定了，回去让你娘为你准备准备，趁天色尚好，明日就动身吧……西禅寺你黄龙师父不是把他的枣红烈马赠予你了吗，你可骑上马去，当日就能赶到。"石老先生语重心长地叮咛道。姜维思虑片刻后双手一拱说："那好，我就听师父的安排，去南安府试试，明日就动身。回来后向师父禀报。"

次日早晨，姜维果然飞奔着跑上西禅寺，向师父黄龙说明石先生之意，而后，去后院牵出枣红烈马骑上，双手一拱说："师父，保重，徒儿这就去了，时日不长，也就是三五日的事。"

"姜维徒儿，你那文恩师是在为你指路呢，让你出去闯一闯，见见世面，与文人墨客畅谈交流，互相切磋切磋，这对徒儿增长学问大有益处，是件好事。师父高兴还来不及呢，你就去吧……不论结果怎样，快去快回，免得你娘与为师操心挂念，去吧。"黄龙道长笑着说罢用手拍了一下马屁股，这马飞也似的奔下山去了。

姜维一路上背着母亲为他缝的书包和做的干粮，骑马沿渭河湾而上，大约两个时辰之后，单骑来到广武山前（今武山县境内），他回头朝马屁股上地抽了两下，这枣红烈马"昂昂"地叫唤了两声，仰头朝山上走去。此时，天空中阴云密布，闷雷声声。姜维骑马来到半山坡时，突然瓢泼大雨倾盆而下，姜维冒雨而行。当要勒马跨过一条深沟时，看到深沟里有一老妇，提着篮子正在挖野菜。这老妇看见下大雨了，急忙起身，往沟门口跑，可他一个女人家哪能跑得过洪水。此时，只见从山上冲下来一股洪流夹，杂着石头、泥沙，眼看着洪流像脱缰的野马宣泄而下，结果把正在跑着的老妇冲倒了。姜维看得清楚，说时迟，那时快，他不顾一切地跳下马，急忙冲进洪流中，用尽全力，双手拉住老妇的胳膊，往出走，不料一块石头从姜维脚下滚了过来，砸到一只脚上。姜维哪里顾得了这些，他忍着脚痛，用力往上拉老妇，刚把老妇拉上岸，又一股洪流冲了过来。这老妇回过头来看到洪流冲走了好多石头时，惊讶地一下子瘫在那里，当她再一次睁开眼睛、慢慢起身寻找着自己手中的篮子时，姜维双手递过老人的篮子说："老人家，你住在哪个庄上，我送你回家，以后一个人再不要出来了，你看刚才好险啊。"

这老妇接过篮子挂到胳膊上，双手紧紧抓住姜维的手，热泪盈眶地说："万谢这位好心少年今日救我……"老妇说着就要在泥水里跪下磕头，姜维连忙扶住说："老人家，万万不可，这样的事情谁看到都会救你的。"说话间姜维双手将老妇扶上马，接着说："老人家，你家住哪里，孩儿用马将你送回去。"这老妇回头用手向远处一指说："老妇家就在那边，这不，家里没有吃的了，出来在山沟里挖点野菜充饥，没想到天下了大雨，冲垮了山崖，今日不是娃儿你及时相救的话，老妇早已被那泥水冲走了。少年娃儿，你就是老妇的救命恩人。"说话间姜维已经拉着老妇进了庄里。此时，老伴和两个孩子冒雨等候着老妇回家。姜维牵马走到那三人跟前说："我把老人家送回来了，你们哪个是她的亲人，赶快把她领回家去吧。"姜维说着话把老妇从马上扶了下来。回头上马要走时，老妇大喊："娃儿，天已黑，雨又这么大，我们不让你走，你就将就着在我家里住上一宿吧，等明日天亮雨停了再走。"姜维赶忙双手一拱说:"万谢老人家留我,我姜维有事,还要赶路。"说着"唰"的一声跳上马要走,只见老妇的丈夫跑步过来将一顶自己带着的草帽递到姜维的手里,感激地说:"恩人实在要走,我们也不好强留,这顶草帽带上,遮一下雨。"姜维戴上草帽后双手一拱说:"万谢两位老人,告辞了。"

这正是:

> 姜维单骑去赴会,
> 突发暴雨山洪吹。
> 老妇不幸被泥埋,
> 幸被少年救出来。

欲知姜维在夜里遇到何人,请看下回分解。

第二十八回　夜遇奇人

此时，只见姜维骑马冒雨从庄里出来继续朝山上走去，可天已麻黑，行动不便，他只能慢慢地向山上走去。谁知，自己的肚子早已饿了，他顺手摸了一下自己背着的书包和干粮，结果啥都没有摸到。"坏了，莫非刚才救人时不小心将书包和干粮掉到河沟里吹走了。"他回头向下看时，山沟里什么也没有，只有滔滔不绝的洪流一个劲地向山沟口冲去。"这可怎么办，没有书籍和手稿怎么参加群英会啊。"姜维边走边寻思着，心里没了主张，他无精打采慢慢走着。忽然眼前一亮，老远看见西面有几点亮光，姜维惊喜地自语道："没想到此处还有人家。"他立马抽了两鞭，朝灯光处奔去，当走近前一看。"啊，原来是一座寺院。"他寻思着下马，推门进去，还未站稳，不知什么东西从他身后连连袭来，姜维听见耳边一阵冷风过来，连连向后退了几步，坐在禅房念经的老道见有人推门进来，从禅坐上腾空而起，用双脚连连来蹬姜维，见姜维根基很稳，没有蹬倒，他落地后又用蝇甩来打姜维，姜维左躲右闪，并未还手。

"施主为何不还手，你练武有何用处……莫非嫌贫道是个瞎子……真没意思，算了，不跟你玩了。噢，敢问施主从哪里来，深夜到此，有何贵干？"这老道说罢单手举起，嘴里念道，"无量天尊，善哉善哉。"姜维赶忙抬头看时，这老道个头不高，骨瘦如柴，红颜白眉，已双目失明。姜维双手一拱，赶忙说："回师父问话，我乃天水冀县人氏，姓姜名维，今上南安府……"

"群英大会，是吗？"这老道将头向后一仰，肯定地说。

姜维听到这话，惊讶地"啊"了一声，脱口而出："师父，你是怎么得知的。"老道听罢姜维问话，哈哈笑说："贫道乃西周宰相姜子牙姜尚的第四十一代徒弟，俗名为鬼谷瞎。贫道三日前算定有一位英俊少年从此路过，上南安府参加群英大会，故在此等候想见上一面。""师父真神人也，说来也巧，徒儿姜维是祖先姜子牙四十二代后裔。"

姜维双手一拱说。

"有缘有缘，有缘千里来相会，无缘对面不相识，当年贫道师父杜文龙传承你先人姜尚的八卦易经、奇门遁甲，他才是神机妙算、未果先知的高人，他将自己平生所学毫无保留地传授与我等八个徒弟。当时，我因年龄大为大徒弟，卦艺文韬略高一筹；作为二师弟的马飞不服，他心怀嫉恨，时时想暗算我，后来我俩终于在深山老林里做了最后的较量。""莫非师父的眼睛……"姜维吃惊地发问。"后来，在一次单打独斗中，他用双手指硬是将贫道的一颗眼珠抠出，一颗挤破，而贫道不得已双手掐住他的脖子，因自己眼痛，不由得越掐越紧，一阵后，二师弟马飞断气了。贫道怕吃官司就连夜跑进深山老林隐居出家，当了道人，二十多年来贫道苟延残喘，苟活于人世，不为别的……"

"那师父为了什么呀？"姜维不解地问。

"贫道在此深山专等一个人。"

"什么人？"

惠能老道没有答话，只是向前走了两步，双手抱住姜维的头，一个劲地乱摸了起来，他边摸边说："看面相，施主还是位文武双全之人。"当摸到姜维的双耳时，又说，"是个大福大贵之人。你瞧，就不是一般人的耳朵。啊，还是个大孝子呢。"当他又摸到姜维的后脑处时，突然"扑通"一声，跪倒在姜维面前说："啊，望大将军恕罪，贫道该死，不知大将军驾到，有失远迎……贫道刚才还故意试探姜将军武功，贫道有罪。"姜维听罢赶紧上前双手扶起惠能师父说："师父吓杀徒儿了，徒儿不才，哪里敢想将军之事呀……徒儿只是趁当下年少之时，多学一点本领，将来好报效国家，为民出力啊。惠能师父，您是怎么摸出徒儿将来就一定能当上将军呢？"

这惠能主持一手将姜维拉上，用蝇甩一指说："坐，坐下说话……了空徒儿，快快去厨房给施主烧点饭去，都大半夜了，他走饿了。"惠能主持安排妥当，径直向旁边的一把椅子走去，姜维忙起身来扶，惠能主持一把推开姜维，自己坐到了那把木椅上。在一闪一闪的烛光下，询问着姜维的家境。片刻后，小师父烧好饭，来叫姜维，姜维在小师父的带领下来到厨房用膳。

当夜，姜维与惠能主持同睡一个炕上，两人神秘交谈起来，惠能问："徒儿自幼喜学谁的著作？"姜维答道："回师父问话，徒儿自幼爱学《三字经》《劝学》《春秋》《论语》等，这几年又迷上东汉经学大师郑玄的《新经学》，因为它是治国安天下的正统理论。""这就巧了，贫道一生钻研郑学、细研八卦、刻苦练武，想着是将来有朝一日报效国家，可如今落到这般下场，说来真令人心酸。自那年贫道闯了人命后，隐居深山，不问凡事，专心细研周易八卦，平常为往来香客算个命，讨点香火钱，以维持寺院开销支用。""师父，真是苦了您了。您给我说说这郑学的经典是什么？"此时，惠能主持把被子给姜维身上拽了一下，在姜维耳边窃窃私语起来，将近三更时分两人才渐渐入睡。

这时，夜深人稀，万物寂静，只听远处松树上的猫头鹰不时地发出尖叫声。

天刚蒙蒙亮，姜维爬起身双手揉揉眼睛，向身旁一看。"啊，师父怎么不见了，奇怪，他到哪儿去了？"姜维不解地自语道，"惠能师父，徒儿要上路了，来向您告别，怎么不见您的面呢？"姜维大声喊着走到后院，将马牵了出来，来到前院，正巧碰上小师父了空，随口问道："敢问小师父，你师父惠能他大清早上哪儿去了？"

"回施主问话，惠能师父来无踪，去无影，从无定所，他三天前回来时说是等一个什么人，小道猜是在寺内等你……如今他心愿已了，可能云游四海去了吧。"姜维听罢赶忙说："师父他双目失明，行动不便，怎能一个人随便外游呢。"

"施主有所不知，我师父惠能虽无目识物，但练就一对天耳，听力极强，能听别四面八方之物。走路如飞鹰，身轻如鹅毛，辟谷已多年，人称鬼谷瞎。""真乃奇人也。"姜维听罢惊叹地脱口而出。而后双手一拱接着说："了空小师父，打扰了，我姜维办完事，过来看望两位师父，告辞。"姜维说罢上马扬鞭离去。

这正是：

姜维救妇行囊丢，

又饥又渴心又愁。

雨夜山间遇奇人，

同床共枕传经文。

欲知姜维此去能否获胜，请看下回分解。

第九章

少年立下报国志　姜维单骑会群英

第二十九回　群英大会

话说，姜维离开广武寺后骑马赶往南安府（今陇西县）。大约一个时辰后，来到南安府东城门前。姜维下马抬头望见城门楼上挂着一个好大的套金匾牌"南安府"。"啊，好一个宏伟高大的城门楼啊，你瞧，城上还有戴盔穿甲、手持长矛的士兵站岗着呢，多威风啊……何时我也像他们一样，那该是一件多么荣耀的事情啊。"姜维寻思着正要拉马进城，无意中回头向旁边一瞧，突然看见城墙角上张贴着一张告示：公告，今为弘扬我华夏文化，为在我大魏国土上发扬光大，源远流长，激励更多年轻人奋发读书，多出人才，为大魏效力，以达到文化兴国之目的，故发出告示，欢迎来自我大魏各地的有志之士、文人墨客、好学上进者报名参加，名额不限，公认得胜者有奖，会期三日。报名地点，南安府雅居院。

姜维看罢告示，心里兴奋极了，他赶忙拉马进城，直奔雅居院报名处而去。随后找了一家客栈住了下来，当日夜里，姜维毫无睡意，他躺在炕上，心平气和地将自己平日所学细细地在脑子里过了一遍。而后又想起昨日夜里广武寺惠能主持的及时提醒、精心指点。方到夜深人静时才慢慢入睡。

次日清晨，姜维老早地来到南安府雅居院，按照院里的安排，他在大厅最后的一个位置上坐了下来，又继续思考着今日上场所要答辩的论题。姜维想着："说实话，这是我长这么大，头一次出远门，在众目睽睽下当着众人说话，再说呢，今日来的肯定有许多文人墨客，仁人志士，理论高手，文学顶尖人物，自己的心里如同十五只木桶打水，七上八下。"想到这里，他的心不由得扑通扑通地跳了起来。又想："要说比武的话，自己并不怵堂，可今日是文会呀，这对我一个才进学堂，学文还不到三年的人来说，今日答辩就好比赶着鸭子上架，逼上了，实在没有把握，怎么办，事到如今只有硬着头皮猛一冲了。"姜维不敢再往下想了。

此时，南安府雅居院里人山人海，几百把凳子座无虚席。姜维一看，坐在自己周围的人都在交头接耳、互相寒暄，问这问那，格外亲切，唯独自己是从天水冀县来的生人，一阵无助的孤独感油然而生。同时他又有一种莫名的好奇心和新鲜感接踵而来。再加上临行前两位恩师的嘱咐，母亲的叮咛，广武寺遇到的奇人指点迷津，心里又有了必胜的把握。

此时，只听见台上有人大喊一声："诸位前来参加南安府雅居院群英大会的文人墨客、仁人志士们，大家请安静，彼人为南安府雅居院院谕，姓陈名文杰，今奉南安府太守魏泰安大人之命前来主持此次群英大会。"此时，台下一片哗然，陈院谕伸出双手向下一压，接着说："今日我大魏国南安府在雅居院举办凉州群英大会，旨在弘扬我华夏古老文化，传承华夏圣人孔孟之道，延续人类文明，多出人才，为我大魏国效力做事。你们今日坐在这里的人都是我大魏的臣民，都是来自山村乡里的文人贤达，仁人之士，你们有能力、也有责任保家卫国。大家听着，今日答辩，府院概不出题，纯属民间的一种文人聚会，此次文会，可各抒己见，阐明论据，若大家公认，雅居院居士评议，凡上台发言者有理有据、思路敏捷、文采丰富，而且口才极佳者有奖，府院将发给获奖者奖金与文号，下面开始。"陈院谕说罢带头鼓起掌来。而后，他用手一挥，请雅居院元老李耀文先生上台带头发言。你看此人个头不高，身材消瘦，约有六十多岁，身穿一身黑色长卦，白眉银须，一看就是一位干练老辣、博学多才的大文豪。

李耀文迈着沉稳的步子，慢慢上台来，站到讲台中央，面带笑容，向四面屈身鞠躬，此时台下响起了热烈的掌声，他双手向下一压，谦逊地拉大嗓门高声说："诸位贤达文友，今日府院院谕陈大人让我带头发言，这是对老朽的器重和鼓励，老朽深表谢意。"李耀文说着鼓起掌来，下面也跟着响起了热烈的掌声，他又向下一压说："那我就班门弄斧，献丑了。"他双手一拱接着说，"自从伏羲一画开天，女娲创造了人类以来，我华夏大地渐渐就有了文化一词，随着人类不断进化，这个文化也在不断进步，可以说人类文化源远流长，学派众多，而最有代表性的人物就是孔子，下面谁能答上来这孔子何许人也？"

此时下面鸦雀无声，仿佛空气凝固了一般，大家沉默了片刻后，忽有一人站起，双手一拱，红着脸回答说："回先生问话，这孔子名丘，字仲尼，是春秋末鲁国人，他一生所教弟子三千，其中有七十二贤人。"

"停，上来答话。"李老先生一招手让此人上台答话。

只见一个四十开外的中年人挺胸阔步，走了上来。李老先生让此人报上姓名。"我乃安定郡人氏，姓杨名文轩，号文宝堂主人。""坐，请坐下答话。"李耀文用手一指旁边的椅子接着说，"吾再问你，孔子一生都有哪些著书？""孔子著有《春秋》《论语》等。"杨文轩回答说。"《论语》主要说的是什么？""这……"此时，忽有一人站起，双手一拱，红着脸抢答说："孔子的《论语》一书主要说了学习，为人处事、为政之道、道德修养等几方面，但主要是围绕学习这个中心而写的，其中'学而习之'的学习方法，'三省吾身'的进德手段而孝悌为人之本，是孔子仁学之基础。"

"下面答话的这一少年，请上台来，报上姓名。"此时只见这一少年迈着健步上得台来，走到台前，双手一拱，向李老先生一鞠躬，而后又向下面一鞠躬，"小民是天水郡冀县人氏，姓姜名维，字伯约，号幼麟，今年一十六岁。"李先生用手一指让姜维坐下答话。

姜维继续说道："刚才杨先生说到孔子七十二贤人，其中就有我的恩师石儒林先生的祖先石作蜀老先人，石作蜀先生一生重孝昌德，这是他一生的信条，尤其令我们敬佩的是他为了学到知识，一个人跋山涉水……"此时，李耀文一下站起，走到姜维跟前铁青着脸问道："姜维，我问你，这郑玄何许人也？"

"郑玄，字康成，北海高密人，东汉末年儒家学者，经学大师。"

"那何为《新经学》？那《古经学》又是什么？"这李老先生咄咄逼人、连连追问道。

"这……"姜维一时无从答起。

"这，这是什么……答不上来了吧！老朽今日念尔年少无知，不予计较，但明日一场，定要回答与我，让尔说出个子丑寅卯来……下去吧。"这李耀文恶狠狠地说罢，蹬了姜维一眼，捋了捋胡须，得意地坐下了。姜维好似被重棒狠狠地在头上击了一下，头脑"轰"的一声，顿觉膨胀，耳朵里"嗡嗡"地直响，什么也听不到了，他没精打采走下台。此时，只见台下的人们仰起头惊讶地看着姜维。姜维头也没回，直径去了客栈。

这边，答辩继续，李耀文先生又问下面："这曾参何许人也？"

"这曾参是春秋末，鲁国人，字子舆，孔子弟子，人们称为曾子，他一生乐道养亲，曾任小吏，以孝著称。"只见一人五十多岁，走上台去，继续答着。

这正是：

> 群英大会展雄才，
> 姜维单骑赶着来。
> 相互切磋共上进，
> 以文会友实难得。

欲知夜里姜维遇到何人，请看下回分解。

第三十回　凉州上士

　　且说，姜维到了客栈，他先去看后院槽上拴着的枣红烈马吃料了没有，一看马肚子圆鼓鼓的，知道店家已给马喂了草料。这马看到主人来了，灵性地仰起头"昂昂"地叫了两声，姜维摸了一下马头，自语道："完了，这下全完了，枣红烈马，你知道吗？今日在台上，我姜维砸锅了，只因多说了一句话，就说了一下我的恩师石儒林先生的先人石作蜀是如何求学的，就惹那雅居院元老李老先生不高兴了，他让我今日下不了台，明日更上不了台，只因我多嘴，你看我这张破嘴，闯了大祸了嘛。"姜维后悔地跺着脚，撅着嘴，不住地向地上吐唾沫星子。这马像能听懂人语似的，仰起头左右摇摆了两下。姜维自语道："那李老先生跟我过不去，这究竟是为什么……噢，对了，我明白了，这老先生是有意激我，让我好好读书呢，这说来说去还是自己平常所学甚少，知识浅薄，难怪我连《新经学》和《古经学》的出处都不知道，惭愧，真是惭愧极了。哎呀，我的枣红烈马，这更麻烦，更让人头疼的还在明日呢，明日那李老先生指定还要问我呢，怎么办……现如今我人生地不熟地，到那儿寻找我需要的资料呢，没有资料，我就答不上，这答不上，就要丢人，这丢的不仅仅是我姜维一个人，还有三位恩师和自己的母亲，我真丢不起这个人……那唯一的办法就是走，一走了之，明日看他问谁去。"

　　此时，这马又仰起头左右摇摆了两下。"你是说不能走，连马都不同意我走，这可怎么办呢？"姜维思前想后，实在难以解答李耀文先生的一段问话。他这一日茶饭不思，没精打采，出了店门在大街上来回晃悠，像失了魂似的。到了晚上还是想不出好的法子，这可急煞姜维了。"你看，学不到知识，丢死人了，真是活要人的命呢。"姜维翻来覆去，怎么也无法入睡，当他翻过身准备睡觉时，忽然惊讶地大叫了起来："哎呀，你是谁……什么时候进来的，挤到我身边做什么？"

　　"姜维徒儿，时隔一夜，就连贫道都认不出来了吗？怎么遇到麻

烦了吧，贫道云游一日，一直在府城街上转悠。夜晚天气寒冷，故而钻进徒儿的被窝暖和暖和，怎么不欢迎吗？"原来这说话的正是这个人称鬼谷瞎的广武寺老道惠能主持。

"啊……是，是惠能师父呀，你怎么知道徒儿住在这家客栈，你又是怎么进来的？"姜维着实吃惊不小，对着师父连连发问。"嘘，小声点，隔墙有耳，你忘了我鬼谷瞎的本领了吗？世间哪有能难住为师的事情，和你一样，那就是没有知识能难住人，这不，今日上午贫道云游南安郊外时，屈指一算，算到徒儿明日有一难关，无法解开，故来相助也……徒儿你做得对，人不能一遇到困难就退缩、回避，尤其是年轻人，本应知难而上、激流勇进，才能上进，倘若你今日一走，那就将遗憾终身，后悔一生……姜维徒儿，为师问你，今日那居士的原话怎么说？"

姜维低声又将今日那李耀文先生在台上所说的话如此这般地向惠能主持细说了一遍。惠能听罢，轻声笑着说："这好办，徒儿不必发愁，明日他再向你发问，你可这样回答，保他满意。"惠能主持贴在姜维耳边又如此这般地说了一遍。姜维听后忽然眼前一亮，茅塞顿开，急忙点头说："万谢恩师，又专门来为徒儿指点迷津，徒儿记住了，等徒儿答辩完回冀县时再来看您。"当姜维一番话还未说完，只听门"吱呀"一声开了，一阵冷风吹进了姜维的被窝。姜维再摸时，被窝里啥都没有，只有一股冷气回旋着，这不由得使姜维浑身打了个寒战。自语道："啊，真如神仙一般，来无踪，去无影。"

且说，次日早晨姜维起身后随便咬了几口馍馍，就和大家一样老早地来到雅居院，在自己原来的位置上坐下，由于他全神贯注地思虑着自己将要回答的问题，全然没有听到台上在讲些什么。他一心思量着自己如何把昨晚惠能主持的原话变成自己要表达的语言，因为这不仅仅是在回答李先生问题，而且是在向所有参加此次群英大会的朋友们演讲郑玄所倡导的《新经学》，因而，马虎不得。

"冀县姜维来了没有，请上台继续昨日的答辩。"一个非常洪亮的声音响在半空。姜维心里嘀咕："这李老先生记得倒很清楚，好像甩都甩不掉，故意黏上自己似的。"只见他一个箭步，跃上台去。此时，台下一阵喧哗，有人私下议论道："乖乖，没想到这小伙子还会武功……看来冀县真是藏龙卧虎之地啊！"姜维上台后迈着矫健的步伐走到台前，向李耀文先生双手一拱，深深地鞠了一躬，而后又向台下深深地鞠了一躬，只见台下一阵热烈的掌声，这李耀文也跟着拍了两下，姜维坐定后，李耀文发话了："冀县姜维，昨晚睡得可香？""托李老先生的福，学生确实睡得踏实。""老朽让你回答的问题考虑得如何了……"

"先生请出题，学生一定知无不言，言无不尽。"

"那好，咱们继续昨日的话题……那何为《新经学》？《古经学》又是什么？"姜维胸有成竹地站起身，双手一拱，不慌不忙地答道："回先生问话，这《新经学》和《古经学》属于不同的两大学派，都来源于孔孟之道，儒家思想。它的核心和骨髓是以文教化人类，以德治理国家，话又说回来了，这《新经学》和《古经学》都来源于秦国，这里我向大家讲一个故事。"姜维略一停顿，向李耀文先生脸上看了一下，此时台下一阵哗然，"乖乖，这毛头小子站在台上还讲起什么故事来了，真倒要听听他讲什么，这可是个新鲜事儿。"

"说吧，反正老朽有的是时间，我倒要听听姜贤侄要讲什么样的故事。"

"说到《新经学》和《古经学》的来源，是这样的，当年秦始皇焚书坑儒，抓住一部分儒生活埋了，没有留下任何书籍，但在此之前老儒们向自己的后代口头传授了儒家经学，这些后人都记在心里，秦始皇是挖不去的。而这些后代，将先人的儒家经学代代相传，一直流传至今，因此后人也就把这些叫《新经学》，也叫《心经学》，是用心记载的。"此时下面又一阵哗然，私下议论纷纷，这个说："真不简单，这冀县叫姜维的小伙，还知道的不少呢，你看台上的李耀文先生也呆呆地坐在那儿听得入迷了。"

"这《古经学》则是秦始皇未搜查去的儒家经学，在这之前，老儒们就已经把儒家经典著作偷偷地埋在了墙里，到了秦国灭亡之后的汉朝，汉武帝刘邦启用儒生，在全国弘扬儒家文化，倡导儒家思想，这时人们才将自家墙里藏着的儒家经学挖出来，公之于众，这些书籍出世后人们争相观看、传阅，故而自然也就成了《古经学》，而《新经学》的宣扬和倡导者就是东汉经学大师郑玄。也就是本人最为崇拜和非常敬重的难得的儒家学者，我的答辩完了，万谢李老先生对我姜维的器重和激励，我一定以先生为榜样，回去后好好学习，提高自己，也万谢参加这次群英大会的诸位文友们对我的支持。"姜维双手一拱深深向李耀文先生鞠了一躬，又向台下鞠了一躬，准备要昂首阔步地走下台去。

这李耀文先生听完姜维的发言，站起身连忙拍起掌来，而后他走到姜维跟前双手紧紧握住姜维的双手，激动地说："精彩，精彩，太精彩了，这么多年来老朽也研究了许多郑玄的经学，却把《新经学》和《古经学》两个学派的渊源和出处给忽略了。小伙子，你今日给老朽上了一课，真是青出于蓝而胜于蓝，代代自有人才出，你才是名副其实的凉州上士、少年文豪。"李耀文说着深深地向姜维鞠了一躬，此时，下面一阵激烈的掌声，姜维赶紧又深深地向李耀文先生鞠了一躬，走下台去。

下面答辩继续进行。李耀文先生站到台前大声提问说："谁能说上这颜回何许人也？""回先生问话，颜回是春秋鲁国人，字子渊……"

"下面答话的这位同仁请上台答辩。"李耀文指着台下的此人说道。只见此人五十已过，他上台坐下后继续答道："颜回是孔子弟子，他以德行著称，勤奋好学，安贫乐道，笃信孔子学说。"

"回答甚好，请诸位注意，下面答辩时一律上台来辩，因老朽耳背，距离远了听不清楚。"这时，台下议论纷纷，个个仰起头用羡慕的目光一直看着姜维走下台坐到自己的位置上。姜维坐到自己的位置上认真地聆听着别人的答辩，他寻思道："这是一次多么难得的学习机会呀，我得好好听听人家的发言，俗话说，学海无涯，进得一门比海深，天外有天人上人，一个更比一个强。"大约两个时辰后陈院谕宣布休会，下午接着开始，姜维一直坚持到底。

次日早晨，姜维照常来到自己的位置上坐下。此时，只见从下面走上来一人，他迈着稳健的步伐，走到台中央向四周瞟了一眼，咳嗽了两声，手里拿着一张纸大声说道："前来参加此次南安府雅居院举办的文化答辩大会的文人墨客、仁人志士们，本人姓吕，名家昌，是南安府文案师爷，今奉太守魏泰安魏大人之命，向大家宣布此次答辩大会的结果和决定。望大家注意听，本府深感此次群英大会举办得甚是圆满、甚是成功，展示了我大魏国文人荟萃、人才济济的大好景象，三天来可见诸位的文学水平之高，文路之清晰，口才之流利，是前所未有的。因此本府为了招贤纳士、选举人才为我大魏国效力做事，本师爷宣布此次群英大会优胜者共十三名，念到名字的这十三人均上台来领奖，下面逐一开始。"

此时，台下一片哗然，人们议论纷纷。吕师爷一个一个地念着获奖人员名单，而下面的得奖人员又一个一个地鱼贯式地走上台去。此时，只听见吕师爷声音洪亮地喊道："获得此次南安府群英大会第六名的天水郡冀县姜维，请上台来。"姜维听到叫他，立马起身后快速走上台去。此时，台下响起一阵阵热烈掌声。这十三名获奖者都上台以后并排站在那里，片刻后，只见南安太守魏泰安魏大人衣着整齐，威风凛凛地从下面上来，走到台上，看了一下获奖的十三位佼佼者，而后微笑着逐一发起奖来，师爷叫一个名字太守发一份奖金，送一个文号。当叫到姜维时，姜维上前双手一拱，红着脸向太守大人深深地鞠了一躬。"你就是冀县姜维？"太守睁大眼朝姜维身上上下打量了一番，捋了捋胡须，接着问，"今年多大了？""回大人话，小民今年十六刚过。"姜维答罢双手一拱向后退了一步。"啊，少年可畏，你小小年纪，竟满腹经纶，对答如流，人才，是我大魏难得的人才，昨晚雅

居院评你为凉州上士，我看是当之无愧，给，这是纹银三两，拿着吧，还有这凉州上士的文号，带回去让你师父和家人高兴高兴。"姜维红着脸抬头上前一步，双手接过太守大人递过来的奖银和文号，深深鞠了一躬，转身要下台去。"慢，姜维，今朝廷正在用人之际，本官看你是一表人才，年少力壮，满腹经纶，有意想留尔在老夫身边做事，在南安府办差，小伙子意下如何？"太守魏大人认真地说罢，哈哈笑了两声。"万谢太守大人器重留我，可家中老母有病在身需人照顾，大人的好意小民感激不尽，恕小民难以从命……"姜维红着脸说道。"小伙子，不必立马回答，回家后可与你母商议商议，老夫随时等候。"太守大人笑着说罢又向第七名获奖者发起奖来。

这正是：

> 学海无涯苦作舟，
>
> 姜维心中犯忧愁。
>
> 书山无路勤为径，
>
> 只有勇者敢攀登。

欲知姜维去李家庄为了什么，请看下回分解。

第三十一回　姜维哭坟

话说，这姜维领得奖银和文号后兴奋不已，连忙向太守大人深深鞠了一躬，又向台下深深鞠了一躬后跑下台去，这时台下又一次响起了掌声，这掌声好像是专为姜维而欢呼的。此时，姜维突然想起了一件事，他急匆匆地在人群中寻找着一个人，而此人正是同他坐在一起参加了群英大会的临洮县人李俊，姜维怀揣文号和奖银在人群中乱找乱寻，当他碰到文友刘正时忙问："刘哥，临洮县的李俊兄弟可曾见到？""瞧，那不是嘛。"刘正一眼认出了李俊，忙指给姜维看，姜维一看果然是李俊，他惊喜地三步并作两步蹦到李俊跟前，双手一拱笑着说："李大哥，你是临洮县哪个庄人？"

"临洮县李家庄，离府城不远，我的'凉州上士'，你问这干啥？"这李俊不解地说。"李大哥，这李家庄上是否有个叫李英的？如今也就是五十多岁，高个头，膀大腰圆，看上去挺神气的。"

"啊，有，他自打我记事就出门去了，后来的事我就不得而知了。唉，说起来这李英还是我的长辈，我叫伯伯的，他早就不在庄上了，你找他干啥？"

"这就对了……李大哥，你能否带小弟到你庄上看看。"

"那好，姜维弟弟，今日正好到我家去，我李俊可要好好慰劳一下你这个'凉州上士'，今日咱们总算认识了一场，成朋友了，走，我带你去，一个时辰就到。"李俊笑着说罢，一把拉住姜维的手就要走。"李大哥，我的马拴在客栈里，走，咱们骑马去，快些。""也好。"姜维和李俊两人从雅居院出来，蹦蹦跳跳一路来到顺风客栈。姜维收拾了一下，牵马出来，先扶李俊上马，然后自己跳上马背，朝马屁股上抽了两鞭，这枣红烈马突然飞奔起来。一阵工夫后，他俩来到李家庄李俊家中，姜维谢过李俊父母后问道："李大叔，你知道当年李英妻子陆金花的坟在何处，侄儿顺便想到她坟上看看，烧点纸钱，祭奠一下亡灵。"

"那好啊，娃他娘，快把家里的香蜡表纸拿出来，装到篮子里，我带上李俊的朋友去李家坟滩上给嫂子上坟去……唉，小侄子，你是她的啥人，这么远来上坟……唉，作孽啊，多好的媳妇啊，硬是被那恶人董豹活活地打死了。"

"啊，大叔，当年的这事，你老人家也知道。"

"怎么不知，我是李英的胞弟，当年还是我招呼庄间人帮着将金花嫂子埋了……唉，走，不说了，娃他娘，赶紧做饭去，等上坟回来，我要和姜维贤侄喝两盅呢。"霎时，李俊娘准备好了香蜡表纸放在篮子里，李俊提着，他三人在李俊爹的带领下，来到庄后山坡跟处李家坟滩里。"姜维贤侄，这就是我那大哥李英的婆娘陆金花的坟堆……唉，可怜的兄嫂，你死得太悲惨了，都是那天打雷劈、不得好死的董豹造的孽，唉，听说此人还在朝廷当了大官。唉，这世道太不公了……好了，不说这些了，咱们上坟吧……"

只听姜维"扑通"一声跪在陆金花坟前，泪花汪汪，声音沙哑着说："师娘啊，徒儿姜维看你来了……你死得好惨啊，徒儿今日来就是为了给您说一句话，也就是埋在徒儿心底十几年的话。"姜维说到伤心处忍不住"呜呜"地号啕大哭起来，他边哭边说："我可怜的师娘，你死得好冤啊，此仇不报，我誓不为人。"姜维说着双手插进地里，狠狠地挖出一把黄土，用劲捏成粉末，而后双手捧在头顶撒在坟头上，又说："十年前，师父避难时，收留我为徒，他含辛茹苦、忍饥挨饿，日夜教我练武，赠我兵书，这恩情徒儿永世难忘，徒儿打算今后要从军报国，驰骋疆场，誓杀奸贼，不，是董卓。"一起跪在旁边的李俊爹更正着说："不是董卓，是董豹。"

"大叔，你有所不知，当年那董豹连伤两命后，改名为董卓，如今任太师之职呢，对了，师娘你唯一的女儿小貂蝉也在京城洛阳呢，她在朝廷司徒王允王大人府上做了义女，你就不要操心了，往后徒儿迟早会与她联系的。"一直跪在兄嫂坟头前的李大叔嘴里嘀咕："原来如此，怪不得姜维贤侄一来就要急着上坟，他和哥哥李英是师徒关系呀。"姜维把憋在心里一肚子的话一股脑都倒了出来，李俊爹用火石打着火，烧了纸钱，磕了头。

他们上完坟，回家吃了饭，在姜维的央求下由李大叔带路，牵马又来到师爷陆智的坟上磕头化了纸钱，而后深深地向李俊爹鞠了躬，双手一拱感激地说："万谢大叔今日帮忙找到我师娘和师爷的坟，说实话，侄儿早就有上这两座坟的想法，只恐找不到，今幸有李俊哥的帮忙，才找到这里。"姜维感激地说着从怀中掏出二两文银又说："这二两纹银放下……"

"不，不要，不要，坚决不要，快拿回去交给你母亲，听俊儿说你母有病在身，为她看病，需用花费。"

"大叔，我给你钱，你肯定不要，这二两纹银是托你每年清明时节替侄儿去两座坟上化个纸钱，祭奠一下他们，因师父早已出家，不问尘事，貂蝉又远在京城，往后就由徒儿代劳了。人活在世间，就是要记着亡人生前的好，何况这是徒儿应该做的。"说着姜维跃上马，双手一拱，大声喊道："李大叔，李俊哥哥，今日打扰了，咱们后会有期。"说完，骑上马一溜烟工夫不见了。

这李大叔手里捏着二两纹银顿时感动得两行热泪流了下来。这父子俩看着姜维远去的背影久久没有离开。

且说姜维骑马赶往冀县家乡，路经榜沙河湾，正要过河时，突然老远地看见从天边飞来了一对大鸟，落到水上，不住地你追我赶，来回游着。"啊呀……这世间还有这么好看的一对大鸟在河里游着呢，你看那鸟儿身上柳绿花红、五彩缤纷，真是好看极了，我何不过去抓回家让母亲瞧瞧。"姜维自语着跳下马连忙扑到河里去抓，可谁知这对大鸟却"扑腾腾"飞走了，结果姜维扑了个空。

"哈哈，你这个傻小伙子，这样能抓到它们吗？"坐在不远处岸边钓鱼的老汉笑着说。姜维上岸对着老汉双手一拱说："这位老伯，在河边钓鱼呢……老伯，你说说，刚才飞走的一对大鸟身上咋这么好看呢。""那不是大鸟，那叫鸳鸯，是世间少有的飞鸟，平常是看不到的，只有贵人来了才会出现……孩子，看来，你要走桃花运了，这鸳鸯鸟也叫富贵吉祥鸟，贵人来了它也就飞过来了，看来我老汉要沾少年娃娃的光了，走，不钓了。"这老汉说着提起笼子转身走了。

姜维遗憾地上马继续赶路。上了广武山，进了广武寺来看望惠能师父时，小师父了空单手一举说："师父让我捎给你一句话，说他尘缘已尽，云游四海去了，往后徒儿要用心走路、用心做事，可前程无量也。贫道给你当了三天半的师父，不必挂念，也永不相见。"姜维听了不由自主地留下来两行泪水，声音沙哑着说："徒儿怎能忘了师父教诲之恩呢，常言道：一日为师，终身为父呀。"姜维未能见到惠能师父，闷闷不乐地上马，双手一拱，骑马下山去了。

这正是：

> 姜维替师来上坟，
> 有情有义有善心。
> 一张黄纸祭亡灵，
> 两行泪水湿满襟。

欲知姜维后来做了何事，请看下回分解。

第十章

姜维卖布贼窃去　路遇银环婚缘来

第三十二回　姜维卖布

　　话说，一日早晨，柴氏将窑洞里里外外打扫得干干净净，然后从一只大木箱里取出一卷白布说："维儿！今日天气尚好，城里逢集，你可把这卷白布拿到集市上卖了，换点钱攒下，等攒够了让人给儿张罗着娶个媳妇……唉！你都快十八了，老大不小的了，你看为娘这一身的病，往后这屋里总得有人做个饭，洗个衣服，帮为娘干点家务什么的，再说了过上这么一年半载生一男半女，也好了却为娘的一桩心事。"

　　"母亲！孩儿还小，这件事以后再说，眼下为母亲治病要紧。"说着从母亲手中接过白布，装进背篓里，随手从灶头的篮子里抓了一个高粱面馍馍，边走边吃，忽然又记起了什么似的，回过头来问："母亲这些日子身体如何？"

　　"好多了，我觉得也能吃饭了，浑身有劲了，还能纺线织布了。"柴氏微笑着说。

　　"这就好，这太好了，母亲的病终于好了。"姜维听了高兴地拍着手跳了起来。而后说，"看来这城里东关的王先生真乃神医呀！等今日把布卖了，儿从城里给王先生称一斤点心，顺便上门去看望他。"姜维说完吹着口哨背起背篓三步并作两步进城去了。柴氏站在洞前微笑着自语道："我怎么生了一个这么孝顺的儿子呢，今后的日子也就慢慢好过了，这一辈子值了。"说完进洞去了。

　　进城后姜维挨着一家卖包子的店铺旁边大声吆喝着："卖布呢！卖布呢！上好的白布！谁要呢？"他又不时地用眼看着旁边热气腾腾的一笼笼豆腐包子，自语道："等把布卖了，先给母亲买几个热包子，拿回家让她吃。"于是又吆喝起来："卖布呢！卖布呢！好结实的白布！谁要呢？先生要不要白布，便宜卖呢。"

　　"小伙子，你这白布咋卖呢？"一个老汉停住了脚步问道。

　　"大爷，你看这上等的白布可结实呢！"姜维微笑说道。这老汉双

手接过这卷白布，摸了摸说："要卖多少钱？"

"要卖十文钱。"

"太贵了……八文钱卖不卖？"

"八文钱不卖，我娘说了，要卖十文钱。"姜维说着从老汉手里接过布卷，顺手扔到背篓里，背上到别处转悠。这时只听后面老汉说："八文钱卖的话，我老汉就要了。"姜维听到后边有人说话，走了两步又回头看了一眼热气腾腾的豆腐包子，自语道："若不卖掉布，哪来钱给母亲买包子吃呢，她老人家自生病以来还未能吃上一口香喷喷的豆腐包子呢，我姜维今日要买它十个，拿回去与母亲吃。"

于是他又转过身赶忙说："老大爷，八文钱就八文钱，我今天便宜给你卖了。"老汉从怀里掏出八文铜钱递到姜维手里，维姜看了看手中的钱放到兜里，再顺手从背着的背篓里取布时，啥都没有。他急忙放下背篓睁大眼睛，反复看，背篓里还是没有白布。姜维急出了一身冷汗，自语道："活见鬼了，怎么会不见了呢？刚才明明是我放进背篓里的……哎！有谁看见我的一卷白布了吗？"旁边卖包子的老汉笑着说："嗨！小伙子！你招了贼娃子的活了，你卖布要夹到怀里，那贼娃子早就盯上你是乡下来的憨娃子，人家从你背的背篓后面拿跑了。"

姜维先是怒目圆睁，四处急看，而后气愤地双脚在地上跺了两下，无可奈何地慢慢地又从怀里掏出一串铜钱，递给老汉说："老大爷还你的八文钱，今日咱俩的这买卖做不成了，我的布让贼娃子偷走了，走……回了。"

"小伙子，你是否想给你母亲买包子吃？给！这是二文钱，你拿上。看来你是个孝子。唉，这年头分文钱难倒将军呢！给，拿着，与你母亲买包子吃去，等以后你有了再还我。"老汉同情地说。"不，我不能白拿你的钱。"姜维说着硬是把两文钱塞到老汉手里，双手一拱头也没回地走了。

"小伙子！给你娘拿几个热包子，不要钱，给……"旁边卖包子的老汉手里拿着几个包子说。

"不用了大爷，谢谢了！"姜维头也没回地飞步走了起来。卖包子的老汉眼巴巴地望着姜维远去的背影说："嗨！这小伙子还真有骨气，将来一定能成大事。"

这正是：

姜维卖布贼窃去，

没精打采挪脚步。

回家不知怎开口，

可怜母亲白织布。

欲知姜维半路究竟遇到了何事，请看下回分解。

第三十三回　奇遇银环

话说，姜维背着空背篓没精打采地往回走着，经过一片树林时，从对面突然传来了一个姑娘的尖叫声："救命啊！张员外抢人啦！"姜维一看迎面过来一帮人抬着一个轿子，吹吹打打向前走来。从轿子里不断地发出"救命啊救命啊"的叫喊声。他放慢脚步，望着花轿想看个究竟。"救命啊！快把轿子停下，我要回家，你再不停下我就死给你们看。"

这姜维听得真切，顿时怒气冲天，把背篓一扔，站在道路中间，双手叉腰，怒目圆睁。

"你是何人，胆敢拦我家少爷的花轿！你好大的胆子……快闪开！"其中一个跟轿子的年轻小伙生气地大喊。

"你等是何人，敢在光天化日之下强抢民女，难道这世上就没有王法了吗？快放下！让这一良家女子回家！"姜维仍然站在道路中间指着对面的人说。

"简直是找死。"一个佩戴着红绸缎大红花的小伙子骂道。这时突然扑上来三人，拳打脚踢姜维，姜维左躲右闪并不还手，只是大声喊道："识相的快把这女子放了，古人云：强扭的瓜不甜，听老人说这男女婚配之事要双方愿意才行，你们这算什么？"

这时轿子内的女子用嘴扯过窗帘，探出头来泪如雨注，神情紧张地望着姜维央求说："大哥，救我！"突然这抢亲的小伙朝女子脸上打了一巴掌，骂道："混账！你爹把你顶给我了，你还不乖乖地跟我走。"

"你骗人！我爹什么时候借你家的钱了，这分明是见我家穷，你仗势欺人。"女子哭着与佩戴大红花的新郎官争辩。这时姜维赤手空拳早已来到花轿跟前，新郎官大喊："抢人了！弟兄们给我上！"顿时扑过四人来打姜维。姜维左踢右打，出拳蹬腿，三抛两甩，不到几个回合就把这四人打得鼻青脸肿，趴在地上起不来了。这女子突然从轿内滚到地上大喊："大哥救我！"姜维急忙上前解开姑娘身上的绳子，拉上姑娘飞跑起来，他俩一口气跑到姜家庄边。姜维上气不接下气地说："现在没事了，姑娘你可以回家了，我还要看我娘去呢，她有病在身。"

这女子眼巴巴地望着姜维哀求地说："大哥！我不敢进家，害怕他们又来抓我，我死也不进张天霸家的门。"

"那如何是好？"姜维难为地说。

"那，那我就到你家躲两天。"姑娘再次哀求道。

"那可不行，男女授受不亲，传出去让人笑话，再说我家住的是窑洞，又没有地方藏你。"姜维甩开姑娘的手，执意要走。女子撅着嘴说："我不，不让你走……今日反正你已经拉了我的手了，我已经是……"

"是什么？"姜维不解地问。

"是……反正今日你走到那里，人家就跟你到那里，这一辈子就黏上你了。"女子说着不好意思地笑笑，满脸通红地望着姜维。

"这怎么能行呢，我看你还是回家去吧！我姜维还有事要做，恕不奉陪，告辞了！"

姜维说罢，双手一拱转身就走。不料这女子突然扑上前，从后面双手抱住姜维的腰，哭着说："大哥，要了我吧……我看得出来你是个好人，跟着你我什么都不害怕。"

"快不要这样，让人看见那就……"姜维难为地说着。用力分开女子的双手，怎么分也分不开，女子反而越抱越紧。

这时庄上的姜二姑正好路过此处，老远瞧见这一对青年男女搂搂抱抱，先是不好意思地用手捂住眼，但又把手分开偷看着越走越近，而后咳嗽两声。女子抬头一看，突然脱口而出："姜二姑，庄间人都称你是活菩萨、大善人，反正今日你是全看到了，我已经相好了他，银环求你老人家给我和大哥做个媒，让姜大哥把我娶回家去吧！"银环哀求地说着，"扑通"一下跪在地上。"姑娘快起来，这是件好事。"姜二姑说着扶起银环又说，"我看你俩是天生的一对，地造的一双。

俗话说，为人撮合，不愁吃喝，二姑我一辈子就喜欢与人做媒，今日遇到我，这是你俩前世修来的缘分，这事保准能成……走！我带你去见他娘。"

"这……"姜维红着脸支吾着。

这姜二姑一手拉着一个快步上山去了。

这正是：

<blockquote>
母亲为儿操碎心，
只恨无钱家中穷。
姜维伸出正义手，
无意之中添新人。
</blockquote>

欲知二姑保媒是否如愿，请看下回分解。

第三十四回　二姑保媒

话说，这媒婆姜二姑一手拉着姜维的手，一手拉着刘银环的手，急匆匆走在两个年轻人的前面。她上气不接下气地笑着说："闺女，你今日能遇到我家姜维，是你的福气，姜维这娃儿聪明着呢，他可是庄里出了名的大孝子，又能吃苦，又能干，跟了他，往后有享不完的福呢。"一直跟在姜二姑身后的刘银环听到媒婆的这句话后顿觉心里甜蜜蜜的，一股暖流涌进全身，她红着脸抬起头看了媒婆一眼，不好意思地露出了从未有过的笑容。银环心里寻思，说实话，自己自长这么大，这是头一回这么开心了。

他三人一阵工夫来到半山腰窑洞前，正在洞外扫院的柴氏老远瞧见了他们，她立即停住手，挂着一把毛竹扫帚，心里惊奇地、目不转睛地愣在那儿看着。当他三人上来后，柴氏急忙撇掉手中的扫帚，高兴地迎上去双手握住姜二姑的手说："这不是二姐吗？噢，这不是庄东头刘家大闺女嘛，你们这是……"

"娘，您看，二姨和银环她们来看您了……"姜维老远地看到正在扫院的母亲，挣开手，朝前走了两步，红着脸立即介绍说。

"哎呀，大妹子，好事呀，天大的好事呀……你看，我把谁给你领上来了。"姜二姑握住柴氏的手笑嘻嘻地说。

"我知道，她是庄东头满财大哥的大闺女银环呀，银环姑娘你可是咱庄上秀气伶俐的好姑娘，怎么今日有空上来串门。"

"大妹子，你有所不知，我今日来不是来串门的……我是给咱家姜维说媒来的。这不，这银环姑娘看上咱家姜维了，今日我把她领上来，和你商量着，把她娶过来，你看意下如何？"二姑说罢，笑嘻嘻地朝银环和姜维看了一眼。

柴氏听罢急忙上前紧紧抓住银环的双手，拍着笑哈哈地说："这太好了，闺女，你不嫌我家穷，能看上我儿姜维，这是他的福气，做娘的能不愿意吗？二姐，我一百个愿意。"

"娘，这……"这时，在洞外烧好茶水端着走进洞来的姜维听到母亲与银环说话，赶忙接上说。姜维双手将两碗茶水分别递到两人手上，接着热情地又说，"二姨，银环姑娘，请喝茶……这茶叶名叫龙树茶，是我在山里打柴时顺便采的，人喝上能避暑降温，清嗓润肺呢。"

"坐，快坐下说话。"柴氏连忙殷勤地用笤帚扫了两下炕上的尘土笑着说。

媒婆姜二姑又一把握住银环的手，拉到自己身边，挨着她坐下，而后笑嘻嘻地拍着银环的手说："孩子，二姨今日就要你一句话，愿不愿意跟了我家姜维?"银环"唰"的一下红了脸，抬起头看了一眼站在母亲身后的姜维，低下头，嘴唇轻轻地一动，吐出了两个字："愿意。"

"这就好……大妹子，赶紧把他俩的婚事给定下来。你快快下山请咱家永善大哥来主持婚礼。"

"这……太匆忙了吧，二姐，我啥都没准备呀。"

"大妹子，还准备啥呀?常言道，这婚事嘛，富了富过，穷了穷过，过了安然。"

"她二姨，孩子们结婚总得看个日子呀。"

"择日不如撞日，看啥日子，今日就是最好的日子……"

"那也得看人家银环爹娘同意不同意。"

"这就得了，我立马下山去给银环爹娘通报。"

这正是：

> 二姑好心做善事，
>
> 进洞保媒姜母喜。
>
> 树上喜鹊喳喳叫，
>
> 两个孩子婚缘到。

欲知银环爹娘是否同意此桩婚事，请看下回分解。

第三十五回　喜结良缘

话说，柴氏玉莲听了媒婆姜二姑的一席话，高兴地喜形于色，你看她脚下生风，手忙脚乱，边跑边说："好，好，好，我这就下山去请喜财爹上来主持孩子们的婚礼……哎，姜维，快到庄里请你三娘上来帮帮忙。""好，儿这就去，顺便叫几个跑腿的连手上来帮忙。"姜维心里美滋滋地边走边说。

"维儿，还有呢，你张罗完快快跑到城里，买些鞭炮、红纸，饪糖之类的东西。"柴氏说着赶紧上炕，从一只小木箱里取出了一包铜钱，递到姜维手里。姜维接过钱跃出门去，他边跑边喊："娘，放心，孩儿一趟买来。"

这时姜二姑站起身拉着银环的手说："事不宜迟，孩子，你我下山快去与你爹娘告知，准备姜家迎娶之事。"

"二姨，这事不知我爹娘同意吗?"

"你二姨是什么人呀，我还不知道你爹是庄间老实巴交的厚道人，他是看着姜维长大的，他能不知道姜维的品性吗? 我看他高兴都来不及呢……走，快走。"姜二姑说罢一把捏住银环的手快步下山去了。

一阵工夫后，大家各行其是，很快就准备齐了姜维和银环的婚礼。正忙碌间，只听山下庄东头唢呐声、喧哗声不断，一帮人跟在新娘后面前拥后簇，新娘刘银环打扮一新，骑着毛驴，毛驴头上绑着用红绸缎做的一朵大红花，由胸前佩戴大红花的新郎官姜维牵着，吹吹打打、浩浩荡荡上得山来。

这边窑洞前早有一帮人站在那里迎亲，当送亲队伍走到洞前时，只听鞭炮声"噼里啪啦"一阵乱响，吹鼓手仰起头、鼓起嘴越吹越来劲，一时间整个麻婆岭山谷回荡着从未有过的欢声笑语和鞭炮、唢呐的响声。

洞前这姜母穿戴一新，更是兴奋地合不拢嘴，你看她跑前忙后，招呼着客人。此时，忽听一人大声喊道："请新娘下轿了……姜家长

辈过来迎亲，扶新娘下轿。"只见姜母和新郎姜维扶新娘从毛驴身上下来，迎进了窑洞。司仪让姜母坐下，让一对新人站在姜母面前，大声喊道："一拜天地，二拜高堂，夫妻对拜，送入洞房。"这声音刚落，一个洪亮的声音又起："诸位亲朋好友，乡里乡亲，今日我侄姜维大婚，你们前来道喜，老汉我深表谢意。"姜永善双手拱着，对洞内的客人们笑呵呵地大声说，"今日大喜，为答谢庄间亲朋好友，老汉我在自家院里，略备薄酒，请各位赏光，下山饮上两杯，走，全部都走。到院里我姜永善还要给大家敬酒呢!"

年事已高的姜维大伯姜永善今日更为高兴，他代表姜维母亲主持了侄儿姜维的婚事。他上来之前就招呼家人提前跟集，准备了酒肉饭菜，专等客人们下山后入席。说实话，姜老汉的这一招着实让柴氏始料未及，她万万没有想到和自己亡夫一胞兄弟的大哥竟如此疼爱姜维。顿时，一股暖流涌上心头，止不住流下了两行热泪。姜维早已察觉到了自己大伯的这一做法，他在心里暗暗感激着这位没有少帮助过自己、人称姜善人的自家长辈今日为自己所做的一切。而作为姜维大伯的姜永善自二弟姜囧十五年前亡故后，心里一直很内疚，总觉着自己作为长辈没有照看好姜维母子，让他们受苦了。

那一年小侄子姜和病亡后他打算接姜维母子下山，到自家院里去住。可谁知弟媳柴玉莲骨气太硬、志气太高就是不愿意下山，时间长了这倒成了姜永善老人的一块心病。那个又潮又湿的寒窑，怎么能住人呢，可偏偏就遇上了个犟脾气，不听人劝告，姜维小小年纪和他母一样倔强，还有志气，真是拿他们毫无办法。

一晃十五年过去了，如今姜维终于长大了，他已经成了一个顶天立地的男子汉，这让他心里稍稍好受一些。今日听说侄儿有了亲事，他急匆匆、气喘吁吁地头一个上山，临行前从小木箱里取出一包铜钱，让家人准备了几桌饭菜，好让姜维的婚礼办得圆满一些，从而尽一点做长辈的心意，当然这件事还得瞒着玉莲弟媳偷偷准备。姜永善老人一边寻思一边走着，而后回头一看，大声喊道："客人们，大家都要到家里去坐席，今日我老汉高兴，好好陪大家喝上一杯，一醉方休。"姜永善老汉大声吆喝着，站在自家门口双手拱着，笑呵呵地迎客人们进院入席。

此时，只见五六个手里提着老母鸡、胳膊上挎着竹篮子内装有鸡蛋、蔬菜、瓜果之类礼物的人，急匆匆走上山来。更让人奇怪地是庄里的刘猎户父子俩一人背着一叶门扇，上气不接下气地也上得山来，柴氏老远地瞧见庄间的亲朋好友带着各样礼物上山来向她道喜，她忙笑着迎上前，接过礼物，感激地说："万谢庄间亲朋前来与我儿姜维添喜，快进洞坐坐，我给大家泡茶。刘大哥，你这是干啥，怎么父子俩一人背着一叶门扇……快，快放下，老沉的。"

"心娃，快把门扇背进去，找两只长板凳，给新人把床支上。"刘猎户说着把门扇背进洞，放到窑后面。用袖子擦了一把脸上的汗珠。

"刘大哥，你想得可真周到，心娃侄儿，累坏了吧，快坐下，喝杯茶，顺顺气。"柴氏笑呵呵地迎接着亲朋好友。

"唉，大妹子，怎么不见侄儿姜维的大舅来添香呢，这么大的事情，这他舅家不来人，恐怕说不过去吧。"刘猎户怪怨着说。

"刘大哥，这事不怪世英他爹（柴玉莲大哥），今日这事突然，还没来得及去请呢……事后我让维儿与银环他们带上点礼物专门上他舅家赔罪便是了……快请坐。"柴氏说着急忙招呼着客人。"不了，来时永善大哥已打了招呼，让我几个随后上他家坐席去呢，大妹子，你先忙，我们这就下山了。"刘猎户说罢心里乐呵呵地哼着小曲和大家一起下山去了

这正是：

> 二姑心肠如菩萨，
> 苦口婆心说两家。
> 姜维银环结良缘，
> 姜母心里开了花。

欲知冀县将要发生甚事，请看下回分解。

第十一章

摆擂台威震天下　大比武冀县招兵

第三十六回　姜维打擂

话说，一日早晨，天气晴朗风和日丽。王师爷焕然一新、神采奕奕地站在擂台中央，他仰起头向四周瞟了一眼，然后咳嗽了两声，声音洪亮地大声喊道："冀县的父老乡亲，武林界的高手们，青壮年们，我冀县自秦王朝建县以来就是著名的武术之乡，众所周知，自历朝历代以来我冀县人才辈出，崇文尚武，高手如云，群英荟萃，威震华夏。今为弘扬我华夏武术之精华，掀起民间练武之高潮，故举行冀城大比武，一则是为百姓们强身健体、锻炼筋骨；二则是选拔人才，保家卫国。本师爷下面宣布比武规则：一，今日比武必须是年满十五至二十五岁的男性青年；二，此次比武不许伤人，点到为止；三，比武不能顶替，不能中途退场，若有弃权者须提前声明；四，比武最后优胜者县府有奖。"王师爷宣布完规则后，回头双手一拱向坐在后堂的县令杨雄禀报说："县令大人，比赛现在可以开始了吗？"

"好，开始。"坐在擂台后堂的县令杨雄威严地说罢，将了将胡子向前面看着。这时只听见"当"的一声铜锣响起，台前走出一个二十多岁的少年，他头戴白帽，腰系红绸布带，上身穿一件白衬衫，下身穿一条黑色的灯笼裤，脚蹬一双棉线麻鞋。此人向四周瞟了一眼，双手一拱走到台前，自我介绍说："我叫张彪，家住冀县东川张家庄……今日比武，不论生死谁敢上来和爷爷一比高低。"

此时走出一少年，双手一拱向四周一点头说："我叫李金虎，是西川李家庄人氏。"只听到鼓声大响，双方开始交手，只见张彪连连出拳，直打李金虎头部，李金虎连连后退，既而李金虎又连连踢腿，这张彪又连连躲闪，后张彪冷不防飞起一脚正好踢在李金虎胸口上，李金虎倒在地上四腿朝天，一动也不动了。站在台中央的张彪紧握双拳，伸向空中笑着大喊："不怕死的谁还来。"这时突然又上去一人和张彪打了起来。

拳打四方，话说两头。且说在台下观看比武的道长黄龙，早已指

派了一名徒弟到姜家庄去叫姜维。等了半天还不见姜维踪影，这边擂台早已开始，黄道长一急之下亲自去姜家庄看个究竟。你看他脚下如飞，好似腾云驾雾，一阵工夫后来到姜家庄半山腰窑洞边。

只见洞前姜母身系围裙，一直站在路边用手遮住太阳，焦急地向山上望着，自语道："真是急死人了，这孩子忘了今日是什么日子？到现在还没有下山来，再不来比武就赶不上了，为娘的饭已经做好多时了。"

原来姜维心里一直记着今日在城里比武之事，可家里连一点烧的柴都没有了，家里就要断顿了，于是他瞒着母亲天不亮就上山打柴去了，当他背着柴火满头大汗地从山里走下来时，母亲早就站在窑洞前等他着呢。

"姜维吾儿，你不知道今日是啥日子吗？你要气死为娘吗？平常庄里人都说姜维的师父武功高，教出的徒弟姜维肯定低不了，儿不比试比试怎么知道你的武功好呀。"

"说得好，姜维，你瞧瞧你母亲说得多好啊！俗话说，养兵千日用兵一时，你不和别的孩子比画一下，怎么能提高呢。"黄道长走上前应声而道。

"师父你怎么到这儿来了。"姜维一看师父来了急忙双手一拱说。

"还不快跟为师进城比武，再迟就来不及了……走，快走。"黄道长说罢一把揪住姜维的胳膊就要走。柴氏急说："维儿还未吃饭呢。"

姜维跃进洞里随手抓了一个黑面馍馍，出来边走边吃。这师徒二人飞也似的一阵轻功闯进了擂场。

此时，张彪还在台上大呼小叫着说："爷爷已经连续打下去五人了，不怕死的谁还上来，再不上来就算爷爷胜了。"张彪傲气地说罢，走到王师爷跟前眯着眼睛说，"王师爷宣布吧，看来这冀县无人，连我才学了不到两年武术的人都打不过，真是扫兴。"

这时坐在后台的县令杨雄站起后向台前瞟了一眼，一招手叫王师爷过去，说："怎么姜维没有来呀。"

"是呀，布告早都贴出去了，他怎么还没有来啊。"王师爷着急地在台上转了两圈。

"是呀，这姜维为啥没来，是不是怕爷爷了，他来了我今日绝饶不了他。"站在王师爷旁边的张彪听到后傲慢地说。

"姜维你上来，我今日和你一比高下，你不是很能打吗？我练武就是为了找你，今日比武是为了打你……姜维你给我上来，再不上来就算你输了。"

"这位英雄休走，姜维来也。"只见姜维从围观的人群中腾空而起，踏在众人肩膀上飞奔到了台上，双手一拱向四周一点头，又向县令和师爷一鞠躬。正要拉开架势比赛，只见张彪突然飞起一脚朝姜维的胸口踢来，姜维急忙闪过，张彪又是一拳砸来，姜维顺势一抓"咔嚓"一声捏疼了张彪打来的拳头，张彪将胳膊收回去抖了一下，他冲过来朝姜维又是一脚，踢得姜维向后退了三步立住。

这时台下观众"啧啧"地纷纷议论起来，一个说："这张彪太厉害了，竟无人敢上身。"另一个说："这姜维也不过如此，走，没意思不看了。"黄道长站在人群里没有吭声，只是目不转睛地看着台上的姜维。

这正是：

> 师爷出招大比武，
> 县令做镇当监督。
> 青壮少年齐上阵，
> 势如蛟龙猛如虎。

欲知姜维与张彪究竟谁胜谁负，请看下回分解。

第三十七回　收服张彪

话说这姜维礼让三招后，开始出手，这一次当张彪一腿踢来时，姜维用手顺势来了个海底捞月，一下子把张彪踢来的一只腿捏住，一拧将张彪摔了个跟跄，四腿朝天躺在台上起不来了。这时姜维走上前伸手去拉张彪，不料张彪借势猛劲一推，差一点将姜维推倒，姜维顺势来了个鲤鱼摆水，一下子跃起连连出拳，朝张彪砸去。张彪连连后退，两人你来我去双方交起手来。

三十个回合之后，张彪渐渐不支，连连后退，这时台下人群中开始涌动。姜维回头看了一眼台下，不料这张彪突然冲过来一只手撕住姜维衣领，另一只手从腰间掏出一把匕首，突然猛刺姜维后腰，姜维感觉一阵冷风过来，急忙一闪，躲过了匕首，同时一只手抓住张彪手腕用劲一捏，将张彪手中匕首打落在地。这时台下人们大喊起来："张彪违规，张彪作弊，张彪输了。"

"安静，大家安静。"王师爷站在台前双手向下压着。姜维双手一拱微笑着向观众说："张英雄与我往日有仇，今日出现这种事情我姜维不怪他，我无意与他为敌……王师爷我们可以继续比武吗？"

"可以，开始。"王师爷敬佩地看了一眼姜维，用双手示意姜维和张彪，然后赶紧退到台后去了。此时战鼓又响，张彪从兵器架上抽出一把大刀，姜维也从兵器架上抽出一杆长矛，双方又开始比赛起来。

姜维与张彪双方手持兵器，英姿飒爽，大显神威，姜维用枪连连拨打张彪砍来的大刀。突然，姜维持枪直刺张彪心窝，张彪急忙用刀柄挡过，姜维连连刺，张彪连连挡。此时台下观众看得眼花缭乱，鼓掌声、喊叫声、口哨声不断，台上杨县令、王师爷、众衙役也鼓起掌来。杨县令将了将胡须高兴地对王师爷说："自古英雄出少年，少年强，则国运旺啊！看来咱冀县要出人才了。"

"吾看这些年轻人是人才苗子，是咱冀县的未来啊！"杨县令又将着胡子得意地笑着说。

王师爷连连点头："大人所言极是，这少年就像早晨刚刚升起的太阳，红红火火，生龙活虎！大人莫非看上这两个年轻人了吗。"

"你难道忘了吾此次举办全县大比武的用意了吗？"这主意还是你王师爷给我出的呢。"

"小人怎敢忘了大人的一片苦心，大人是想趁此次冀县比武，招收一批武艺高强、身体强壮的青少年，从军入伍，护城保县，这一招真是太妙了。"

"是呀，老夫就是想趁此次大比武，挑选招收一批青壮年为我所用……王师爷你定要办好这个差事，比武后将他们的姓名一一记下，登记造册。"

此时，只见姜维一枪又刺到张彪心窝，张彪躲闪不及，只得支着，姜维并未刺下，收住枪拉张彪起来。这时台下又是一阵掌声，有人大喊道："今日比武真是过瘾，精彩极了。"一个说："你看人家姜维，就是了不起，不但武功高强而且风格高尚，以诚相待，点到为止。"

这时，王师爷走到台前，一把抓住姜维的胳膊举起，大声宣布说："此次冀县比武，姜家庄的少年姜维胜。"

姜维脸一红，赶紧双手一拱不停地向四周观众作揖说道："姜维不才，让父老乡亲见笑了，今日取胜是偶然为之，也是张彪哥哥手下留情。"没等姜维说完，这张彪突然"扑通"一下跪倒在姜维脚下说："姜维，我张彪今日输得心服口服，我更佩服你的仁义道德，若不嫌弃的话就收我张彪为徒吧，我愿意跟你习武练功，交个知心朋友，不，干脆以兄弟相称。"

姜维赶紧上前扶住张彪说："张彪大哥，快不要这样，我姜维实在是担待不起，要拜就去拜师父吧。"姜维说着用手一指台下人群中一直观看比赛的道长黄龙师父。

这张彪顺着姜维的手势抬头一看，见下面人群里有一道人打扮的老者，正捋着胡子看着姜维。突然他一人跳下擂台，一个箭步奔到黄道长跟前"扑通"一下跪倒："师父在上，徒儿张彪给您磕头了。"说

着连连磕了三个响头。

"快起来说话。"黄道长急忙扶起张彪说。

"师父不收徒儿，徒儿就不起来。"这张彪继续磕着头，还是跪着不起来。

旁边姜维双手一拱，对着黄道长说："师父你就收下张彪吧，徒儿看他真心学艺，性情直爽，心直口快，人也不错，往后我们可以在一起练功，将来我们一起报效国家。"

这黄道长将着胡子听了姜维的一番话后，点了点头说："徒儿起来吧，为师收下你了。"

"万谢师父收我，徒儿一定好好跟你学武。"张彪说罢又连连磕了三个响头。

这时，只听到台上"当"的一声锣响。"现在比武结束，下面请比武优胜者姜维，张彪，赵虎，王勇，梁柱，李豹上台领奖！"这时叫到名字的几人上台纷纷领了奖钱，兴高采烈地回家去了，而姜维与张彪等跟随师父黄龙上了西禅寺。

这正是：

> 战鼓声声响四方，
> 擂台摆在正中央。
> 万人头上选英雄，
> 兵强马壮保家乡。

欲知石老先生究竟如何教书，请看下回分解。

第三十八回　麒麟才子

话说，一日早晨上课后，学生们在课堂上都坐得整整齐齐，只见石老先生进门后站在讲台上，咳嗽了两声，而后向下面看了一眼坐下问道："姜维徒儿，这孔子是哪里人氏？徒儿可否能答上来？"

姜维急忙站起，红着脸抬头答道："回师父问话，孔子，名丘，字仲尼，是春秋末鲁国人，他是儒家学派的创始人，孔子一生热衷于教育，他打破了教育垄断，开创了私学，所教弟子三千，其中贤者七十二人。孔子晚年回到鲁国整理古代文化典籍，并作《春秋》一书，他的思想及学说对后世产生了极其深远的影响。"

"吾再问尔，颜回何许人也？"

"回师父问话，颜回是春秋末鲁国人，字子渊，是孔子弟子，他以德行著称、勤奋好学、安贫乐道、笃信孔子学说。"

"吾还问尔，这曾参何许人也？"

"回师父问话，曾参也是春秋末鲁国人，字子奥，孔子弟子，被人们称为曾子，他一生乐道养亲，曾任小吏以孝著称。"

"好了，姜维你坐下吧。"

"师父，还有您的祖先，石作蜀先生他可是孔子的得意门生，七十二贤人之一呢，石作蜀先生一生重孝昌德，而如何做人是他一生的信条，尤其令我们敬佩的是他为了学到知识，一个人跋山涉水、万里迢迢步行到鲁国拜孔子为师，学习文化知识，他将孔子的《论语》记熟背会……"

这时石老先生站起后走到姜维跟前惊讶地问："姜维徒儿，去年九月那次南安府群英大会上，你就是这么说的吗？""回师父问话，徒儿当时在台上的确就是如此说的。"姜维站着答道。"好，甚好，你可把吾先人的故事一下子传到了南安府，这真叫为师欣慰。看来，徒儿对吾先人石作蜀如此了解，老夫甚为高兴。的确我们祖先一生酷爱儒学，崇拜孔子，以孔子为一面镜子，常对照自己，检查自己，一日三

问静其身，一夜三思远其志。更可贵的是他在十八岁那年，决意出走到鲁国寻找孔圣人去，历时一年半才来到鲁国找到了孔子，听吾爹说先人石作蜀为了不让家里人得知他出走的消息，谎称自己去朋友家拜访探讨学问，然而神不知鬼不觉地走了，从此杳无音讯。先人的父母找不到儿子石作蜀，一急之下都病倒了，后来听说他到了鲁国学儒才放心了。先人如此好学和吃苦精神，深深打动了孔圣人，于是他当即收为弟子教他学问。"

"说到这里，姜维，我再问你，孔子的《论语》主要说了些什么？"

此时，坐在同桌旁边的石景秀姑娘（石儒林老先生的女儿）正屏住呼吸，红着脸羞答答地目不转睛地盯着姜维，听他回答问题。

"回师父问话，孔子的《论语》主要说了学习、为人处世、为政之道、道德修养等几方面，但主要是围绕学习这个中心而写的，其中'学而习之'的学习方法，'三省吾身'的进德手段而孝悌为人之本，是孔子仁学之基础，'慎终追远'的行孝规定等，所有这些都是《论语》中的重点，孔子曰：'学而时习之，不亦说乎？有朋自远方来，不亦乐乎？人不知而不愠，不亦君子乎？'孔子还说：'三人行，必有我师。'"

这时石老先生回到讲堂上转身面向大家，问："在座的徒儿们，孔圣人《论语》的其他内容，谁能答上？"只见课堂上的众学生你瞅着我，我看着你，仿佛课堂上的空气凝固了一般，一个个低头鸦雀无声。沉默片刻后，只听'啪啪'两下鼓掌声，才打破了课堂上的尴尬局面，只见石儒林先生激动地拍起手来，学生们同时也都站起拍起手来。而后石老先生威严地说："回答得好，极为准确，姜维徒儿你聪慧过人，一学就懂，过目不忘，记得清楚。老夫才于你们讲过一遍，姜维就都记下了，真是天下少有的麒麟才子，徒儿们往后可要向姜维学习啊。"

下课后，同学们都到院子里玩耍、闲谈，石景秀姑娘老远红着脸喊道："麒麟才子，过来，本姑娘还想考考你呢，看你能不能答上？"

当姜维走到景秀姑娘跟前正要说话时，突然一张小嘴在姜维脸上亲了一下，等他回过神来，用手在脸上抹了一下时，这景秀姑娘早已飞跑得无影无踪了。

这正是：

> 文韬武略展英才，
> 智勇双全夺冠魁。
> 国之栋梁谁能胜，
> 麒麟才子数姜维。

欲知姜维究竟遇到何事，请看下回分解。

第三十九回　波涛汹涌

又一日早上，阳光灿烂，风和日丽。下课后，学生们走出书房，在院内相互玩耍，他们斗鸡的斗鸡，踢毽子的踢毽子，玩得非常热闹。这时，有个学友过来认真地说："姜维哥哥，听说你的武功高强，何不要一段，让我们见识见识。"

"练得不好，我正在跟西禅寺师父学着呢。"姜维谦虚地说。

"姜大哥，你就来一段吧。"一个学友央求着说。

这时，姜维向大家看了一眼，不好意思地说："那好，我姜维就献丑了。"说罢，双手一拱，站在院子中间耍了起来，你看他一双铁拳上打豹子头，鸳鸯腿下扫猛虎腰，一会儿腾挪移转，一会儿左右开弓，一会儿黑虎掏心，一会儿老鹰抓鸡。

"太好了。"突然一个女学友"啪啪"地拍着手喝彩道。

姜维越耍越来劲，拳打脚踢，简直像电闪雷鸣，暴风骤雨。

他练了一阵后收住拳脚，准备进书房读书。突然有人递过来一条白丝手绢，微笑着说："姜大哥，给，擦擦汗吧。"

"谢了，石姑娘。"姜维双手一拱感激着说。

"谢啥呀，咱俩谁跟谁啊。"石景秀一双水灵灵的葡萄眼，含情脉脉、目不转睛地盯着姜维说。

"景秀姑娘你真好，自从我姜维拜你爹石老先生为师后，咱俩在一个课桌上念书，已有三年光景了，这三年来，你处处关心、体贴我。记得有一次，下课后，你见我没有回家，就悄悄用手绢包了两个白面馍馍让我吃。你为了让我尝尝你家梨树上长的香水梨，偷偷地跑到后院爬到树枝上，摘了一颗梨儿，不小心还从树上掉下来，摔了一跤，摔得你好些日子不能走路去上课，我得知后硬是把你背到学堂上课，为这，师兄弟们还私下议论纷纷。"姜维感激地说道。

"姜哥哥，你别说了，往后咱们就是……"

"景秀姑娘，你千万不要这样，不瞒你说，我已经有妻室了，今后，我们以兄妹相称，好吗？"

"姜哥哥，你说的这是真的吗？我不相信。"景秀姑娘听了姜维一句话，顿觉五雷轰顶，摇晃着站立不住了。

"不信，你就去打听打听。"

"不行，我要去亲自看看。"景秀姑娘说罢撅着小嘴头也不回转身就跑。姜维在后面紧追。只见他俩一前一后一口气跑到了姜家庄半山腰窑洞前，只见窑洞内姜维的妻子银环正在收拾家务，见有人进来，忙热情地说："这位姑娘，请坐，你看，我家寒窑十分简陋，随便坐吧，我给你倒水去。"

这石景秀姑娘喘着粗气，抬头向窑洞内瞟了一眼，对着姜维直言不讳地说："你既然有妻室了，我也不嫌弃，我愿意做个偏房。"景秀红着脸含着泪，羞答答地说罢，眼巴巴地望着姜维。

"那可不行，我姜维决不辜负了我家娘子银环，她太苦了，再说了我家世代穷人，没有能力再养活你。景秀妹子，你年龄还小，又那么漂亮，往后肯定能找一个如意郎君，我们今后就以兄妹相称吧，银环她还是你的嫂子哩。"这石景秀听了姜维这番话，一下脸色铁青，她二话未说转身就跑。

"景秀妹妹，回来你听我说呀。"姜维也跟着跑了出去。这刘银环不知所措，急忙跑出窑洞看个究竟。

姜维一看，事情不妙，连忙追去，这石景秀在前面跑，他在后面追，眼看就要追上了。突然，听到一声"救命啊"，他停了下来，看时，自语道："不好，有人掉河里了。"说时迟，那时快，这边只见一女孩正在河里挣扎，忽而头露出水面，忽而又被水淹没了，岸边一女人哭着急喊："救命，救命。"来回在岸边跑着不知所措，姜维看得真切，再没多想，突然一个鲤鱼跃水，钻进了河中，向正在河里挣扎的小女孩游去。

河水太急，把那个小女孩冲到了旋涡里，姜维不顾一切地游到旋涡里。突然一个浪头打来，一下子把姜维淹没了，这时姜维摸到了女

孩，双手抓住，举出水面，他赶忙吸了两口气，而后用尽力气，一只手揪住小女孩的胳膊，一只手拨水，向岸边游来。

秋后的渭河水深，浪急，泥沙稠，人喝了会呛到肺部，窒息而死的。姜维在河中游了好一阵后才将小女孩一手举起放到岸上，小女孩的母亲早已跑到跟前，哭喊着扑了上去，抱住小女孩哭着说："我的儿啊……你醒醒啊……都是娘不好，没有抓住儿的手，掉到河里了。"这婆娘哭着回过头"扑通"一下跪在地上，一个劲地磕头说："这位少年，你是那个庄的，叫啥名字？今日你跳河救了我小女一命，往后我好到你庄上寻找恩人补情。"

这时，姜维突然脑海里闪出自己小时候跳到渭河里摸鱼的情景来。当他费了好大劲在河里摸到了一条大鱼时，高兴地大喊道："啊，我抓到鱼了，我娘可以吃上我抓的鱼了。"结果他这一喊却引来了邻庄的一个大个子同伴，他一把夺过姜维举在空中的鱼，姜维急了大喊："你怎么抢我摸到的鱼呢。"说着就扑过去夺鱼，谁知那娃儿右手将鱼举高，左手一把将姜维推倒在河里，顿时呛了一口河水，姜维急忙从河里爬起，摇晃着身子来回寻找那个大个子时，他早已跑得无影无踪了。姜维只好上岸穿好衣服回到家里，将自己在河里摸鱼之事说于母亲，谁知母亲反而抢起巴掌打了他一个耳光，气愤地骂着说："你不好好在家写字读书，跑到外边跟孩子们打架成何体统。"姜维委屈地哭了。

这时当听到小女孩母亲叫自己时才回过神来。"啊，这位大嫂，快快起来，我正好路过此处，听到你的呼救声，就赶过来了，那有见死不救之理，不用谢我，快与你女儿回家去吧。"

这婆娘跪在地上，感激地大声哭着说："好人啊，你是天底下的大好人，你能留个名吗？以后我也好领上我的女儿来你庄上报恩啊。"

此时，姜维心中有事，早已飞奔得无影无踪了。原来这母女俩要到河对面的王家庄转娘家去，在过渭河时小女儿不小心从独木桥上滑了下去，掉在了一人多深的渭河里。

　　俗话说，福不双降祸不单行，这姜维正在追赶同桌学友石景秀时，路上又跳到河里救人，当救起人后又急忙往学堂赶时，那边又出事了。

　　这正是：

屋漏偏遇连夜雨，

姜维跳河救小女。

谁知景秀又出事，

一波刚平一波起。

　　欲知学堂里究竟出了何事，请看下回分解。

第四十回　张彪成亲

　　且说，这石景秀边跑边哭着，到了她家后园，拿了个绳子准备把自己吊在一棵梨树枝上，就在这时学友张彪突然来到后园解手，一眼看到有一女子吊在树上，他急忙三步并作两步奔到这女子跟前，连忙将女子抱住，解开绳索，慢慢地放了下来，惊讶地自语道："这不是景秀师妹吗……怎么想不开自行短见了呢……石姑娘醒醒，你这是干啥？有啥想不开的吗？"

　　这时景秀姑娘慢慢地睁开了眼睛，一看是师兄张彪，两行委屈的泪水滚了下来，有气无力地说："张彪哥哥，你为啥要救我呢，我不想活了，不如让我死了算了。"说罢大哭起来，这哭声惊动了好多在前院玩耍的同学，他们听到哭声后都跑到后园来看个究竟。

　　"啊，这不是石景秀同学吗……快，赶快叫石先生来。"这个同学说着早已跑到前院把石先生叫了过来。

　　"啊，我的女儿你怎么了？"石先生一看，赶紧抱着女儿大喊。

　　"爹，女儿没脸见人。"景秀姑娘闭着眼睛泪花汪汪地说。

　　"去，同学们都上课去，有啥好看的。"张彪一看生气地说。而后，张彪背起景秀姑娘回到了屋里。

　　且说，姜维紧赶慢赶还是没有赶上景秀姑娘，当到了学堂门口时，只见屋里乱糟糟，围着一帮人。姜维挤进人群里一看傻了眼，他急忙大喊："景秀姑娘，你这是怎么了？"接着握住景秀的手，眼睛呆呆地望着。

　　"我不想再看到你了，你走吧。"石景秀心里委屈地指着姜维骂道。

　　"我早就与你说过，我姜维已经有家室了，她叫刘银环，是本村人。你就是不信，非要亲自跑到我家看个究竟，这不把你气成这个样子了……景秀姑娘，是我姜维对不住你啊。"

　　"别说了，张彪哥哥，今日你救了我，我今后就是你的人了，咱们明日就向我爹说明。"

"爹爹同意你和张彪的婚事。爹也知道这两年来你的心一直扑在姜维徒儿身上，可人家已经是有家室的人了，再不能难为人家了。常言道'真君子不娶二妻，好女子不嫁二夫'，老夫今日看到徒儿张彪及时救你，并真心照料，这也是你俩前世修来的缘分。择日不如撞日，如果张彪父母不反对的话，我看三日后就把你俩的婚事给办了。"石先生进屋后神情严肃地说。

旁边姜维赶紧双手一拱，激动地对着石先生说："这样非常好，张彪师哥和石姑娘成了亲，也了去了我姜维的一桩心病。师父有所不知，一年前我也救过一人，她就是我现在的妻子叫刘银环。其实我将师哥张彪引来石老先生学堂念书时，他也在偷偷地爱着你家景秀姑娘，只不过没有表露而已。今日恰巧他俩经历了此事，这是天意，师父成全他俩这是美意。我心里高兴极了，若景秀姑娘不嫌弃的话，我还是那一句话，我与她今后以师兄师妹相称，师父您意下如何？"

"如此甚好，还是姜维徒儿通情达理，想得周到，此事就这么定了，你就当他俩的红娘好了。"石老先生说罢起身，背着手进讲堂去了。

三日后的一天，阳光明媚，晴空万里，石家庄石儒林先生家张灯结彩，喜气洋洋，新郎新娘喜笑颜开，焕然一新。石老先生一大早站在门口迎接着各位前来道喜的庄间父老乡亲和亲朋好友。

"诸位，谢谢了，请。"石先生双手一拱，一一道谢。

厅房里司仪声音洪亮地大喊道："一拜天地……二拜高堂……夫妻对拜……送入洞房。"院内宾朋满座，谈笑风生，猜拳声笑谈声响成一片，甚是热闹。

"张彪师哥，此事因我而起，要不是你那日及时相救，指不定要闹出什么大事来，也算是景秀姑娘命大，遇到了你这个福星……今日你俩完婚，也算了却了我姜维的一桩心事，望你好好待她……不瞒你说，自从去年那次路遇你与刘银环那件事后，我心里一直有愧于你。

咱俩真是不打不成交，谁料想如今竟是同一门武恩师黄龙，文恩师石儒林门下的师兄师弟。尤其令人欣慰的是咱俩能成为知已，好兄弟，我心里很是高兴……张彪师哥，我听说今年年底县衙招兵，不如你我一起从军入伍，在军队上大干一番事业。我没想到师哥的武功突飞猛进，竟练到如此境界，实乃令姜维佩服。"

"姜维师弟快别说了，去年的那事都怪我丧失理智，胡作非为，全不顾人家姑娘的死活，贸然到刘家去抢亲，半路上幸亏姜维师弟出手阻止，才没有酿成今日之大错。姜维师弟你知道吗？当日那银环姑娘半路上被你救走后，我实在咽不下这口恶气。到了夜晚。我找了几个庄间的拳棒手操上家伙一口气跑到姜家庄找你算账，夺回银环。我们几人，先到了银环家，没找到银环，而后又满庄找你，也未找到，问你在哪儿住……可庄间人都说不知，没有办法夜已经深了，我们几个只好撤了回去。现在看来你完全是对的，此事想来我张彪后悔莫及，总想找个机会向你和银环赔罪，今日说透倒也好了。还是你姜维豁达大度，不计前嫌，愿与我张彪交朋友，实在是令人佩服。"张彪说着双手一拱红着脸低着头。

"快别说了，你那夜进庄寻我报复之事，我次日就知道了，都过去了以后再不提此事，快找你的新娘子去吧，我姜维还要喝你的喜酒去哩。"他说着朝张彪肩上拍了一下，笑着走了。

这正是：

> 千里姻缘一线牵，
> 张彪救人行大善。
> 姜维从此无牵挂，
> 张彪景秀把婚完。

欲知姜维以后如何打算，请看下回分解。

第十二章

伤心事姜母又提　踏征程姜维意决

第四十一回　往事如烟

话说，一日晚饭后，姜维心事重重，在窑洞外来回转悠，片刻后进得洞来为母亲洗脚，猛抬头，直截了当地说："母亲，孩儿有句话不知当讲不当讲？"

"讲，什么话，娘听听。"柴氏随口问道。

"儿想……想当兵去，母亲同意否？"

"不可，万万不可，娘就你这一个儿子，出去万一和你爹……"柴氏伤心地又回忆起了十四年前的一件往事，"那是一个早晨，你的父亲姜囧身背包袱走出窑洞，与我和你告别，你妹妹弟弟当时还在炕上睡着。你那年才四岁，你双手抱住你父亲的大腿摇着哭喊道：'爹爹！儿不让你走，你不要走嘛！'"

我当时还劝说："傻孩子，你爹从军是为咱家挣饷银，养活你和弟弟妹妹呀，不然你们吃啥？穿啥？那还不都得饿死冻死吗？"

"当时你爹说，你母亲说得对，咱家又没有一垧地，不当兵往后的日子可怎么过呀……乖孩子听话，爹走了。"姜囧心酸地说罢，慢慢放开姜维的一双小手，不情愿地转过身，头也没回下山去了，我看得出来，你爹当时虽然硬着头皮走了，但他那两条腿却迈不动，有啥办法呢，孩子，这实在是被逼无奈，哪一家的男人愿意把自己的婆娘娃娃撇下不管，一个人出远门去呢？这就是世道呀。

姜维母亲继续说着："从那以后你爹就再没有回来，三年后的一天，官府派人捎来了一句话和五两银子，说你爹为打山贼阵亡了，这五两银子是官府给你家的抚恤金，娘当时就把银子摔在地上，一下子昏了过去，是你趴在娘身上哭喊着摇醒了娘。"

原来姜囧到了天水郡经人介绍当了一名功曹，是专门带兵维护城内安全的队长，公元206年，一股山贼从宝鸡峡进犯天水关，与天水守军相遇，双方一阵激战，虽然打退了山贼，但天水守军伤亡惨重，姜维的父亲正是在这场战役中阵亡的。

"娘醒后，赶紧牵着你（四岁），抱着小姜和（一岁）（二妹姜菇已送人），冒着大雨，跑回娘家，将你爹阵亡的噩耗告诉你爷爷。你爷爷坐在椅子上没有吭声，只是低头闭着眼抽着旱烟，我又急忙告诉了你舅（柴玉荣），他听后如五雷轰顶，一下子站立不住。

一阵后，他赶忙套上木轮马车，送为娘和你兄弟两人，跑了大半天的路，来到天水郡寻找你爹。还未进府衙大门，就被几个衙役挡住了，问，你们是那里来的？你舅舅说，我们是从冀县而来，要找我妹夫姜冏，他究竟怎么样了？可那人说：'你妹夫姜冏他已在前日那场战役中阵亡了。'我当时说：'那我丈夫的尸体在那里，我要拉回去给他安葬。'可他们说：'他的遗体也与其他阵亡将士一起埋了，早已分辨不出谁是谁了。'

我当时听到这些，又一次昏了过去，是你又摇着叫醒了为娘，为娘一气之下大骂那个官差说：'我丈夫当兵三载未归，把命都交给你们了，你们这些昏官就这样草率地把人埋了。我今儿个活要见人，死要见尸。'我就一把拽住你舅舅的胳膊，到城外来找你爹，官差阻挡不住，太守又不敢出来，他们只好将为娘和你舅带到城外的半山腰上的一个大坟堆跟前，说：'姜夫人，你男人打仗非常勇敢，他是为了保护太守王大人的安危，与那帮山贼厮打，不料阵亡的，这是他们阵亡将士的坟，你都看到了，给，这是太守王大人送来的盘费银子三两，拿着回去吧，再不要来了。'

为娘当时就把银子撒在地上，扑上去，爬到大坟堆前，双手不停地刨着坟土，刨着刨着指甲缝里都出血了。你舅舅伤心地说：'人死不能复生，我看咱们烧点纸钱回去吧。'

就这样，你舅舅又赶着马车把咱们送了回来。他本来要送为娘和你们到你舅舅家里暂住一段时日，可我硬是不去，我恨你爷爷无动于衷不管此事，从此后，我和他永不相见。为娘硬是让你舅舅把咱们用马车送回了姜家庄半山腰的窑洞旁。

姜维儿啊，说起这些伤心事为娘三天三夜也说不完啊。只怪为娘太命苦了，你爹太命短了，呜呜呜。"这柴氏回忆起十四年前的往事，不由得又伤心起来。

"母亲别说了！"姜维"呜呜"地大哭起来。母亲说罢也伤心地哭了起来，母子俩抱头痛哭。旁边儿媳银环含着眼泪劝说："娘，别难过了，过去的都已经过去了，咱们再不提了。奴家夫君执意要去当兵，就让他去吧！奴家看明白了，他是一个有志向的男子汉大丈夫，说不定在军队上能有出息。"

"是呀，维儿要干的事情，八头牛也拉不回来，这当兵的事儿为娘我也挡不住，娘就是舍不得呀……往后这窑洞里空空荡荡的。"柴氏说罢又忍不住流出泪来。

"母亲，还有我和你的孙儿呢。"银环不好意思地红着脸说。

柴氏听罢，赶忙用手擦干眼泪，双手抱住儿媳银环激动地说："儿啊！你是啥时有喜的？"

"才两个月。"银环红着脸不好意思地说。

"娘怎么一点都不知道呀！你把娘瞒得……快起来，让娘好好看看我的好媳妇。"

姜维一听媳妇有喜了，一下子站起来，满窑洞乱转，双手朝上大喊："我姜维有后了，我们姜家有继承人了，太好了。"

"看把你高兴得……银环你快歇着，娘给咱擀长面去……维儿你就放心去吧，家里有娘照看银环呢！"柴氏说罢脚下一阵风，下厨准备做饭。

姜维兴奋地双手抱住柴氏笑着说："这才是儿的好母亲，儿早知道母亲是一位明事礼、懂道理的人嘛……娘，儿走后银环生的娃儿不管是男是女，就叫他姜鸳吧。"

姜维心里一直喜欢那对鸳鸯鸟儿，就顺口说了一句。"娘记住了，就叫他姜鸳吧，娘知道维儿一直记着那对在河里戏水、甚是好看的鸳鸯呢。"柴氏笑着说罢，出洞做饭去了。

这正是：

姜维满腔报国志，

哪怕路上长满刺。

狼虫虎豹何所惧，

建功立业真男子。

欲知姜维参军后究竟发生了什么，请看下回分解。

第四十二回　冀县招兵

话说，公元216年8月的一天，阳光灿烂，万里无云，冀城县内敲锣打鼓，县令杨雄发布告示，内容为"今汉朝天下战乱频繁，山贼横行，民不聊生，本县令为保我冀县百姓不受战乱之苦，确保一方平安，故招收一批青壮年入伍从军，对初夏那次打擂比武者优先录用，望全县年龄在十五至二十八岁的青壮年踊跃报名参军"。

这天，姜维领上了他的师兄师弟张彪、王勇、梁柱、赵虎、李豹多人，一路上蹦蹦跳跳、又说又笑、兴高采烈地来到县城衙门口处，挤在报名的队伍里，进行了报名登记，而后三五成群地进了县衙。衙门管事的官差一一做了安顿。

不久，姜维因冀城比武全县第一，且文武双全，被县令杨雄赏识，封为参事，负责守护冀城安危。

就在姜维十九岁生日刚过的第二天，冀县发生了一起震惊全县，同时也让陕西长安生意人吃惊的恶性事件。事情是这样的，就在这天傍晚时分，人们刚吃过晚饭在外边乘凉，忽有一遍体鳞伤的中年人，急匆匆跑进县衙，双手抓住两只鼓槌，用尽全身力气"咚咚咚"擂起鼓来，正在堂上值日的众衙役听到震耳的鼓声慌忙出来观看，究竟出了何事？这时见有人鸣鼓喊冤，其中一个上前大喊一声："大胆刁民，为何擂鼓？"

"大人，草民有案情禀报。"此人哭喊着立即跪在地上磕头作揖，正说话间县令杨雄听到鼓声出来观看，他看了一眼此人，漫不经心地问："这位汉子，你有何案情击鼓喊冤？过来上堂问话。"于是衙役把他带上公堂，杨大人入堂坐定后只见此人满脸是血，衣衫破烂，一进公堂"扑通"一下跪在地上哭喊道："冀县的青天大老爷，天塌下来了……"

"不用着急，究竟何事，慢慢讲来。"杨县令伸长脖子，睁大圆眼，盯着下跪之人问道。

"大人，小人等是从陕西长安来的商人，准备前往西域贩卖茶叶、丝线、布匹、绸缎之类的物品，回来换上西域出产的羊毛、兽皮、玉器等物，从中赚点小钱养家糊口。不想途经此处时，突然从两面山上冲下来几十个强人，他们手持长矛短刀不由分说，见了我们上前就是一顿乱砍乱杀……"此人说着伤心地大哭起来。

"这位商人不必啼哭，快快将今日所发生之事一一讲来。"杨县令听罢此人诉说，惊讶地站起追问。

"他们不仅把我们马背上的商品一抢而空，更可恨的是还杀死杀伤了我们多人，我是从死人堆里爬出跑来报案的……大老爷你要给小人做主啊。"此商人说着竟昏了过去。

"衙役们快将他扶起看坐，待老爷我再细细问来。"

此人起身坐下后慢慢地说起了事情的经过："本人名叫常来顺，家住陕西临潼县常家庄，一月前同庄间一批商人一起押着货物前往西域贩卖我们带的物品。不料途经冀县境内时，突然从峡谷的两面山上冲下来一伙强盗，他们个个身怀绝技，武艺高强，当下闯入我们的马队之中，不分青红皂白一阵乱砍乱杀，大老爷呀，我们都是些老实巴交的正经生意人，哪里打得过他们嘛，就这样被他们一抢而空，连一匹马都没有留下，现场只留下的是被他们打死打伤的人……我的青天大老爷，现场惨不忍睹、血流成河啊，您可要为小人做主，管管这件事啊。"

县令杨雄听罢此人的诉说，"忽"地一下站起，下堂走到此人跟前大声说："这还了得，陕西商人到了我们这儿竟被人抢了，还打死打伤了人家的人……哪来的这伙山匪强盗，光天化日之下竟敢在我冀县地盘上为非作歹、杀人越货，简直是无法无天……常来顺，你放心，我作为冀县的县令，一定要管此事，对你们这些陕西来的商人有个交代。"

常来顺听罢，赶忙跪在地上一个劲地磕头说："万谢大老爷为我们这些陕西来的商人做主……这下可有人管了。"

"常来顺，我再问你，这伙山贼抢了物品后朝什么方向跑了。"

常来顺向东一指说："几十个人骑着马带着抢去的货物向东去了。"

"王师爷，快传参事姜维进堂。"县令杨雄背着手来回在公堂地上踱步，等待姜维的到来。

这正是：

少年初次去征战，

精神抖擞冲上前。

长枪短刀一起上，

誓杀山贼保平安。

欲知姜维此去剿匪究竟胜负如何，请看下回分解。

第四十三回　滴血峡谷

且说，一阵后姜维进堂，双手一拱，低头问："不知杨大人传末将何事？"

"姜维听令。"

"末将在。"

"今县城东面渭水峡谷一带，有一伙山贼竟敢在光天化日之下持刀抢劫了长安来的商人财物，还打死打伤了人，这还了得……本县令命你立即带领一队人马跟随王师爷一同前往出事地点，务必将山贼一一捉拿归案。另外将已被山贼打死打伤的陕西商人通通抬回，伤者找先生医治，同时追回被抢的商人财物……快去快回不得有误，我等待你们的消息。"

且说姜维领命后立即整顿城内兵马，带上他的师兄师弟共二十多人骑着快马赶往渭水峡谷一带，捉拿山贼。

经常出没于冀县东面渭水峡谷、靠近秦岭山脉南山一带的这伙山贼，今日得手后正洋洋得意、满心欢喜地骑着抢来的马匹驮着各种财物，为首的贼头哼着山歌，摇晃着脑袋，兴高采烈地沿东面峡谷渭河岸边往回走去。"大哥，咱们可得快马撤退，不然万一被官府得知，派兵前来，收拾我们咋办。"一个山匪骑在马上心慌地说着。

骑在马上正唱着山歌的贼首马山霸摇晃着脑袋得意地说："不会，现天色已晚，官府的这些人正吃晚饭呢，谁还有工夫来追我们这些人呢，你就把心放在肚子里吧。除非，老天爷看见，派天兵天将来……这可能吗？"马山霸说罢，又得意地哈哈大笑起来，骑在马上的这些土匪听罢马山霸的这番话都仰头大笑起来。这帮土匪正在得意之时，只见不远处尘土飞扬，马蹄声声，喊杀声越来越近，一阵工夫，参事姜维一队人马在王师爷的带领下追上了这伙山贼，顿时将他们团团围住。

"胆大的山贼哪里走，看枪。"姜维跃马上前一枪刺向贼人心窝，那贼骑在马上抽刀来挡，当下两人互相厮杀起来。张彪、王勇、赵虎、梁柱、李豹等师兄师弟也不示弱，他们个个精神抖擞，威武神勇，紧握兵器骑马冲入贼阵，来回砍杀这伙山贼。姜维与贼首马山霸战了不到十个回合，便一枪将其钩于马下，众将士围上前去用绳索捆绑了起来。

"这位好汉，你们是什么人？"跪在地上的贼首马三霸趴着，抬头战战兢兢地问。骑在马上的张彪用枪一指下跪之人，大声说："我们是冀县官军，专门前来捉拿你们这些山贼的，尔知道刚才一枪刺尔于马下的是谁吗？"马山霸睁大眼睛问："是谁？"张彪头一扬，大声说："是姜参事姜维你爷爷。"马山霸一听，连忙在地上磕头着说："好汉爷爷饶命啊。"

骑在马上的姜维大声喊道："快将此贼捆好后押回。"另有一个负隅顽抗，早被张彪一刀砍于马下。王勇、梁柱、赵虎、李豹等一人对付一个，将其他人拿下。余匪慌忙弃物逃窜得无影无踪了。这一战姜维等大获全胜，王师爷和姜维手下将士，将受伤的陕西商人扶上马一同来到姜维跟前，高兴地说："姜参事少年英雄啊，没想到你的武功这么好……你们这帮师兄师弟个个武艺高强、忠心赤胆，真是我冀县之大幸。"

姜维骑在马上赶忙双手一拱说："王师爷过奖了，我的这些师兄师弟们与山贼今日一战全当是一次练兵，我等往后一定竭尽全力保护好冀城百姓的安危。"

正说话间，突然有一山贼趟过渭河向对面山上跑去。当他爬到半山腰时，被师弟王勇看到用手指着大叫一声："师哥有人逃跑已上了山。"姜维一看不慌不忙从后背抽出弓，搭上箭，瞄准那个山贼，只听耳边"嗖"的一声，一阵冷风过来，大家再看时那山贼中箭，已从半山坡滚了下来。骑在马上的王勇激动地说："师哥你的箭法如此了得，百发百中，真是神了。"

姜维骑在马上回头对王勇笑着说："不瞒师弟你说，师哥的这箭法是从五岁起就学来的……当时学射箭时因没有力气，拉不动弓，我

就和我师父刘猎户商量着做了一个土弓箭天天练习，等我到十二三岁时才拉动了弓射开了箭。"这时大家伙儿都啧啧称赞，姜维不但枪法好而且箭法更是绝了。

王师爷命令马队押着匪首马山霸等人，带上失而复得的陕西商人财物，浩浩荡荡凯旋。半路上王师爷骑着马回头好奇地问姜维道："哎，姜贤侄，刚才我看你射箭时怒气冲天、杀气腾腾，而且一箭毙命，好像与山贼势不两立似的。"骑在马上的姜维转身双手一拱说："不瞒师爷您说，我一看到这些打家劫舍、杀人放火的山贼气就不打一处来……王师爷你知道吗？当年我父亲姜冏在天水关守城时就是被山贼杀死的。我当儿子的怎么能忘记这深仇大恨哩。"

"哦，原来是这样，这山贼也真太可恶了，该杀……"王师爷又突然想起了一件事情，便问，"哎，姜维，听说你小时候为了给你母亲治顽疾，竟在县城菜市口斩杀犯人现场偷偷抱回去一颗血淋淋的人头，可有此事吗？"姜维骑着马双手一拱说："回师爷的话，确有其事，那一年我才七岁，当时实在没有办法。这个偏方还是县城东关名医王鹤寿老先生私下告诉我的。"

王师爷听罢双手一拱说："姜贤侄真是一个大孝子啊，若遇常人谁敢有如此胆量……哎，贤侄可知当时这个杀人犯的案子是谁破的吗？"

"姜维不知，愿听其详。"

"说起来你我有缘，此案是县令杨大人命我一月之内破了命案，因此这起凶杀案我是冒险定了一计，设了一局，背负了老百姓暂时不理解的骂名和马有财婆娘的愤恨，但他们哪里知道这是一着险棋啊，结果前后仅用了半月时日就给破了。"

姜维听后惊讶地说："啊，这么快就破案了，真是神人……怪不得我小时候听人说县里有位在县衙做事的师爷是断案的神探，没想到竟是师爷您啊。"

"这件事往后我与你慢慢讲来，现天色已晚，咱们还是赶路要紧……将士们小心押解不要让贼人再逃脱了。"

"是，杨大人还在等咱们的消息呢，快走。"姜维说罢催马飞奔起来，后面众人紧跟其后，一溜烟工夫进了东门来到县衙门口。

且说这杨县令放心不下，一直与众衙役等候在门口。只见他不住地来回踱步，将须摇头寻思道："这次在东面渭水峡谷围剿山贼，是姜维这些小将们自从军以来首次上战场，与山贼面对面真刀实枪地干。听说东山上的这帮山贼都是一些要财不要命、杀人不眨眼的亡命之徒，他们个个身怀绝技、武功高强、心狠手辣，本县早有剿灭这帮山贼之意，只是县内却无能征善战之人。今幸有姜维这帮英俊少年独当一面，正好助吾一臂之力，可以好好教训教训这帮不务正业、为非作歹、杀人越货的害群之马了……但不知姜维他们能否战胜这帮山贼，吾心中无数……唉，还是等他们回来。"

"大人，你看他们来了，我看到了，头一个就是姜维，你再往后看……王师爷和众将士们都来了，马队中还夹杂着好几个俘虏，大人，我们胜了。"捕头马林高兴地指着说。

杨雄急忙顺着马林的手看去，只见剿匪马队犹如一条长蛇浩浩荡荡向县城方向而来。姜维一干人马到了县衙门口后立即下马，奔上前双手一拱激动地说："禀大人，我等已将山贼拿下，除少数逃脱之外，现全部押解回来了，噢，还有长安商人的财物一件不少如数带回。"

"太好了，果然不负吾之所望，姜贤侄奉命带队前去剿灭山贼，今日凯旋，吾等在这儿迎候多时了，快快回衙，吾要为姜贤侄等接风洗尘、设宴款待呢。"杨县令兴奋地说罢，快步上前双手紧紧握住姜维的手，两人同步进了县衙后堂。"姜参事你可为咱冀县百姓立了大功了，你可知这渭水峡谷是什么去处吗？

"如末将猜得不错的话那是一条（杨县令与姜维同时脱口而出）东西过往客商必经之要道。"杨县令将了将胡须大笑两声又说："对了，果然姜维聪明……史载西汉时张骞进西域走的就是这条道，后来昭君出塞，苏武充边都走的此处（今陇海线），你看一条渭河东西走

向，两岸峡谷仅有两三丈宽，而整座秦岭山脉又绵延百里，陡峭无路，真可谓是一夫当关、万夫莫开的险要之处。而长安来的商队只能走这条路，其他地段不能过去，这也是通往西域的近道。这帮山贼就是利用渭水峡谷天然的地理优势，山脉走向作屏障，经常出没于这一带行窃作案啊。"

姜维听罢，急忙站起双手一拱说："大人，如此看来，此处甚为重要，它关乎东西客商互通有无、商品贸易往来，这对咱们冀县也大有益处啊……大人，恕在下直言，如此重要之地往后可不能松懈，末将建议是否能设立一个，由十多个武艺高强的士兵组成的护商队来回巡逻，以保我冀县境内商贸畅通无阻。"

"对，老夫就是这个意思，你看由谁当这个队长哩。"

姜维双手一拱立即说道："如大人看得起我姜维的话，我愿负责商队之事。"王师爷进了公堂后，接上茬说："我也正是这个意思，就让姜参事担任这个队长吧。"

县令杨雄听到姜维自告奋勇，负责护商队之事，笑着双手压下姜维的双手，又面对王师爷点了点头胸有成竹地说："姜贤侄为国操劳，为民请命的想法着实令老夫佩服，但保一县平安更为重要，请姜贤侄今后多操心全县的安全防务之事。吾将要委派于你更重要之职呢，至于渭水峡谷护商队一事，我看你可从你那些师兄师弟中选任调配吧。"

"大人，为全县着想，令末将佩服，以我之见，就让我师哥张彪负责此事吧，他武艺高强，完全能够胜任。"

"好，此事就照你所说去办。"

这正是：

> 渭水峡谷摆战场，
> 誓灭山贼保通商。
> 东来西往物流动，
> 互通有无促农桑。

欲知姜维帐前究竟发生了什么，请看下回分解。

第四十四回　闹饷风波

六月的冀城，骄阳似火，天气炎热，人们在屋里仿佛进了闷葫芦一般，热得人实在喘不过气来。然而一到夜间，晚风徐徐吹来，身上感觉才有一丝凉意。这日晚饭后，冀城县里的人们三五成群从自家屋里出来乘凉，他们有的手拿竹扇子坐在门前石头上不住地扇着，有的老汉们一堆两堆，嘴里抽着旱烟，挤在一起竖起耳朵，听识字人滔滔不绝、津津有味地说着故事。而妇人婆娘们也都出来乘凉，叽叽喳喳在一起说长弄短，她们有的手里穿针引线，纳着鞋底，有的则掐着麦秆辫子，她们又说又笑。大街小巷挤满了乘凉的人，气氛和谐，好不热闹。

这时，参事姜维手握腰间刀柄，抬头挺胸，昂首跨步，来回在西城门外巡逻，检查哨兵站岗情况。突然，从城墙角下传来了一阵阵令人心酸的哭声，"是谁在这里啼哭？"姜维自言自语地说着，来到此人跟前，蹲下询问道，"天黑了，你一个人蹲在此处为何啼哭？"

"啊，姜参事，我……"正蹲在城角根啼哭的赵来顺见参事姜维来到他的身边，慌忙站起双手一拱说。

"哦，这不是士兵赵来顺吗？你这是怎么了，为何如此伤心？兄弟，有什么难言之隐说出来，哥哥好替你出出主意。"姜维用手握住赵来顺的双手关切地问。

"我……"

"说呀，是不是家里出了啥事了？"

"不瞒姜参事您说，家中老母她……"

"她怎么了，快说。"

"大哥，我母亲她得了重病。"

"那你哭什么啊，有病快请先生去看啊。"姜维不解地追问。

"我的好大哥啊，哪里有钱与我母亲看病呀。"赵来顺含着眼泪，紧紧握住姜维的手为难地说。

"那县衙发的饷银到哪里去了?"

"大哥,说实话,这半年县衙也就是你与我发的三两纹银,本来给我娘看病是够用的,可……"姜维一听着急地追问道:"可是什么?"

"可我的父亲他偷偷拿去耍钱,输了个精光……如今哪还有钱于我娘看病呢?"赵来顺伤感地说罢,且气愤地一跺脚,一下又蹲在那里了。

"好了,起来吧,原来是这样!"姜维说着一把揪起赵来顺,"走,跟我回帐去。"这赵来顺疑惑地跟在后面来到姜维帐里,姜维二话没说,从一只小木箱里取出三两纹银说:"给,拿着,赶快与你母亲看病去……谁家没有父母,父母是天,孝敬父母是我们最起码的道德。前几年我母亲也有病,吃了不少的草药,也无好转,最后我用了一剂偏方,才治好了她老人家的病。"姜维说罢将银子塞到赵来顺手里,接着说,"我与你准假三日,看完你母亲的病,快去快回,回头我向王师爷转告一声。"

赵来顺双手捧着银子,"扑通"一声跪在地上,一边磕头一边感激地说:"这叫我如何报答姜参事的救命之恩呢?"

姜维急忙一把揪起赵来顺微笑着说:"不用谢我,要谢就谢杨县令去吧,兄弟今日啥话都不用说了,给你母亲看病要紧,快去快回,切记不要耽误了假期。"

谁知一日夜里赵来顺说起了梦话,他一边磨牙,一边笑着说:"这冀城县内就数姜参事人最好,这不前些日子我老母有病无钱治,他二话没说,竟取出三两白花花的银子,给了我让我拿回家于我母亲看病,我当时要谢他……嗨,你猜怎么着,他却说不用谢我,谢杨县令去吧,这……是啥意思?"这时,士兵牛皮筋打了个哈欠,翻了个身,无意中听到有人说梦话,于是他装睡,屏住呼吸偷听起来。"这就奇了,我这心里一直嘀咕,等我有了钱,究竟是还给姜维大哥,还是还给县令大……"赵来顺说着说着慢慢睡着了。

　　俗话说，说者无意，听者有心，这牛皮筋毫无睡意，一对小眼珠子滴溜溜一转。心想，这赵来顺与姜维非亲非故，姜维为何要给他银子，让他给他母亲看病……赵来顺还说什么要谢就谢杨县令去吧，这……究竟是什么意思？哎，对了，这杨县令肯定是与姜参事情意深厚，我们都是一起来的新兵，为何他就当了参事？而且还给了他许多银子，我的乖乖啊，这可是库银啊！他既然能给赵来顺，我也是士兵，为什么我就不能要去，对……不要白不要，哎，我一个人去要，肯定不给，再说了，我也没有理由去要啊……噢，有了。这一夜牛皮筋彻底失眠了。

　　这正是：

姜维借银赵来顺，

好心竟然办错事。

引发闹饷难收拾，

幸亏参事有主意。

　　欲知姜维帐前将要发生什么，请看下回分解。

第四十五回　大打出手

且说，三日后的一个早晨，天刚蒙蒙亮，姜维帐前不知怎的突然来了几十个士兵，为首的士兵牛皮筋上前大声嚷道："姜参事，你起来了吗？我们今日来，不为别的，就一件事情……"

此时姜维已经穿好盔甲正要出帐练武，一听帐外突然有人大声说话，他急忙出来看个究竟。

"姜参事，我……"牛皮筋上前双手一拱，红着脸说。

姜维一看一下子来了这么多士兵，心里先是一惊。而后疑惑地问："大清早，你们不去教场练武，来这里做甚？"

"姜参事，我们今日来是向你讨要饷银来的，我们都是穷人出身，你能给赵来顺发银子，也应该给我们大家发点，我们也好拿回家养活自己的父母妻儿子女。"

另一个士兵双手一拱插话说："我和赵来顺都是一个庄的，也是一起来的，你能给他发，也应该给我们发。"

姜维一听急了，脸色铁青地大声说："你们这是听谁说的？"

"姜参事，你就不要再瞒我们了，这是他赵来顺亲口给我说的。那日傍晚他说你把他叫到你的帐内，你亲手拿出白花花的三两银子给了他，还说要谢就谢杨大人去，是不是这么回事啊？"

"诸位弟兄，确有其事，我也说过这样的话，不过那是……"

"那是什么？姜参事，你是我们的头儿，你可要一视同仁，我们大家可都是你的士兵，不能薄一人厚一人，一碗水可要端平啊。"

"诸位弟兄们，你们弄错了，那三两银子是……"

"姜参事，这就是你的不对了……"正说话间只见人群中冲进四五个士兵，为首的一个大个子跃上前朝那个说话的士兵胸口就是一拳，其余几人也同时出拳大打起来。而这些闹事的士兵也不示弱，其中牛皮筋跳得老高，一振臂大声高呼："弟兄们，咱们和他们拼了。"顿时，士兵和士兵抱成团厮打起来，你看那张彪等人出拳凶猛，飞脚踢人，而这牛皮筋为首的士兵几个打一个。赵虎一看急了，奔过来朝牛皮筋头上砸了几拳，结果将牛皮筋打倒在地。

姜维一看这突如其来的事端不可收拾，场面相当混乱，士兵与士兵打起了群架，若不立马制止，是要出人命的。姜维顾不得多想，他突然大喊一声："大胆张彪，你要做甚，赶快住手。"姜维见张彪继续抡拳打一士兵时，冲进人群，朝张彪头上就是一拳，打得张彪向后退了几步；而后又双手举起王勇，朝地上摔去，这王勇两脚一蹬，立在那里；姜维又朝赵虎胸前一拳，打得赵虎也向后退了几步。这时，其余的李豹和梁柱都一下子愣住了，一动不动站在那里。"反了你们了，谁让你们聚众闹事的，你们知道吗？你们今日打的这些士兵都是咱们的弟兄们啊，都是为了保护咱冀县老百姓当兵吃粮来了。有什么事情不能心平气和地说嘛，谁是谁非总有弄清楚的时候，谁叫你们冲进来大打出手。牛皮筋，快把这几个打手给我一一绑了，带到县衙让县令大人按律处罚。"

此时，只见张彪气呼呼地来到姜维跟前，瞪大眼睛，大声喊道："不用绑，我们自己走，真是反了他们了，大清早，不去教场练兵，几十人跑到姜参事这儿聚众闹事，有错的是他们，走就走，县令大人自有公论。"

在场的牛皮筋等二十多人一看姜维没有偏袒他的师兄师弟，反而将他几人打得鼻青脸肿，都乖乖地停住手，一个个低着头溜走了。

原来这赵来顺偷听到牛皮筋这几日夜里私下串联了二十多个不明真相的士兵在城外树林里集合，准备次日早晨前去姜维帐前闹事，就偷偷向张彪汇报了这一紧急情况。张彪唯恐姜维老实、厚道，不善言辩而吃闷亏，故吆喝西禅寺一起练武的师兄师弟们一同前来保护姜维。可谁知他们刚要教训这帮无理取闹的士兵，没想到却被师弟姜维打了一顿，还命人送县衙治罪，心里很是不服。但张彪佩服师弟姜维的为人，只得停住手与其他几个师兄师弟乖乖地跟在姜维身后，到县衙里去了，就这样一场闹饷的风波平息了。当前来闹事的士兵后来得知姜

维是为给赵来顺母亲看病，拿出自己半年的三两饷银时，才恍然大悟，他们自知错怪了姜维，个个来到帐内跪下赔情。从此姜维在士兵中的威望越来越高了。而经过此次闹饷事件后，杨县令果真根据县内的财力，按等级高低兵龄长短适当增加了饷银。

这正是：

> 姜维助人遭非议，
> 真相不明蒙鼓里。
> 是非曲直有公论，
> 水落石出感天地。

欲知冀县将要发生何事，请看下回分解。

第十三章

军民齐心守冀城　姜维请缨战羌胡

第四十六回　姜维请缨

话说一日午时，天气阴沉，微风拂面，姜维等披甲戴盔持枪在城上巡逻，忽然望见远处尘土飞扬，雾气腾腾，片刻后只听马蹄声、喊杀声响彻云霄，一支队伍逼近冀城。姜参事看到此情景后惊讶地大喊："强盗来了！强盗来了……"而后急忙下城报告杨县令道："禀大人，今有一伙强人，从西而来，已逼近咱冀城。"杨县令听罢吓出一身冷汗，急步走到姜维跟前忙说："贤侄快快上城迎敌呀……走！你与我上城固守，赶紧叫兵丁快快敲钟。"姜维与杨县令边走边说。这时有士兵在城楼上连连敲响了警钟，满街的人们都慌乱起来。

"大人，以本参事之见，不能固守而应主动出击……贼人虽阵势庞大，气焰嚣张，但他们长途跋涉，远道而来，现已疲惫不堪，且队形已乱。这时守城之军若调一部提前出城迎敌，主动出击，可打他个措手不及，人仰马翻，决然取胜，大人意下如何？"姜维胸有成竹地主动献计说。

"好，本县就依贤侄高见，命你率领精兵八百，立即出城迎敌，吾在城上为尔擂鼓助战。"杨县令说。

"本参事遵命！"姜维领命后，立即整顿兵马率八百精兵出城迎敌。当城上钟声敲响时，早有张彪、王勇、赵虎、梁柱、李豹等猛将在城下等候，整装待命。

前来袭击冀城的是甘南羌人，他们从甘南发兵经狄道（今临洮县）岷县沿南沟来到冀城，这伙羌人沿路杀人放火，气势汹汹，连破数城，大有打进京城之势。

姜维领兵出城迎战，他身穿绿色金甲，脚蹬红枣烈马，手持黄龙带把枪，率先冲入敌阵，左突右杀，士兵们奋勇上前拼命交战。隔远望去这位身绿马红枪长的少年将军，精神抖擞，英姿飒爽地来回冲杀。姜维与骑在马上的羌人头领交锋，互相厮杀，不到三十个回合便一枪刺羌人头领于马下，羌胡死伤大半，其余狼狈逃窜得无影无踪。县令

杨雄在城楼上看得清楚，亲自为姜维擂鼓助战。

当看到羌胡全部撤离时，杨县令高兴地哈哈大笑说："啊！我们胜了……姜维头功。"这时姜维领兵押着羌胡首领龙颜赞等一伙俘虏入城。杨县令忙命人放下吊桥。城内满街百姓早已站在两旁，欢迎胜利者凯旋。只听得鞭炮齐鸣，锣鼓喧天。

"姜参事，姜贤侄，英雄啊！真乃了不起的英雄啊！"杨县令笑着迎上前双手一拱，然后拉着姜维的手，同时又将了将胡须叫师爷道，"王师爷，你立马安排酒宴，吾要为姜贤侄敬酒庆功呢！哈哈！"

此时有军士来报说："大人将这些羌胡俘虏如何处置？"

杨县令用袖子一甩，严厉地说："统统拉出去给我砍了！"

"慢！"姜维双手一拱立即说，"大人！以本参事愚见，可否将他们一概放了，羌人历来是我西北强悍之民族，他们身体强壮，训练有素，作战勇敢，如今之所以起事造反，大多是饥民闹事，实属被逼无奈，大人何不采取怀柔之术，收服他们，将来以备我用呢？"

"还是姜贤侄遇事周到，差一点误了大事……快快给这些羌人松绑，让他们自行返回！不要忘了上路时发给他们盘费。"杨县令急忙叮嘱王师爷说。

这时候，衙门大院内欢天喜地，热闹非凡。尤其这杨县令更是兴奋，端着一杯酒来到姜维跟前大声说："姜贤侄今日一仗退了羌胡，大获全胜，扬我声威，真乃是一件大快人心之事，痛快痛快。吾已以八百里快报报知天水郡太守马遵马大人处，为尔请功。尔要知道冀城一旦破了，天水关危也，因此这杯酒老夫敬贤侄了。"姜维忙站起举杯说："今日一仗全凭大人坐镇督战，指挥有方，弟兄们奋勇杀敌，才得以全胜，并非姜维一人之功。"杨县令急忙说："贤侄过谦了，真乃大将风度也。"说罢又一杯酒下肚，这时大家都来向姜维敬酒，姜维半推半就，场面很是热闹。

杨县令又喝了一杯酒后说："列位知道吗？尔等今日所吃这酒肉宴席是哪儿来的吗？"一个老兵一杯酒下肚后站起说："还不是你杨大

人准备的吗？""不对……"杨县令又一杯酒下肚后看着老兵说。

"那就是姜参事提前准备的了。"

"非也。"杨县令摇了摇头。

"小的们这就猜不来了。"老兵不解地说。

"实话给尔说吧，今日这酒肉是……水给咱们送来的。"这时杨县令站起看着大家，洋洋得意地说。

"大人你说什么？……什么水呀火呀的。"又一士兵不解地问。

"尔连水都不懂吗？实话告诉你吧……"杨县令不慌不忙地说道。

"老百姓。"姜维站起身脱口而出。

"对，还是姜贤侄聪明……这老百姓好比是水，你我好比是鱼，没有水哪有鱼，今日这酒肉蔬菜全是冀城百姓自愿送来让你们吃的，我拦都拦不住，给钱也不要，你们说咱们的老百姓好不好。"这时大家齐声说："好！"杨县令接着说："冀城百姓看到你们把羌胡赶跑了，都要出钱出物来犒劳诸位将士。诸位将士刚才说了老百姓好，那我们如何来感谢呢，我看只有搞好冀城防务，保一方平安才是。诸位将士身上的担子可不轻啊！往后汝等要好好练兵，加强防务……姜参事听令，今后冀城县内的防务全由汝料理，封汝为统领。"杨县令威严地说。

"本参事姜维遵命。"姜维立即双手一拱说。

这时王师爷手里拿着一红布包，急速速地过来，递到杨县令手上，悄悄地说："大人，天水郡八百里快报送来了此包。"杨县令急忙打开一看大惊失色，他猛吸了一口凉气，急忙起身独自走到旁边看了起来。只见白绸布上写有：冀城知县杨雄听令，近日有探子来报说："西南蜀军丞相诸葛亮领兵十万，已从陕西汉中经宝鸡峡往天水关进发而来，不日将抵达天水郡城下，今为加强天水防务，抵御蜀敌来犯，故急调你县参事姜维火速前来天水郡统领天水防务，并加封为中郎将，接到此函后即刻动身，十万火急，不得延误。"杨县令一口气看完一下子瘫倒在椅子上了。

姜维看到这一情景，忙站起走到杨县令跟前，扶住问："大人何事如此惊慌？"

　　杨县令闭着眼睛有气无力地说："给，汝自己去看吧！"

　　说着一只手把书信递到姜维手里，姜维慢慢看了起来。

　　原来，这天水郡太守马遵听说，西南蜀军丞相诸葛亮亲率大军十万，前来收服被曹操占领之地，已逼近天水关，这可如何是好。正在他寝食难安，坐卧不宁之时，忽有冀县快马来报说："少年英雄姜维姜伯约自告奋勇，亲率精兵八百，一举打败了甘南羌人数千人队伍的进犯，活捉了胡首龙颜赞，大获全胜。"他忽然眼前一亮，心生一计，寻思道："吾何不立即调少年英雄姜维来天水郡守关，统领天水防务呢？听说他是前功曹姜囧的儿子，自幼聪明，智慧超群，文武双全，是一个不可多得的将才，调他来天水关，一方面是人用其才，另一方面也可谓是父承子业，也在情理之中。"

　　因此，马遵立即让军师梁绪书函一份，以八百里加急快报送达冀县县令杨雄手上。

　　这正是：

战鼓咚咚催人寒，

刀枪棒棍似雨点。

少年英雄驰疆场，

吓破敌胆美名扬。

　　欲知张彪寻找姜维究竟为了何事，请看下回分解。

第四十七回　张彪悔路

话说，冀县统领姜维在席间看到了天水郡太守马遵的调任信函后先是一惊，继而自语道："这可如何是好？杨县令刚任命我为冀县统领，还未为他做事，这就要走，再说自己的老母和妻儿都在冀县，这……"而后一个人闷闷不乐、心事重重地回到帐里，不料师哥张彪突然要闯进来，门口卫兵上前双手一拱阻拦说："张参事请留步，姜统领正在歇息，不让外人打搅。"

"睁大眼睛看看，爷爷我是外人吗？"张彪睁大双眼怒气冲天，双手用劲推开帐外左右两个卫兵，径直闯了进去。此时，姜维不情愿地正在收拾自己的行李，见张彪进来忙说："师哥你来了，快坐下，我给你泡茶。"

"哎，我说姜维，你真的要去那天水关守城。"张彪不解地问。姜维为难地双手一摊苦笑着说："军令如山，不敢违抗，我有什么办法哩。"

张彪气呼呼地一把夺过行李，扔到桌子上，把刚泡好的茶水连同茶杯碰碎在地上，大声骂着说："什么狗屁军令，我看那马遵老儿分明是让你为他迎敌挡箭，守城保家哩……保他那条狗命呢吧。"

"师哥可不能这么说话，那天水关军情紧急，蜀军丞相诸葛亮率军十万大兵压境，前方需要人把守，再说，这天水关一旦被蜀军破了，咱这冀城还能保得住吗？当然我一个人去起不了多大作用，关键在于组织调遣、筹划谋略、分布兵力、严防死守，必要时主动出击方能取胜。"

张彪瞪大眼睛，认真听罢，双手一拱说："啊，师弟肚子里的兵法还一套一套的，你此番前去肯定能把孔明老儿打得落花流水，滚回汉中去。"

"师哥万不可轻敌啊，那孔明是甚人物你知道吗？他是大汉天下有名的高人，刘备得力的军师蜀国丞相，行军打仗很有谋略，上知天

文下知地理，世间万事万物躲不了他的神机妙算。你听说过诸葛亮草船借箭，火烧赤壁吗……好啦，不说这些啦！唉，你上次说有话要问我，究竟何事？"

"噢，我问你父亲是否叫姜囧。"

"是啊。"姜维睁大眼睛不解地答道。

"那是否在我张家庄干过活？"

"对啊，我爹生前他常去张家庄张东家那儿打工干活。"

这时张彪听罢突然"扑腾"一下跪倒在地，一个劲地磕头说："师弟呀，师哥对不起你啊，我一家人都对不起你啊……你知道吗？你爹在我家干活时，我爷爷经常欺负于他，还不让吃饱饭，逼得他走投无路才去从军的，他不去从军也就不会出事了，都怪我的爷爷太狠心。"张彪跪着说罢呜呜大哭起来。

"师哥，你这是干什么，快不要这样，都过去多少年了，还说这些干啥？人各有天命，不能怨天尤人……快起来，让别人看到不好。"姜维说着双手去拉张彪。

张彪还是不起，继续哭着说："师弟你打我吧。"说着跪到姜维跟前双手抓住姜维的胳膊，让姜维在自己脸上打……"师弟你动手吧，这样我会好受些，你记得吗？前年比武时我为了报夺妻之恨，朝你使暗器，被你当场识破，我真该死。"说着自己打起自己的耳光来。

姜维急忙抓住张彪的手说："你这是干什么，快不要这样。"

"师弟你的心太好太善了，而我与你比起来简直一个在天上，一个在地下……我家三代单传，正是我的爷爷惯坏了我，由着我的性子胡来，没有家教，我不务正业成天打架闹事，胡作非为简直成了中滩河一带的霸王了，要不是那年冀县比武你制服了我，说不定我今后会闯下什么大祸来……说起这些来，我真是恨我自己没有好好做人。"张彪跪着，后悔莫及地说。

姜维急忙双手拉起张彪后，激动地说："人无完人，金无赤金，孰能无过，知道错了改了就是好人。再说你上次带着王勇他们几个师弟前来帐前为护我，与他们打架，这还不是都为了我吗？我心里最清楚，我当初打你们几个实在是出于无奈，为的是平息事端，师哥，你不记恨我吧。"张彪跪着赶忙双手一拱说："哪里的话，你做得对，不然那次真的要闯大祸。"

"知道就好，师哥呀，往后做事要三思而后行，再不要那么莽撞了，况且你现在已经是一个顶天立地的男子汉了，还任着冀县参事一职哩。"

张彪起身后双手拍拍姜维的肩膀，激动地说："我的好师弟，我这一辈子遇到了你，才走上了正道，你是我的救命恩人啊。从今往后我张彪跟定你了，你到哪儿我张彪跟你到哪儿……这次你去天水，我也跟你去天水，也好有个照应。"

"那可不行，信函上没有提到再要别人……这样吧，我先去，以后再慢慢找机会调你。"

"噢，师弟可不敢食言啊。"

"一定，一定。"

"哎，师弟，你说咱俩可笑不可笑，先是你阻止了我的抢婚丑事，后你又在比武中识破了我的暗箭伤人，彻底战胜了我。再后来，又引荐我拜黄龙道长为师学艺，引荐到石儒林老先生那儿习文。更可笑的是石先生的掌上明珠石景秀姑娘，明明看上了你，你却不要，她一气之下要寻短见，可我又偏偏发现了她的这一举动，救了她，而你又做媒让她嫁给了我，你说你叫景秀妹子哩还是师嫂呢……"张彪风趣地说罢，拍了一下姜维的肩膀，哈哈大笑起来。

"按道理，你应叫我师哥，因为我引荐了你，但你比我大三岁，可按长幼之分的礼数，我只能叫你师哥，也只能在石老先生家里见了景秀姑娘叫妹子，到了你家自然就叫师嫂了。"此时突然有人来报说："姜统领，帐外马车已到，杨大人和王师爷都为你送行来了。"姜维听罢和张彪赶忙走出帐外，姜维双手一拱，急忙说："啊，杨大人，王师爷你们都在这儿哩。"

"军情紧急，不敢耽误，姜统领我和王师爷来送送你。"

杨县令说着，握着姜维的手激动地说："这俗话说，水往低处流，人往高处走，这天水郡毕竟是个大地方，到了那儿贤侄肯定大有作为。常言道，涝坝多大鳖多大……他日飞黄腾达当了大官可不要忘了老朽啊！"杨县令说罢大笑着捋了捋胡须。

姜维赶紧双手一拱红着脸低头说："不敢，不敢，大人的再造之恩，小侄我没齿难忘，过些时日我一定来看望你和王师爷等，好了不用送了，我们就此告别吧。"

"给，这是吾让王师爷写给天水郡太守马遵大人的回复信，你拿上，到了郡里亲手交于他，这件事儿就算完了。"杨县令说着从王师爷手中接过信函交到姜维手上，姜维双手接过信，放到包里。而后与杨县令、王师爷还有张彪、王勇、梁柱、赵虎、李豹等师兄师弟互相紧紧拥抱，挥泪告别。此时小的们早已把姜维路上吃的喝的，行李物件全部装上马车，姜维"嗖"的一下跳上车，车夫扬起马鞭在空中"驾驾"的两声，马车飞似的奔了起来，杨县令、王师爷众兄弟们等挥手相送。

这正是：

世间无有后悔药，

难得张彪遇伯乐。

姜维善心普天下，

忠孝仁义便是德。

欲知姜维到天水关后，冀县究竟发生了什么，请看下回分解。

第四十八回　县令挥泪

自从姜维因天水战事吃紧，被太守马遵一封信函调去天水关以后，县令杨雄心里空荡荡的，总觉得这一切来得太突然了，也太快了，更觉着对姜维这个少年英雄亏欠点什么？杨县令心里嘀咕："多机警、多聪明、多勇敢、多善良、多好的一个孩子呀。这次要不是他主动请缨，领兵出阵杀敌，以迅雷不及掩耳之势打退和制服羌胡的话，那冀县危也，冀县的百姓惨也。如若是那样的结果，那我这一县县令，就成了遗臭万年的千古罪人了。唉，二十五年前天水郡发生的战祸就是一个惨痛的教训啊。说实话，一个县上没有几个能独当一面、英勇善战的虎将、猛将，今后那我冀县防务从何谈起呢……唉，被我刚任命的统领姜维怎么一夜之间就被调走了呢！可又有什么办法留住他呢！俗话说，官大一级压死人，我作为小小的一县县令，就必须得听天水郡太守的。何况天水郡军情紧急，太守马遵也是从全盘考虑，从大局出发的嘛，人家做得对，不能含糊。"

这时，王师爷迈着疾步从外面进得厅内，一下子打断了一直坐在椅子上、一只手撑着下巴、心情沉重、倍感烦恼的县令杨雄的思绪。"杨大人，在下听说您已经两天没有吃饭了，是何缘故？故而今日来看看。"正在发愣的杨雄突然听到王师爷的问话，赶忙抬头"啊"了一声，站起身，双手紧紧握住王师爷的手，心情激动地说："师爷，吾舍不得呀，姜维是咱冀县唯一能堪重任之人呀，冀县防务今后靠谁人啊。"杨县令难过地说罢，竟呜呜地大哭起来。

王师爷一看杨大人动了感情，他赶忙安慰着说："大人，这是好事呀。您想想，今姜维调天水关，那是太守大人器重啊，那是高升嘛！再说啦，如若姜将军等守住了那天水关带兵打退了蜀军，那我冀县不也就平安无事了吗？你看，从地理位置上说，天水在东，我冀县在西。那诸葛亮领兵从东而来攻打我们，须先攻破天水，那是一条近路，除此之外再无他路。天水是第一道屏障，马太守今调重兵把守，这是在保护我们呢，您也不常说'好钢要用在刀刃上'嘛。这姜将军去了才是英雄有了用武之地，大人应该高兴才是，不必这样伤感。"

这王师爷在理而富有激情的一席话，让县令杨雄顿时豁然开朗，心里舒服多了。一下子由刚才的阴云密布、愁眉苦脸转而变成了晴空万里、喜笑颜开了。他站起身面向王师爷微笑着说："唉，师爷，不知姜维母亲、妻子和他那已经送人名叫姜菇的妹子的近况如何了，你是否抽空带点礼物上姜家庄看看。"

"大人和在下想到一块儿去了，我正要向您禀报此事呢……我在想，看望姜母他们，带点啥东西好呢？"

"那你派人到街上买上肉，再磨上两袋白面，然后买上些瓜果带上，不就行了吗？"杨雄说罢，捋了捋胡须，盯着王师爷。

"带这些东西是必要的，够姜维母亲和妻子吃些日子了，但总觉得……还缺少些什么？"

"你有什么好主意？"杨县令问。王师爷没有急于回答杨县令的问话。而是在地上来回踱了两步，忽然走到杨县令跟前，抬头认真地说："大人，以在下之见，是否可以为姜母柴玉莲夫人立一块牌匾，以表彰她多年来含辛茹苦、一把屎一把尿地抚养孩子之功。"王师爷说罢，看着杨县令。

杨雄一听，立马拍着王师爷的肩膀，高兴地说："我怎么没有想到这一层呢……这样甚好，这可比送点吃的有意思多了，你看这姜维文武双全，又有善心，还懂礼数，这肯定与他母亲平常对姜维的指教、训导大有关系，是应该为她门上挂一块金字牌匾。这样既显示了县衙知人善任、论功行赏、表彰功臣，又可为姜氏光宗耀祖、代代相传，以示鼓励。好，太好了……那牌匾上究竟刻什么字呢，这……"

王师爷灵机一动，顺口就说："育子楷模。您看怎样？"

"好，太好了，用词恰当。"杨雄听罢高兴地说。

"既然大人感到这四个字能行，我立马派人去做，三日后保证挂在姜母门上。"王师爷当下应承了这事，转身走了。

县令杨雄如释重负地终于消除了一块心病，高高兴兴地到后堂用膳去了。

这正是：

军情急太守点将，
调姜维护守城防。
惜奇才县今挥泪，
顾大局忍痛割爱。

欲知王师爷领命后如何去做，请看下回分解。

第四十九回　师爷挂匾

果然，三日后的一个上午，王师爷骑着高头大马，带着几个衙役，敲锣打鼓，吹吹打打地往姜家庄而来。只见他身后有两人抬着用梨木做的刻有"育子楷模"字样的一块套金匾额，后边又有两人挑着两担礼品，在统领张彪的带路下，上得山来。

县衙的这阵势一下子惊动了庄里的男女老少，他们个个都抬起头老远张望。一群孩子跑过来跟着吹响客后面凑热闹。这时，人们开始交头接耳，议论了起来。这个说："今日咱姜家庄有热闹看了，是哪家女子嫁人了，你看礼品还不少呢。"那个道："老哥，我看你是眼拙还是老昏花了……你没看见这是县衙里的官差，抬着匾额进村来了。"还有一个说："对呀，是衙门里的人送匾来了，上面还写着'育子楷模'。"县衙里的人眼看就要出庄了，可他们拐了个弯，朝庄边的小路上上山去了。

"啊，我明白了，他们这是给半山腰窑洞里住着的姜维挂匾去了……听说这娃儿从军后在一次护城征战中带兵赶跑了许多土匪，还活捉了土匪了头子呢，看样子这是给功臣挂匾来了。"又是这位识字的老者弄清了县衙来人的用意。他用手一挥，招呼大伙儿跟在送匾人的后面一起上山来了。

骑在马上的统领张彪用手指着面前的一座窑洞，双手一拱说："王师爷，姜母住所到了，请下马吧！弟兄们快把这礼品挑进去。"张彪说着从马上跳下来，帮着衙役们挂匾。王师爷下马后正要进洞寻找姜母，正在洞中织布的姜母听到洞外有人说话，赶忙出来正好与王师爷相遇。王师爷连忙双手一拱，微笑着说："敢问您就是姜维母亲柴玉莲吗？""奴家就是，您是……"柴氏连忙低头双手在腰间一扣红着脸问。

"姜夫人，您养育了一个好儿子，姜将军护卫冀城有方，保护百姓有功，而功在您育子有方，今县令大人派我等前来为您挂匾、慰问，以示鼓励。"王师爷说罢双手激动地握住姜母的双手。姜母一听，是县衙官差送匾来了，她赶忙"扑通"一声给王师爷跪下，一边磕头一边说："万谢官家前来寒窑为我挂匾，我柴玉莲何德何能，怎敢要这殊荣……"

"姨母，这位是县衙的师爷，姓王，今慰问您老人家来了。"旁边张彪赶紧介绍着说，而后他无意中回头突然看见旁边站着的刘银环，心里不由得"咯噔"一下，心想真是冤家路窄，最怕见她，今却见了……还好，现如今一切都过去了，谁不欠谁的了。而姜维的妻子刘银环的脸一下红了，不好意思地要到别处去。

"弟妹银环，不要躲着我，哥哥有话要说。"张彪赶过去，双手一拱急忙说，"银环姑娘，啊，不，姜维夫人，那年的那件事是我张彪做得不对。这男女婚配之事应当双方愿意才是，我不能仗势欺人，以武力强夺，还是姜维兄弟行侠仗义，他做得对。我今日来，是感恩来的，如今，我已经成婚有妻室了，她的名字叫石景秀，是石家庄我和姜维的师父的女儿。银环姑娘，你跟了姜维，是你的福气，证明你俩有缘，好好过吧！"

"张统领，快不要说这些了，奴家早已忘了。听姜维说，你现如今是冀县堂堂的统领，又是姜维的好兄弟，还望往后互相关心，互相照应着点。"银环说罢双手在腰间一扣，"奴家还有家务要忙，就不陪你说话了。"银环说着转过身到别处去了。

正说话间，只听洞外"噼里啪啦"响起了鞭炮声，只见张彪等早已挂起了金字匾额，窑洞前站满了看热闹的乡亲们，他们也"啪啪"地鼓起了掌。姜母出洞，抬头望见悬挂在自家窑洞前写有"育子楷模"的金字匾额时，热泪止不住从她那消瘦而苍白的脸上滚了下来。

匾额挂好后，姜母再三挽留县衙官差王师爷一行，在窑洞里喝茶用膳。王师爷等公务在身，执意要走。姜母与挺着大肚子的儿媳银环在窑洞门前相送。

王师爷等回衙后，将姜维母子、儿媳一直住在姜家庄半山腰，一

个又潮又湿的寒洞里的事情一五一十说给了县令杨雄。杨雄先是一惊，仰起头，脱口而出："没想到，咱们的大英雄一家人还住在此处……"杨雄站起后在地上来回踱了两步。而后，对着王师爷又说："师爷，你立马在县衙附近找个空闲民宅，快快将姜维母亲和他妻子接到县城来住。听你说姜维妻子快要生了，这还了得，在这么潮湿的窑洞里，怎么能生孩子呢？师爷，此事要快，不敢耽误。不然吾愧对于姜维贤侄。"

果然，王师爷在县城东关找到了一处多年空闲的民宅，县衙出钱租了下来，后将姜维母亲和儿媳接到县城安顿下来，此时，姜维早已到天水关上任去了。

这正是：

> 慰姜母官差上山，
> 进寒窑让人心酸。
> 育姜维慈母功高，
> 表功绩师爷挂匾。

欲知太守马遵与姜维讲了些什么，请看下回分解。

第十四章

王允巧施美人计　貂蝉舍身报国仇

第五十回　王允施计

话说一日上午天气阴沉，中郎将姜维在帐下观看兵书《孙子兵法》。这时太守马遵进得帐来，微笑着问道："姜贤侄今日做甚?"

姜维听到有人进来，忙抬头一看，站起惊讶道："不知太守大人驾到，末将有失远迎，还望恕罪。"

"贤侄不必客气，老夫今日来有一事相告。"

姜维命下人赶快与太守看茶。

姜维双手一拱，焦急地问："请太守大人坐下快说，究竟何事?"

太守马遵坐下后喝了一口清茶，捋了捋胡须，神秘地说："贤侄可曾听说过貂蝉?"

"她是我师父黄龙的女儿，如何不知!"

"哦，这貂蝉远在京城，如何是你家师父的女儿?"太守睁大眼睛不解地问。

"太守有所不知，我那师父黄龙为甘肃狄道县（今临洮县）李家庄人氏，原与当朝太师董卓是师兄弟，他是南安府郊外（今陇西县）董家庄人氏。十五年前，因我师爷陆智将其女儿陆金莲许配于我师父为妻，并教我师父武功，传授兵法，他师哥董豹（董卓真名）不服，怀恨在心，为夺兵书《孙子兵法》三卷，竟将在重病中的我师爷陆智几拳打死。更可恨的是此贼又跑到我师父李英（黄龙真名）家里寻找兵书不到，便乘机侮辱我的师娘陆金莲。我师娘不从，董豹一怒之下，就将我师娘一脚踢到门框上，不幸的是门框上有一铁钉正巧碰到我师娘头上，可怜我师娘头上鲜血直流，当场毙命。这董豹连闯两命，即刻逃走从此渺无音讯。我师父李英安葬好父女俩丧事后，就带着两岁的小女貂蝉从此隐姓埋名，浪迹天涯，闯荡江湖，父女俩以卖艺为生，五年后到了京城洛阳卖艺，巧遇朝中司徒王允大人收留貂蝉为义女，不久就发生了黄龙夜闯董府，刺杀董贼，为我师爷和我师娘报仇之事。那次我师父刺伤了董贼，为躲避官府缉拿，后返回甘肃冀县上西禅寺

当了道士。从此，隐姓埋名，念佛修行，也成了末将后来的师父……八年前，末将还顺道前去临洮李家庄为师娘陆金花上了坟。"

"哦，原来如此，看来这貂蝉还与姜贤侄有一段渊源哩。"

姜维双手一拱，反问太守说："那貂蝉如今怎么样了？"

"吾今日就是为这事来的。"

"太守快说，这貂蝉究竟怎么样了？"姜维心里着急不住地发问。

马遵又喝了一口清茶，捋了捋胡须笑着说："贤侄别急，让老夫慢慢与你道来。"话说公元226年四月的一天，京城长安发生了一件惊天动地，翻江倒海令世人震惊之大事。"姜维越发着急，站起来双手一拱说："太守快说，究竟是何大事？"

太守马遵又喝了口清茶，捋了捋胡子，慢慢地说道："一日司徒王允差人于董卓的义子吕布送去了一箱美玉细软，请吕布观赏，吕布见了这些玉器非常喜欢，高兴之余当即前来王允府上亲自答谢。王允见吕布前来甚是激动，忙叫貂蝉出来为吕布敬酒。吕布一看貂蝉惊讶地'啊'了一声，双眼直勾勾地盯着貂蝉，你看年方二八的貂蝉那沉鱼落雁，闭月羞花天仙般的容貌，深深吸引了东汉中郎将，当朝太师董卓的义子吕布。

'啊……这是谁家的小姐，如此美貌。'吕布失态地借着酒意目不转睛地看着貂蝉，一时间忘了喝酒。

'将军……将军。'坐在旁边的王允双手掌着酒杯，微笑着叫道。

'啊……司徒大人这，我……她。'吕布脸一红不好意思地回过头，语无伦次地说。

'不瞒将军，她是老朽的小女名叫貂蝉。从小在府上练琴作画从不出门，故而将军未曾见过。'

'将军，小女子貂蝉这儿给将军有礼了。'貂蝉站起身摇着苗条的身子，一扭一扭地从座位上下来，低头双手在腰间一扣，于吕布施礼道。

'小姐太客气了……快请坐。'吕布也赶忙站起身双手一拱说。

'貂蝉吾儿赶紧与将军敬酒。'王允看了一眼貂蝉，又瞟了一眼吕布，捋了捋胡须微笑着说。

这机灵无比的貂蝉，又回到座位上，拿起酒壶，与吕布斟上酒，然后双手递到吕布嘴边说：'请将军喝酒。'吕布一杯酒下肚，一对环眼停留在貂蝉雪白如莲、粉红如花的瓜子脸上。

'将军还没有家室吧?'王允见火候已到，乘机询问。

'司徒大人，不瞒您说，小将今年二十有三，尚未娶妻。'吕布说罢，又看了貂蝉一眼。

'这就好，这就甚好，小女貂蝉今年刚好一十六岁，尚未嫁人，将军若不嫌弃，吾有心将小女貂蝉许配于将军为妻，不知将军意下如何?'

'啊，正合我意，岳父大人在上，小婿给你磕头了。'吕布一听万分高兴，面露喜色，赶忙跪倒在王允面前，不住地磕头着说。

'将军快快请起，待吾问过小女。'王允急忙上前扶起吕布，叫貂蝉过来问道：'貂蝉你可否愿意与将军结为夫妻?'

貂蝉又摇着苗条的身子慢慢地走过来，双手扣在腰间低着头、红着脸对着吕布说：'貂蝉愿意。'

'这就对了……往后我们就是一家人了，老夫今日把小女交与将军你了……貂蝉吾儿，快快过来见过你的夫君吕布将军。'王允说着一手拉住貂蝉的手，另一手拉住吕布的手，将他们拉在一起。吕布顺势捏住貂蝉的手，兴奋地说：'我吕布，今日能娶到如花似玉的美人貂蝉，真是三生有幸，我吕布往后一定舍命呵护娘子，不能让貂蝉娘子受半点委屈，如有食言天打雷劈。'

王允一听，暗暗高兴，兴奋地说：'吾相信将军，日后定能好好待小女貂蝉的。'

'将军不必发毒誓，小女貂蝉就依父亲所言便是了，自古道儿女婚姻大事全由父母做主，既然将军有意，小女貂蝉依命就是了。'吕布一听貂蝉这绵柔柔、娇滴滴的甜言细语，骨头都酥了，他急忙不顾一

切地紧紧抱着貂蝉。

这正是：

忠义之士数王允，

为国定计除奸臣。

貂蝉深知义父心，

主动献媚戏将军。

欲知这两人究竟怎么样了，请看下回分解。

第五十一回　吕布提亲

马遵继续慢慢讲述着……

话说，这吕布迫不及待奔过去，紧紧抱住貂蝉……

只听得咳咳两声惊动了吕布和貂蝉，他俩回头望时，只见王允走了过来双手一拱，道歉地说："将军改日再叙，今日天色已晚。"吕布松开貂蝉走到王允跟前，头一低双手一拱红着脸不好意思地说："司徒大人能这么看得起小将，将这么一个姿如天仙，声似百灵，身如嫦娥的美人貂蝉许配于我，我吕布何德何能，敢受此殊荣。不过请司徒大人放心，我吕布从今以后就是大人您的人了，小将愿鞍前马后，为大人马首是瞻，肝脑涂地，在所不辞。"吕布信誓旦旦地说罢，又回过头来目不转睛地盯着貂蝉。

"将军太过谦了，俗话说好鞍配好马，美女配英雄。你吕将军年轻英俊，文武双全，盖世英雄，一杆银蛇长矛（方乾机）威震天下，有万夫不当之勇，有敌千军万马之力，又是当朝太师董卓义子，你今日能相中我家小女貂蝉，也算是我王允高攀了。"

"那司徒大人何时引貂蝉过门？"吕布焦急地眼巴巴地问道。

"不急，待老夫准备准备，择良辰吉日，自然送小女貂蝉过府，将军你看何如？"

"甚好——那小婿就等岳父大人的佳音，先告辞了。"吕布说罢，双手一拱转身走了。

又是一日朝拜之后，太师董卓下朝正要上轿。

"董太师留步。"司徒王允连忙上前双手一拱，微笑着说。

这董卓停住脚步回头一看，见是司徒王允，声如洪钟般大声说道："王大人有事吗？"

这时王允早已站在董卓轿前，双手一拱接着说："今日太师在朝堂之上，所奏之本正合吾意，吾欲附议，但……太师不想听听是何原因？"

"哦，老夫愿听其详。"

王允赶忙上前，紧贴着太师耳边低声说："这儿不是说话的地方……太师若不嫌弃的话，不如到我寒舍一叙，下官可有窖藏百年的好酒一坛，想敬太师几杯哩，不知太师意下如何？"

"那甚好，今日闲着无事，就请王大人前边带路，老夫这就前去尝尝你那百年窖藏！"董卓说罢，捋了一下胡须，大笑起来。

"是，请太师上轿，下官这就在前边带路。"王允说罢，撩起长袍赶紧三步并作两步上轿钻了进去。

这一前一后两顶轿子，一阵工夫后来到司徒王允府前大门，这时早有门卫及家人开门迎接。

"快，快迎接董太师进府！"王允撩起轿帘指着说。落轿后，王允急忙来到董卓轿子跟前用手撩起轿帘，微笑着说，"太师，请。"

这董卓从轿内出来，抬头看了一下头顶的王府匾牌，在王允等人的陪同下，大摇大摆地走进王府。

"太师，请上座，太师今日屈尊能来我王允寒舍，使寒舍蓬荜生辉，光彩照人。"王允微笑着说罢，用手拍了两下，只见从里屋慢慢走出两排身姿娇艳的舞女，她们个个美若天仙，身似嫦娥，这时在悦耳动听的古琴声中，慢慢地翩翩起舞。

"太师大人，请品尝下官窖藏美酒……貂蝉吾儿出来与太师大人敬酒。"王允用手一挥说。

这时只见貂蝉身穿粉红色长裙，头插凤凰金钗，颈戴宝石项链，脚蹬一双粉色绣花小鞋，一对丹凤眼深深地向董卓瞟了过来。

"啊，世间还有如此美丽的女子，莫非仙女下凡来了。"董卓看到貂蝉后失态地脱口而出。

貂蝉美貌姿色像一块吸铁石一样深深地吸住了董卓，他目不转睛地呆呆地看着貂蝉，貂蝉羞答答地红着脸低着头，摇着苗条的身子慢悠悠、轻飘飘地迈着碎步轻声来到董卓跟前，双手在腰间扣住，娇里娇气地慢声说："久闻太师大名，只可惜小女子貂蝉命薄无缘相见，今苍天有眼让小女子一睹太师风采，真是三生有幸——请太师，小女子与太师敬酒了。"貂蝉紧紧贴在董卓身体跟前，跪着给董卓把酒，董卓趁势一把抓住貂蝉的小手，拉在怀里，另一只手抚摸着貂蝉的小手大笑道：'哈哈，老夫府上娇妻艳妾成群，天下美女如云，也不曾见过如此美妙温柔体贴的美人，你真是仙女下凡，嫦娥奔月……司徒大人，你好福气啊，怎么生了这么一个如花似玉的大美人，老夫真是羡慕死了。'

这王允用手一挥，示意让舞女们退下，而后快步走到董卓座前双手一拱，微笑着说："不敢，下官膝下只有这一个女儿，自幼把她惯坏了，让太师见笑了。"

"她叫什么名字？"

"小女名叫貂蝉，年芳一十六岁。"王允又双手一拱说。

"不知许配何人？"

"小女尚未嫁人。"

"那甚好，老夫今日看上你家女儿貂蝉了，你看着办！"

"这……太师看上我的女儿貂蝉自然是她的福气，只是她年纪尚小，不如再过两年……"

"俗话说，择日不如撞日，老夫今日就带貂蝉过府，彩礼随后补上。"董卓硬声硬气地说着，一对圆眼朝王允一瞪，然后双手抱起貂蝉快步走出了王府。

……

正当太守马遵抿着茶，捋着胡须，眯着小眼，津津有味一字一句、一五一十地细说着，中郎将姜维竖着两只耳朵屏住呼吸，目不转睛地盯着马大人听着近日京城长安发生的事情。一声吆喝打断了马遵有趣的回忆："姜将军，已是中午时分，饭菜好了，该用膳了，我这就给您端进来。"

"我不饿，你没看我和马大人正在帐中议事吗？"姜维向外看了一眼。

"慢,姜贤侄,午饭既然已好,吾看,不如用了膳再说。"

姜维忙双手一拱说:"噢,莫非大人已经饿了……快将午餐端进来,让大人用膳。"

"不用了,既然姜贤侄不饿,老夫也无食欲,那我们就继续往下说。"

姜维赶忙双手一拱说:"感谢太守器重,与我同吃同劳。"

"姜贤侄是我马遵的主心骨,又是一员将才,往后,我马遵还要靠将军呢,咱们自然就是一家人,当然应该同吃同劳啊……好啦,言归正传,哎……姜贤侄,吾刚才说到那儿了?"

"大人,你刚才说到奸贼董太师如何如何?"姜维提醒说。

"噢,看吾这脑筋……"马遵说着"扑哧"一笑,捋了捋胡须,又接着说了起来:"话说,眼看着这董卓将貂蝉抱进轿子里,王允假装着急的样子大喊:'太师,太师,这……'"王允撩起长袍,快步追了出来,一看董卓的轿子早已闪晃着远去了。王允呆呆地站在那儿不住地摇头叹气。

这正是:

> 吕布前边娶貂蝉,
> 董卓后头就霸占。
> 父子两个爱一人,
> 王允从中巧离间。

欲知貂蝉被董卓抢走后究竟如何,请看下回分解。

第五十二回　董卓夺妻

……

且说，王允寻思道：今老贼突然的这一举动，是自己早已料到的，因为这世上任何一个色狼，看到我女貂蝉都要动心的，这也是自己多年来所希望看到的结果。可一想到自己一手抚养长大成人聪明伶俐、孝敬厚道、善解人意，通情懂事的女儿貂蝉进入虎口，是凶是吉难以预料时，心里不免一阵酸痛，顿时泪花汪汪，声音沙哑着自语道："貂蝉我的好女儿，你才仅仅十六岁呀，爹不该让你这么年轻就……唉，是不是做父亲的太狠心、太残忍了，可又有什么办法哩？董卓奸贼，把持朝政，败坏朝纲，结党营私，独断专权，滥杀忠臣，我的儿啊，他连当今圣上都不放在眼里，我这个司徒在他眼里又算得了什么呢？爹不这么做，他日这老贼不定要干出什么大逆不道之事来，到那时一切悔之晚矣，我宁可咱父女死也要保汉朝江山，不落到贼人手中！……我的好女儿啊，父亲也知道女儿此次进了董府，有去无回，凶多吉少。为父实在是舍不得啊，不要怪为父这么狠心，我的女儿呀，眼下只有你能堪此大任，今日受为父一拜。愿儿不辱使命巧妙周旋，完成国之大计，女儿你若能活着回来，为父定请奏皇上为儿加封褒奖，若为国捐躯，为父定为儿厚葬立碑。"王允含着眼泪说道，朝大门方向跪下连续磕了三个响头，起身后摇着头慢慢地进卧室休息去了。

且说貂蝉自那日被董卓抱进轿里，抬入董府后，这董卓老贼视貂蝉为掌上明珠，整日里两人形影不离，对酒当歌，纸醉金迷，貂蝉昼夜陪伴董卓身边。一日貂蝉为董卓敬酒，董卓一手抓住貂蝉的小手，貂蝉另一只手举起酒杯为董卓嘴里灌酒。

"好香啊，我的美人，哈哈……"董卓完全陶醉了。

这时吕布突然闯了进来。

"布儿，你不在教场练武，来到为父府中所为何事？"董卓生气地问。吕布一眼看到貂蝉，一时间呆呆地站在那里，一对环眼死死地盯

211<<<

着貂蝉。

"你看什么呢？"

"啊……父亲。"吕布心生疑虑，双手一拱低头说，"父亲，兵部尚书李大人来府上拜访，在前厅等候多时了，小的们不敢打扰，特由儿来禀报。"

董卓一把推开貂蝉，起身，袖子两甩，走到前厅去了。

"貂蝉……"

"将军……"

吕布一个箭步冲到貂蝉跟前，紧紧抱住貂蝉。

"将军……"貂蝉紧紧抱着吕布泪花汪汪，含情脉脉。

"貂蝉，我的娘子，你怎么在这儿呢？"吕布推开貂蝉生气地问。

"我……"貂蝉心中委屈，两行眼泪滚了下来，刚要倾诉自己的遭遇，不料董卓老贼又走了进来，她赶忙一把推开吕布，退到里屋去了。

且说，这董卓进来后一对贼眼，早已看到貂蝉与吕布抱在一起，他心生怀疑地问："貂蝉，我的美人，你刚才与那奉先儿在做甚？"

"哦，夫君，不知怎么的我眼睛里进了沙土，觉得磨人，正好吕布进来，我让他与我翻眼皮用嘴吹了出来，夫君你找娘子何事？"

"哦，是这么回事……今日兵部尚书李大人，听说老夫新娶了夫人，故前来一见，李大人这就是我家娘子貂蝉。"

"小女子貂蝉见过李大人。"貂蝉来到李大人面前，双手在腰间一扣，低头微笑着说。

"啊，太师大人，你好福气啊，怎么娶了个这么美妙如玉的小娘子啊，真是仙女下凡，嫦娥奔月啊，唉……这是谁家的女子，老朽是快要进土的人了，今日见到这么漂亮的女子，真是一饱眼福，此生足矣。"李灵笑着说罢，捋了捋胡子，接着又哈哈大笑起来。

"大人谬赞小女貂蝉了……大人快请上座，貂蝉为大人敬酒。"

"请李大人上座，让我娘子貂蝉为大人敬酒。"董卓用手一指座位，让李大人上座，洋洋得意地说。

这正是：

> 董卓不仁霸貂蝉，
> 吕布怀恨在心间。
> 父子之情今日断，
> 势不两立箭在弦。

欲知吕布将做出甚事，请看下回分解。

第五十三回　吕布怒目

且说，吕布本来就为今日之事，怒气冲冲，今又听董卓反复称貂蝉为娘子，更是满腹怒气，一对环眼一瞪董卓，袖子两甩，气呼呼地走了。

一日天气晴朗，风和日丽，貂蝉与董卓在后花园赏花。

"夫君，你瞧这牡丹花开得多么好看迷人，瞧这红牡丹花上还飞着一对蝴蝶哩……你看它们一红一黑，上下飞舞，你追我赶，好不快活，好不自在。"

"我的娘子，小美人，你真细心，说得真好听，老夫简直高兴死了。"董卓一手拉着貂蝉的小手，继续观赏着各种牡丹花。

"夫君，小女子把你我好有一比。"

"比做何来？"

"你看那只黑的就是你，那红的就是我，咱们形影不离，比翼双飞，这幸福的日子多美啊。"

"娘子我的小美人，你比喻得太好了，老夫就是要与娘子比翼双飞，尽情享受这人间的快乐，观赏这人间美景。"董卓又紧紧地抱住貂蝉。

貂蝉猛然推开董卓，向花丛那边一看，好像有响动，她回过头来无意中看见吕布悄悄地蹲在花丛里偷看。

"娘子你看什么呢？"董卓见貂蝉推开他回头朝那边观望，他也顺着貂蝉的眼睛朝那边观望。吕布赶紧将头低下，屏住呼吸，未敢出声。

"刚才听到花丛那边有响动，原来是起风了。"

这时忽然有一家丁跑过来，双手一拱奏报说："太师，前厅吏部尚书黄文龙，黄大人求见，他在前厅等候多时了，说有重要之事商谈。"

"那就回府。"董卓生气地说罢，回头又说，"娘子你也回府吧。"

"夫君以国家大事为重，见黄大人要紧，您先回府，小妾还想再观赏一会牡丹花呢。"

"那好，娘子就再游玩一会，累了就在这风仪亭里歇息一会，老夫先会会黄大人去，待会再来接你回府。"董卓说罢，回府去了。

且说一直躲在花丛里的吕布一看董卓老贼走了，一下从花丛里跳了出来，健步冲了过来。这貂蝉一看周围无人，也情不自禁地跑着向吕布奔来。

"娘子……"

"将军……"

吕布扑上前双手紧紧抱住貂蝉，貂蝉含着泪水且一把推开吕布，伤心地说："夫君，你一个男子汉大丈夫躲躲闪闪究竟怕什么？你口口声声说要保护小女子，怎么一到关键时刻就装怂了，今日你也看到你义父董卓他如此这般欺负小女子，你也不出来管管，还不如……"吕布又抱住貂蝉焦急地说："娘子实在对不住让你受委屈了，是我吕布无能，唉，你怎么又和我那义父在一起呢？"吕布越发糊涂了，反问貂蝉。

"说来话长，那日与将军一别，貂蝉日夜思念将军，寝食难安，不想后来你义父来我父府上作客，他一见到小女子就起了歹心，更可恨的是不顾我父王允的反对，强行将小女子抱进轿内，抬到了他的府上……"貂蝉说罢摇着身子双手捂着脸哭了起来。

"娘子快不要伤心，义父他怎能干出这等丧尽天良，违背常伦之事呢。"

"夫君你看今日这事如何了结？我父已把我许配于将军，可董卓老贼后又强行霸占了小女子。"貂蝉又一把推开吕布，撅着小嘴生气地说。

"娘子，你不要生气，气坏了身子，那还了得。"吕布心疼地说。

"那你打算如何？"貂蝉说罢一头又钻进吕布怀里，伤心地哭了起来。

"娘子莫要再哭了，夫君一定为娘子出这口恶气。"

貂蝉抬起头，眼巴巴地望着吕布，又撅着嘴说："你说呀，究竟怎样？"

"这……董卓毕竟是我的义父，有恩于我，这可怎么办呢？"

貂蝉听到吕布说出此话，左右为难，一时下不了决心，于是计上心来。她突然大哭着从吕布怀里挣脱，飞也似的跑到鱼池栏杆前，扑三扑四就要跳水。吕布情急之下追了上去，一把抱住貂蝉的腰说："娘子，你这是干什么？"

"不如让貂蝉投水死了算了，你和你义父过一辈子去吧。"貂蝉说罢又要挣脱跳水，吕布紧抱不放，脱口而出："娘子，快不要这样自行短见，吾与那老贼这就去论理，我吕布不夺回娘子，誓不为人。"

"夫君万万不可，我貂蝉活是将军的人，死是将军的鬼，我心已定，来日方长不可盲动，不如……"貂蝉赶紧贴着吕布的耳朵，如此这般地嘀咕了一遍，吕布听着连连点头说："好，娘子所言甚是，我吕布就按娘子所托去办。"

又是一日，朝中文武大臣黄、张、赵三位大人，坐轿子来到司徒王允府上道喜，这王允早在大门口迎接。

"诸位大人，我王允怎敢劳大驾……请，快请。"王允双手一拱，低头哈腰连连点头地说。

王允亲自为众位大人敬酒："黄大人、张大人、赵大人，请，这是下官家存的百年窖藏杏花村老酒，早就听说诸位大人要来寒舍一叙，下官专门为诸位大人准备的。"

太尉张瑞端起一杯下肚后，点头赞叹说："嗯，好酒，真是好酒，王大人真豪杰也。"

"听说王大人将女儿貂蝉许配于董太师为姜，可有此事？"张大人喝了一口酒，双手一拱说。王允慢慢起身，双手一拱忧伤地说："不瞒诸位大人，下官这几日寝食难安，正为此事发愁呢，这不下官前些日子刚将小女貂蝉许配于中郎将吕布为妻，可后来董太师来下官寒舍喝酒，又看上了下官女儿貂蝉，你猜怎么着？"这时三位大人都惊讶地停止了喝酒，屏住呼吸，个个目不转睛地盯着王允，想听个究竟。

赵大人着急了，放下酒杯站起身说："快说，董卓究竟把貂蝉怎么样了？"

"唉，一言难尽……他竟然把小女貂蝉……"

黄大人又着急地问："究竟怎么样了？"

"他……他竟然不顾廉耻当场把小女貂蝉抱进了轿子，抬走了……"王允说罢伤心地哭了起来。

"这老贼真可气也，是可忍孰不可忍。"赵瑞大人把手中的酒杯啪的一下摔在了地上，怒气冲天地说。

"这董卓老贼，竟敢在光天化日之下，强抢司徒千金，真是活腻了。"赵瑞双手紧握，怒气难消地说。

"这董卓位高权重，武功高强，就连当朝圣上敢怒不敢言，他府上妻妾成群，美女如云，竟连你家千金貂蝉也不放过，真该千刀万剐。"

"这件事情老夫听清楚了……不知如今，他的义子吕布知道吗？"黄大人感慨地问。

"报，王大人，吕将军送彩礼来了，正在前厅等候。"家人双手一拱说。

"快请。"王允高兴地说。

这时吕布已经进了客厅，叫人将两箱金银财宝及绫罗绸缎之类的礼品抬着放在地上。"岳父大人，今日小婿吕布送彩礼来了，也是你家千金貂蝉的意思，望岳父大人笑纳……哦，诸位大人都在呢，正好吕布今日就请诸位大人为吕布作个见证。"吕布说罢，双手一拱，走到王允跟前正要跪下行礼。

"贤婿快快请起，老夫既然早已将小女貂蝉许配于将军，岂有反悔之理，正好几位大人都在，大家一起作个见证，今日这彩礼老夫——收下了，只是你父董太师那儿，这……"王允说罢为难地双手一摊说。

"王司徒看来你府上最近很热闹啊，一个女儿两个郎，谁让你家千金长得那么漂亮呢，这太师与将军同时看上貂蝉了，依老夫之见，不如……"

　　"不如怎样？快请大人明示。"王允焦急地问。

　　"不如将貂蝉一劈两半，一半于太师，一半于将军算了。"黄大人笑着说。

　　"都到什么时候了，黄大人还开这样的玩笑。"王允生气地说。

　　张大人走到王允跟前，双手一拱说："王大人，只是开个玩笑，你何必当真，分明是他董卓老贼不顾父子情面，抢了将军夫人，是他做了大逆不道之事，吕将军有情有义，貂蝉也爱慕将军，今日又有彩礼送来，更何况王大人许吕将军在先，老贼抢貂蝉在后，这貂蝉当然是将军的了。"张大人认真地说罢捋了捋胡须坐下了。

　　"只是那董卓乃当朝太师，又是吕将军义父，这……"赵瑞大人叹息说。

　　"这件事最好的解决办法是……"黄大人对着王允双手一拱说。

　　"是什么？"

　　"就是将军可大度一些，放弃与貂蝉的这一桩婚事，这样也不伤了你与太师的和气，太师还能保将军来日飞黄腾达、大展宏图，有一番作为，岂不两全其美？再说这天下这美女多得是，以后让你义父给你再找一个就是了。"黄大人笑着说道。

　　"别说了，他老贼不仁，别怪我吕布不义了，这老贼丧尽天良，全然不顾父子情面，夺了我的妻子，我吕布今与他势不两立，早晚要杀了他。"吕布说罢双拳紧握，怒目圆睁。

　　"将军息怒，来，老夫敬将军一杯，平平怒气，老夫只认你不认太师就是了。"王允连忙端起一杯酒，走到吕布跟前双手递上，吕布双手一拱，一饮而下。

　　大家一听吕布动了杀机，吓得一个个溜了出去。

　　这正是：

世间侠女数貂蝉，

聪慧过人不一般。

为了完成义父计，

父女之间巧应变。

欲知貂蝉如何应变，请看下回分解。

第五十四回　貂蝉献媚

且说，一日深夜，董卓正与貂蝉寻欢作乐，董卓抱着貂蝉互相敬酒。

"娘子，喝呀，老夫好福气啊，娶了这么美丽的娘子，你跟了老夫，老夫定让你有享不尽的荣华富贵……"

"报太师，刘公公前来拜访。"一管家急报。

"传刘公公到客厅说话。"

董卓整了整衣帽，到门口迎接道："啊，刘公公老夫有失远迎，失敬失敬，这么晚了想必一定有重要之事，快请坐喝茶。"

这刘公公在客厅一眼就瞧见了貂蝉。貂蝉也瞥了刘公公一眼，刘公公头也不回地进里屋去了。

"刘公公，老夫敬你一杯。"董卓端起一杯酒说。

"老奴还是喝茶吧。"刘公公端起一杯茶喝了一口，然后向四周瞟了一眼，悄悄地说："太师大事不妙，近日皇上在宫廷内外，朝堂之上都加强了御林军巡逻，防卫甚紧。院内卫兵三步一岗，五步一哨，皇上寝宫戒备森严，连一只鸟儿都飞不进去，以老奴之见不如在外边……"刘公公抬头一看四下无人，又压低嗓门悄声说，"不如在外边动手。老奴可奏请皇上八月十五去长安郊外游猎，到那时太师可提前选配几十个武林高手作为死士，埋伏于树林四处，看老奴甩蝇甩为号，当场围杀，可取皇帝小儿刘协首级献于太师。"

董卓听后悄悄说："此计甚妙，就以公公高见，准备在外面动……"

这时，貂蝉隔窗听着。

"太师，你怎么把貂蝉带进府来了，咱们要举大事，可不能儿女情长，老奴不懂得这男女之间的什么爱情，会碰撞出什么样的燃烧火花，老奴且认为这爱是一把杀人的刀，这情是一剂断肠的药。你看这古往今来，有多少英雄豪杰、帝王霸主最后都死在美人手上，殷纣王宠姐己，断送了江山，吴王夫差爱西施，毁了吴国，楚霸王项羽恋虞姬双双殉情。不过这话又说回来了，自古凡成就大事者必备三个条件。"

"公公快讲，哪三个条件？"董卓迫不及待地问。

这刘公公品了一口茶，将头向后一仰说："这第一是要有一个心狠手辣、六亲不认，杀妻灭子的残忍手段；第二是有一个敢闯龙潭虎穴，阎王罗殿的胆量；第三是要有一个海纳百川，气吞山河的雄心。同时外加六个字。"

董卓迫不及待地问："哪六个字？"

刘公公将头又向后一仰，顺手摸了一把下颚，苦笑了一声，然后接着说："成事，还要有六个字，即：天时，地理，人和。这前四个字太师已经有了，这人和嘛……还差那么一点。"刘公公神秘地说。

董卓听罢兴奋地紧紧握住刘公公地手说："没想到公公竟有这般惊人的高谈阔论，治世名言。老夫真是佩服。"

刘公公拨开董卓的手得意地说："不瞒太师说，老奴曾经也有过一段辉煌的历史和风流轶事。想当年，我刘家世代为官，光宗耀祖，门庭若市，好不威风，当时十二岁的我仿佛就生在一坛很大的蜜罐罐里，浑身甜透了。后来，只因我父看不惯这知府牛青草的所作所为，大骂了那狗官，被贬官为民还抄了家，从此家贫如洗，我也再不能读书了。为了活命有口饭吃，十三岁时被人引荐进了皇宫，在膳食房做事，十六岁时有一郑州府来的名叫红梅的丫鬟看上了我，正当我们爱得死去活来，私订终身，准备逃离宫廷，去过隐居的平淡生活时，不料被皇后娘娘发现，可怜这陈红梅当场被乱棍打死，投入枯井，而老奴因长得潇洒英俊，个高膀圆，皇后动了恻隐之心，留我继续于宫中……从此后老奴就成了一个没用的阉人，整天伺候在皇上身边。一晃长达三十多年了，这三十多年来老奴陪过了多少皇上，伺候过多少皇后娘娘，经过了太多的大是大非，风风雨雨，因此上也就见识广了，知道得多了……"

这刘公公说罢，不由地心酸流出泪来。

董卓听后赶忙双手一拱，感慨地说："原来刘公公也有一本难念的经啊。真是让人同情，看来你我是同病相怜，志同道合了。"

"看来刘公公的身世与老夫相仿，老夫原名叫董豹，当年在南安家乡为向师父陆智讨要一本兵书《孙子兵法》，不想连闯两条人命，当时不敢停留，赶紧改名为董卓，从此浪迹天涯、闯荡江湖，一路东行。时逢黄巾军起事，我就在河南幽州从军入伍，一路打黄巾，杀宦官，废灵帝，立献帝扶陈留王刘协继位，后黄巾军不断地骚扰京城绦阳，老夫力排众议，助皇上刘协等朝廷一干人马西行迁往陕西长安定都。……刘公公啊，我为咱汉朝江山立下了汗马功劳，可谁知这小子一登基，就忘本了，如今翅膀硬了，根本不把老夫放在眼里，真是气死老夫了。"董卓一口气说罢。一下站起身，走到窗前朝里屋瞧了一眼，貂蝉急忙悄身离开窗户，躲到后面去了，当听见董卓坐下后，又悄声来到窗前。董卓在大厅里转悠了两圈，又坐下。

"太师，千万不要动怒，这汉朝江山迟早就成咱们的了。不过，老奴的身世从未与人提及，因太师是自家人，我也就多说了几句。还望太师见谅，你我共谋大事要紧。哎，老奴听说，你那义子吕布也爱慕貂蝉，不如让于他算了，这样一来更显得太师高风亮节，有情有义。你看那吕布少年英俊，武艺高强，有万夫不当之勇，有敌千军万马之力，咱们要举大事，他可是主要干将，咱们可不能因为男女之情，得罪于他，万一他和太师闹僵起来，如何收场？"

"那以公公之见，让老夫放弃貂蝉而成全吕布儿？"

"太师大人您不但要成全小将军，还要为小将军风风光光操办婚礼呢，以赢得上下左右方方面面的人心，这就叫人和呀。"刘公公一口气说罢，得意地看着董卓。

董卓无奈地又站起身，来回转了两圈，沉思一阵后说："好，那就以公公所言，为义子吕布准备婚事，写发请柬，请所有的朝中大臣，文武百官，也好乘此拉拉老夫与朝中众大臣的关系，让他们都服从与老夫，你看如何？"

"太师如此甚好，这才是干大事的人嘛，那一言为定，老奴这就放心了。"刘公公说罢赶忙跪下低声喊道，"吾皇万岁万万岁。"就在这时空中突然响起两声炸雷，一道电闪，划空而过，一阵冷风吹来掀开了客厅窗户，吹灭了蜡烛。董卓起身要重新点燃，被刘公公挡住说："不用点了，老奴心里亮堂着呢。"

"公公，此恐不祥之兆。"董卓惊讶地说。

"不，太师，此乃大吉也……风灭蜡烛，此乃大汉江山即将灭亡之征兆。"

董卓急忙扶起刘公公尊敬地说："难为公公一片苦心，忠心待我，待新朝建立你就是开国元勋，老夫啊，不，朕封你为护国公，官至一品，子贵妇荣，世代袭之。"

刘公公听罢董卓一言，赶忙双手一拱，低头感激着说："老奴万谢太师，可老奴哪有妻和子呀，等事成之后说不迟。老奴以上所言万望太师且记心中，时间不早了，老奴今晚是偷偷出来的，再说轿子在府外等候多时了，告辞，老奴这就回宫去了。"

"好，公公慢走，不要忘了你我商议之事，夜已深了，不便久留，后会有期。"董卓双手一拱，送刘公公出府。

且说，当董卓进里屋回头看时，这貂蝉早已伤心得哭成泪人了，她急忙不顾一切地扑过来，双手紧紧抱住董卓的腰，哭着说："夫君不要小女子貂蝉了吗？"

"貂蝉，你……你是怎么知道的？"董卓惊讶地问。

"夫君与那阉人所说之话小女子全听到了，他一个阉人如何能体会到你我之间的这份感情呢，……夫君千万不要被刘公公这一顿胡言乱语所蒙蔽，酿成大错。若夫君听信谗言，将小女子送那忘恩负义之徒吕布，还不如让小女子死了算了。"貂蝉哭着说罢，突然跑到宝剑架前，取下宝剑，抽出闪着寒光的剑刃，架到自己的颈上，伤心地说："小女子貂蝉早已成太师的人了，哪有随便让他人之理，这又不是一件

衣裳，说不穿就扔了，我的夫君，这可是活生生的人啊，这今后叫奴家如何见人？既然今日太师听了他人挑唆，毁了貂蝉一生，还不如让貂蝉来世再做夫君的娘子。"这时，剑刃下流出了鲜血。

"美人，这万万使不得，爱妾，你快快把剑放下，万万不可自行短见啊，万事好说好商量，千万不要胡来。"

"别过来，你再上前一步，我就死在你面前。"貂蝉已用剑刃划破了自己颈上的皮肤，鲜血不住地流着。

"好，我不过来，老夫全听你的好不好？"董卓吓得浑身发抖。

"董卓你听好了，我要你明日就为我们俩举行婚礼，我要堂堂正正与你拜堂成亲，让满朝文武大臣为我俩证婚。如若不然，今夜你就为貂蝉收尸吧。"

"好，好好，老夫全听你的，明日就办。"董卓见貂蝉这么一闹，心软了。

"我要你发毒誓。"貂蝉坚决地说。

"好，我发誓，我一定娶貂蝉为妻，如有失言，让我董卓死无葬身之地。"

"好，你还要依我一件事。"

"美人，别说是一件，就是十件八件老夫都依你，快说甚事？"

"夫君，可在你我完婚之前先将吕布支开，以免他节外生枝，大闹婚堂。"

"这好办，老夫明日一早就派义子奉先去一趟渭南，给知府柳铭送一份信函。"

"还有……"

"还有什么呀，我的姑奶奶。"董卓着急地问。

"还有，就是要让我父王允亲自送行，不能让他半途而归。"

"好，这样甚好，等奉先吾儿回来，你我已经完婚，生米做成熟饭，哈哈，太妙了，还是我的娘子想得周到。"董卓说罢，一把夺下貂蝉手上的宝剑，放回原处，捋了捋胡子，又哈哈大笑起来。

当晚董卓睡下后，貂蝉脸上两行泪水滚了下来，心里也在滴血，她深深地思考着接下来自己该怎么做。

这正是：

> 汉朝社稷有大难，
> 董卓谋逆又篡权。
> 貂蝉舍身施父计，
> 风云变幻一瞬间。

欲知这貂蝉究竟要做什么，请看下回分解。

第五十五回　吕布刺父

且说，次日清晨，只见两人骑着快马出了城门。"贤婿可要快去快回，免得夜长梦多。"骑在马上的司徒王允叮嘱吕布说。

"岳父大人放心，此去渭南府也是就两三天的时间，办完差小婿立马回来，岳父还要为小婿与貂蝉娘子完婚呢。"骑在马上的吕布得意地说。

"好了，贤婿我只能送你到这儿了，老夫这就回去准备为你和小女貂蝉的婚事，等你回来后为你俩完婚。"王允挥挥手，吕布扬鞭摧马，飞奔得早已无影无踪了。

两天后的一日，阳光灿烂，风和日丽，董府上下张灯结彩，大红喜字贴满了前厅后院，董府上上下下个个穿戴一新，像过年一样喜气洋洋，你看他们来来回回脚下生风，忙个不停，只有义子吕布一人不在董府。董卓不敢让吕布看到他与貂蝉完婚的这一幕，而更担心的则是要数貂蝉了，因为吕布若出现在婚礼现场的话，那就完全打乱了他与义父王允多年来精心谋划的这一计策了，这就是他让董卓提前打发吕布外出的原因所在。

这一日，司徒王允穿戴一新，亲自护送新娘子貂蝉来到董府，当一前一后两顶八抬大轿，来到门前时，董府门前早已鞭炮齐鸣，锣鼓喧天，几十杆唢呐吹吹打打，董府上空鞭炮声、喧哗声响彻云霄。你看那太师董卓，焕然一新，喜笑颜开，胸前佩戴着绸布红花，大清早就立在大门口双手拱着，笑迎前来道贺的满朝文武百官和亲朋好友。

"啊，岳父大人你今日亲自护送新娘貂蝉来到府上，我董卓真是三生有幸啊，快请。"董卓说着急忙上前扶着王允进了大门。

王允边走边说："贤婿，我就貂蝉这么一个女儿，今日她出嫁到太师府上，我这个当父亲的能不来吗！"

董卓笑着说："应该，应该，岳父大人能来，我董卓求之不得，你我今日痛痛快快喝上一场，一醉方休。"

"好，一醉方休。"王允双手一拱说。

这董卓迎进了貂蝉父女后，鞭炮声又响了起来，董卓赶紧出来一看，兵部尚书黄大人、副总兵王大人，太尉赵大人下轿了。

"黄大人、赵大人、王大人，国事繁忙也来参加我和貂蝉的婚礼，真是令寒舍蓬荜生辉啊，快请。"董卓笑着双手一拱说。

"哪里，哪里，你董卓是一国太师，你的婚礼哪有不来之理啊……小的们快把贺礼抬上来。"

"李大人，今日究竟是谁在大办婚礼啊。"刘公公紧跟在前去贺喜的录部尚书李长泰大人身后急问。

"当然是董府啊……"李大人停住脚步回过头说。

"这还用说，肯定是董府嘛，不知是哪一位？"

"当然是当朝太师董卓呀！"李大人随口说道。

"完啦，完啦……"刘公公听罢向后一仰，站立不住摇晃着说。

"刘公公，你说什么完了，谁完了……"李长泰不解地问。

"还能有谁啊……哦，我说忘了，老奴忘了带贺礼了……李大人，你先走，待老奴带上礼品随后就到。"

"这刘公公今日怎么了，说话颠三倒四的，究竟谁完了。"

李大人说着摇了摇头，自语道："人家结婚你这个太监倒急了，还前言不搭后语，真是老糊涂了。小的们走，不要耽误了咱们道喜。"

且说，这刘公公好似听到一声霹雳，轰得他晕头转向，竟然摸不着回宫的道路，所幸就坐在石板台阶上，低着头喘着粗气，自语道："董卓这老贼，不听我的话，说变就变了，这如何是好，一切都来不及了，这是天意啊。"刘公公说罢头一仰，两手朝天又大骂："这董卓将死无葬身之地……我就纳闷，这些帝王将相、才子佳人怎么个个就过不了这美人关呢。唉，不想这些烦心事了，还是想想自己今后的出路吧，这皇宫我是进不去了，也不敢进去了，当下之计还是自己保命要紧。常言道，三十六计，走为上，本公公还是趁早离开京城这个是非之地，免得这老贼牵连与我。我心里清楚，董卓想当皇帝之心早也，这夺权篡位、谋逆皇上一事，是我暗地里出谋划策，安插人手，一手策划安排的，若董卓出事，我怎能脱了干系。走，快走……"刘文正心里越想越害怕，越想越着急，不禁出了一身冷汗，还不由得浑身打了个寒战，用劲站起身，摇晃着已经不听使唤的身子，迈急步从太和殿偏门走了出去，从此不知去向。

这时只见董府正堂上司仪高喊："一拜天地，新郎新娘跪地磕头，二拜高堂与岳父大人磕头，夫妻对拜新郎新娘对头参拜，送入洞房。"此时新郎牵着红绸缎在前面走，新娘捏着红绸缎在后面跟着，双双进入了洞房。大家一阵高呼，司仪宣布："婚礼完毕，请诸位入席就座喝酒吃菜。"

且说，这吕布马不停蹄一路狂奔，于次日上午到了渭南，将义父信函亲手交于知府柳铭，柳铭叫人领吕布下去用膳休息，而后他打开信函一看，猛吸了一口凉气，又四下扫了一眼，见无人自语道："太师令我近日选挑二十四名武林高手进行训练，日后以备他用，并叫我写书信一封汇报情况，让吕布带回。"这柳知府不敢怠慢，连夜写了书信。

第三日清晨，吕布临行前柳知府亲手交于吕布一封信函，叮嘱说："奉先贤侄，亲自将此封信函交于你父董太师手上，切不可半路遗失，或转交他人，记住了没有？"

"请柳伯父放心，吕布不负重托，一定将此封信函交于我父手上。"吕布归心似箭，立于马上双手一拱说，"柳伯父保重，侄儿吕布这就告辞……"吕布扬鞭催马早已飞奔得无影无踪了。

话说这吕布，奔驰了大半天，于傍晚时分到达长安，进府将信函交于董卓，然后用目光瞟了一下四周，惊讶而喜悦地说："啊，父亲，你这是为儿张罗婚事呢吗？怪不得满院都挂着大红灯笼，张贴着大红喜字。"

"啊，嗯，……儿先下去用膳吧。"董卓脸一红走了。

次日清晨，天气晴朗、风和日丽，貂蝉一个人在后花园赏花，吕布在不远处练武，你看他身穿白金甲，手持银蛇长矛枪，一会儿飞步登云，冷风飕飕，一会儿枪刺顽敌，寒光闪闪。耍了一阵武术后，忽有一奴才递给吕布一条手绢说："公子，歇息一会儿吧。"

"张伯伯，你怎么在这儿？"吕布停住脚步，一边擦汗一边问。

"老奴要去后花园浇花，看见公子在这儿练功，就过来送手绢来了。"

"多谢了……张伯伯，咱府上张灯结彩，义父是否为我准备婚事呢？"

这张老头向四周看了一眼，然后摇了摇头慢慢地说："唉……"

"张伯伯，究竟怎么回事？"

"公子，恕老奴多嘴了，将军可千万不要生气啊……将军有所不知，你走后的这两日府中起了变故，你义父强行将你妻貂蝉霸占，还与她拜堂成亲。老奴见你可怜，将实情告诉与你，你可千万不要将我说的话告诉你义父啊，老奴这就去浇花了。"

"什么？"吕布听罢"唰"的一下脸色铁青、怒气冲天，一把撕住家奴大声喊道，"这是什么时候的事？"

"就是你走后的第二天，将军失陪了，老奴我浇花去了。"

吕布听罢双手握拳，对着一碰："哼，这老贼，竟干出这丧尽天良之事。"吕布正要回府寻找董卓，猛一抬头，一眼看见了貂蝉在花园赏花。貂蝉早已看到吕布，便挥手让他过去，吕布持枪一个箭步飞奔而去，貂蝉一下扑到吕布怀里哭喊着说："相公，救我。"

吕布将长矛插在地上，双手紧紧抱住貂蝉，焦急地问："爱妻，这到底是怎么回事？"

貂蝉哭着说："相公，自那日你我一见钟情，小女子就深深地爱上将军了，只是你那义父董卓，全然不顾你们父子之情，强行霸占了我，老贼前日已与我拜堂成亲了，貂蝉我度日如年，心里滴血啊……今日你我做不成夫妻，只有等到来世了。"

貂蝉含泪说罢，又要跳池。吕布赶紧从后腰抱住说："娘子，不

要，我这就找老贼算账去。"

　　且说，董卓打发完客人，又回到后花园来找貂蝉，他无意中抬头一看，见义子吕布抱着貂蝉，正在亲热。这董卓气不打一处来，他不顾一切冲上前，一把撕住吕布就打。吕布急忙躲闪，董卓紧追不舍，抢拳照头就打，大骂道："你这个没有良心的逆子，竟敢背着我与我心爱的娘子私会，我打死你。"

　　吕布越想越气，不再躲闪，握起拳头照董卓头上砸了一拳。董卓怒气冲天，大骂："你这个逆子，还敢打老夫，我打死你这个不孝之子。"董卓骂着不住地朝吕布头上打去，这时，吕布只有招架之力，没有还手之功。眼看吕布就要被董卓打倒，站在一边的貂蝉焦急地来回躲闪，她忽然看见不远处插在地上的长矛，灵机一动，给吕布用手一指。吕布回头一看，冲过去，拔出长矛，一不做，二不休，用尽平生力气，朝董卓胸前猛刺了进去。顿时，董卓摇晃着站立不住，他捂住冒着鲜血的胸口，奄奄一息地说："奉先吾儿，你这是真要为父的命啊。"鲜血又从口中吐了出来……董卓张着血口，慢慢地说："没，没想到老夫竟死在自己的义子手上，吾一生武功盖世，杀人无数，从无有人近身，不过，只……只有那年吾师弟李英为复仇刺伤了吾。"

　　这正是：

　　　　　　董卓无情又寡义，
　　　　　　吕布发怒动杀机。
　　　　　　貂蝉急盼奸贼死，
　　　　　　多行不义必自毙。

　　欲知董卓性命究竟如何，请看下回分解。

第五十六回　清除奸党

话说，这董卓摇晃着说罢，眼睛向后一翻，倒在血泊里了。

貂蝉一看，董卓老贼已死，双手向上一伸，大声喊道："苍天有眼，爷爷，娘，你们在九泉之下可以安息了。"喊罢，她急忙跑过来，双手紧紧抱住吕布，动情地说："你真是我的好夫君，这就是这董贼应得的下场。"

"我杀人了，我吕布杀人了，这可如何是好？"吕布呆呆地站在那儿，眼巴巴地看着貂蝉说。

"夫君，不必害怕，也不必自责，今日要活你我一块活，要死你我一块死，反正大仇已报，我死不足惜，只是我可怜的爹爹李英如今不知在哪儿？爹，女儿貂蝉已替你报仇了。"

"娘子，你父不是司徒王允吗？怎么又出了个爹爹李英呢，我怎么越听越糊涂了。"

"快走，这儿不是说话的地方。"貂蝉说罢拉着吕布跑了起来。

"娘子……咱们如今往哪里去呢，我如今是杀人犯，走到哪里都是个死，再说董卓老贼的死党、亲信也饶不了我啊。"吕布焦急地说。

"哎，夫君，你今日不是杀人犯，你是有功之臣，皇上高兴还来不及呢……咱们何不直奔皇宫，向皇上禀明此事呢。说不定皇上还要为夫君记功呢。"

"这个主意好，皇上早就恨透他了，只是无能人为国除奸，今日我吕布不是完成了皇上无法完成的大事吗……只是这皇宫森严，岂能是常人随便进去的？"

"咱们这就大喊，我杀人啦，也许他们不会阻拦……还会把咱俩抓进去呢。"

"好，我听娘子的，咱们一起大喊。杀人啦，我们要自首。"

"站住，你们是什么人？"守卫在宫殿大门前的两个卫士大声喊道。

"我杀人啦，我叫吕布，她叫貂蝉，是我娘子。"吕布壮着胆大声说道。

"大胆狂徒，竟敢在光天化日之下杀人，来人，将这一对狗男女押入大牢，等候处置。"

"我要见皇上，当面向皇上请罪。"

"对，我们要见皇上。"貂蝉跟着说。

"当今皇上是你想见就能随便见的吗？……卫士们，将他们拿下，押入大牢，大刑伺候。"这时，跑过来四个带刀侍卫，两人押着一个，从偏门进了天牢。

"如今可好，不仅未见到皇上，你我还进了大牢，娘子，是我吕布连累了你。我一人做事一人当，与她无关，来人，快将我家娘子貂蝉放啦，她不是凶手，来人啊。"吕布怒目圆睁，双手朝天一个劲地大喊。

这时，果真来了两个人，其中一个抽出宝剑，突然刺向吕布说："吕布小儿，你好大的胆子，竟敢刺死当朝太师，拿命来。"说着一剑刺向吕布，说时迟，那时快，突然"当啷"一声，此人的宝剑被打落在地，这时，又涌进了一帮人，其中一个当官模样的人大喊道："快将这些董卓死党、乱臣贼子拿下，关入大牢。"此人然后双手一拱，面对着吕布和貂蝉说："你们才是真正的除奸功臣，皇上口谕，带吕布貂蝉进殿。"吕布貂蝉听罢，赶忙跪下领旨。而后，吕布貂蝉站起来，激动地互相拥抱。貂蝉对吕布兴奋地说："夫君，我说什么来着？皇上英明，知道你我除奸有功，如今让咱们上殿奏明此事呢。"

吕布双手抓住貂蝉的双手，兴奋地说："是啊，还是我娘子聪明，这一招真灵。"

"好啦，你们随我来上殿。"典狱房张大人微笑着说。

朝堂之上，二十三岁的皇上刘协身穿紫金龙袍，头戴皇冠，威严地端坐在龙椅之上，旁边坐着皇后张娘娘，两边站着丫鬟太监，大殿内两边立着文武百官，朝中大臣。只见太监郑浩手拿蝇甩，上前大喝：

"宣中郎将吕布，貂蝉觐见。"

此时，只见吕布走在前面，后面紧跟着貂蝉上殿，他们双双跪下，低头道："吾皇万岁万岁万万岁。"

"平身。"皇上站起身走到殿前说。

"谢皇上。"他二人起身后立在一旁。

"宣吕布上前回话。"郑公公大喝一声。

吕布走到殿前双手一拱，低头无语。

"你就是杀父夺妻的中郎将吕布？"皇上威严地问。

"正……正是小人所为。"吕布抬头战战兢兢地答道。

貂蝉急忙抬头说："皇上，冤枉啊，小女子貂蝉与吕将军定亲在前，而老贼在后，吕将军一气之下才将那董贼一枪刺死。"

"杀得好，吕布听旨。"皇上亲自宣布道，"中郎将吕布为朝廷除奸，护国有功，封吕布为骠骑将军，温侯爵，官四品即日起，进京护驾，赐吕布貂蝉金婚，三日后完婚，原董府为吕府，世代荫之。"

"谢皇上龙恩。"吕布连忙跪下谢恩。

"王允之女貂蝉协助未婚夫吕布行侠仗义，除奸有功，封将军夫人，官六品。"

此时，皇后张娘娘猛抬头高兴地说："看这貂蝉女子国色天香，侠肝义胆，小小年纪申明大义，聪明伶俐，就收为我的义妹吧，……貂蝉你可愿意？"

"小女子貂蝉非常愿意，谢皇后娘娘器重。"貂蝉跪着说。

"好啦，起来吧，……今后你可常来宫里看望姐姐，任何人不得阻拦。"

"谢皇后娘娘千岁千岁千千岁。"貂蝉再次跪着说道。

"起来吧。"张娘娘起身后，摇摆着身子回正阳宫去了。

吕布和貂蝉起身后退到了后边。

"皇上臣有事请奏。"兵部尚书黄瑞出列，双手一拱说。

"黄爱卿奏来。"

"谢皇上……司徒王允忠心圣上，多少年来他对董卓奸贼所作所为，十分不满，只是董贼武功高强，无人敢挡，且权倾朝野，把皇上根本不放在眼里，大臣们早就恨透他了，只是敢怒不敢言。唯独有我朝忠臣王允暗自发誓，要舍女除奸，为国除害，今吕布杀死董卓，实来王允施的美人计。"

"噢，真有此事？"皇上睁大眼睛问黄瑞。

"皇上，确有此事。"这时，诸位大臣都站出来齐声答道。

"王允听旨。"皇上走到殿前亲自宣旨。

"下官王允叩见皇上。吾皇万岁万岁万万岁。"王允连赶跪下，叩头说。

"王允忠勇可嘉，为大汉国事操劳，今除了董卓老贼，为国除了一奸，为民除了一害，真可谓国之大辛耶。朕真希望列位大臣，文武百官以司徒王允为楷模，共保汉朝江山，千秋永固，万代相传。"

"我等定以王允为楷模，共保我大汉江山，千秋永固，万代相传。"众大臣跪下，齐声呼道。

"王允教子有方，护国除奸有功，朕封你为护国公，官升一品，爵位世袭。"

王允赶忙跪下高呼："谢皇上龙恩。"

"皇上，臣有事请奏。"兵部尚书赵大人赵常林出列低头奏本。

"赵爱卿准奏，说来听听。"

"皇上，今董卓奸贼虽除，但他谋逆造反的死党余孽仍逍遥法外，臣恳请皇上将太监刘文正、长安道台杨林、渭南知府柳铭、副总兵马兴、咸阳巡抚岳文林、兵部次郎王贯等一案嫌犯捉拿归案，以便肃清余党，以儆效尤，重整朝纲。"

"赵爱卿言之有理，这事就交由你去办吧。"

"谢皇上龙恩。"赵常林退后站在一旁。

这时，郑公公蝇甩两甩："有事奏本，无事退朝。"

"臣还有一事要奏，臣听说貂蝉的亲生父亲李英也是一位忠良之后，他曾将女儿貂蝉送与司徒王允为义女后，独自一人翻墙越壁进入董府，刺伤了奸贼董卓，相比此人的武功不在董卓之下，皇上何不将此人……"

"皇上，小女子貂蝉的父亲名叫李英，他原是甘肃南安府（今陇西县）太守郭天义女婿陆智徒弟，这陆智武艺十分高强，堪称西北第一，只可惜被董卓奸贼打死，我父亲为了报仇，隐姓埋名，不知去向。小女子貂蝉请求公文一封，发往天水郡寻找我父。若皇上器重，可为我汉朝江山助一臂之力。"

"侠女貂蝉真是一心想着朝廷，想着朕的安危，不愧是忠良之后，巾帼英雄，朕准奏。"皇上说罢，转身要进到后殿。

"陛下，臣还有事请奏。"太尉张瑞出列后双手一拱说。

"陛下，今董贼一死，真可谓为国荡涤了污泥浊水，惩治腐败，顺应民心，弘扬正气，臣认为从今日起应着力于重整朝纲，招贤纳士，减轻赋税，鼓励农桑，百姓安居乐业，我大汉江山振兴则指日可待也。"

"好，就按张爱卿所奏叫吏部去办。列位臣功，今日所奏各司其职，各负其责，小心去办吧。"皇上说罢转身走了。

郑公公蝇甩一甩，大声喊道："退朝。"

……

这太守马遵将整个事情的经过一五一十地全讲给了忠郎将姜维。

姜维越听越激动，越听越兴奋，说："太守今日忙里抽闲将京城长安发生之事全部于我告知，这真是太好了。这貂蝉妹妹总算有信了，太守受末将一拜。"姜维说着给太守磕起头来。

"贤侄快快请起，你我都是自家人，何必这么客气。"太守忙扶起姜维，感激地说。

姜维坐下后，回头又说："太守，这京城长安发生的事情大人是怎么得知的？"

"给，这是侠女貂蝉奏请朝廷发出的一道官文，你看。"

姜维赶紧双手接过，打开一看，上写："甘肃天水郡太守马遵听示，今朝廷正在用人之际，烦劳太守在天水郡各县派人寻找，狄道县（今临洮县）李家庄人氏李英，若能找到，可派专人护送进京，当今皇上重重有赏。还请天水郡太守马遵马大人速速去办，不得延误。"

姜维看了后兴奋得一下子跳了起来，高兴地说："这不是要让师父黄龙进京护驾去呢吗？太好啦，我这就去冀县一趟，上西禅寺请我师父出山。"

"忠郎将姜维听令：命你火速赶往冀县西禅寺接你师父黄龙先来天水关一叙，后老夫派马车专人护送你师父黄龙，啊，不，是李英，进京面圣。"太守马遵威严地说。

"末将遵命。"姜维双手一拱，单膝跪地，高兴地答道。而后，转身就走。"慢，姜贤侄你不问问老夫为什么让你来完成这件差事吗？"

"请太守大人明示。"姜维双手一拱说。

"老夫是这么考虑的，这一来呢，你去找师父，是你们师徒团聚，好好叙叙旧，二来嘛，还可顺便回家看看你的老母，与妻儿团聚团聚，说说知心话，但可有一条，快去快回，不能耽误时日，天水关军情紧急，我这里早有南安府通牒文书说，蜀军诸葛丞相领兵十万，浩浩荡荡从汉中郡出发，经宝鸡峡向我天水关进发，这天水防务全指望你们几位少年将军呢，可来不得半点马虎。去吧，去吧。"太守马遵心事重重地说罢，用手一挥，回府去了。

这正是：

> 王允巧施美人计，
> 精忠报国应天意。
> 除了奸臣振朝纲，
> 谁知侠女化危机。

欲知这姜维回冀县后究竟发生了甚事，请看下回分解。

第十五章

寻恩师肝肠哭断　念师恩刻骨铭心

第五十七回　姜维寻师

　　且说，中郎将姜维带着天大的喜讯，看望师父、母亲、妻儿的急切心情，归心似箭，马不停蹄，一路飞奔，当日傍晚时分来到冀县西禅寺山下，他将马拴到一棵大树上，三步并作两步走上山去了，进得寺门高兴地大喊："师父，您在寺里吗？我姜维看您来了。"姜维喊着进得禅房，到处乱寻，就是不见师父黄龙的踪影。这时，从偏房出来一小道士，手拿蝇甩，双手一合，说："无量天尊，施主找谁？"

　　姜维提着包袱赶紧上前，双手一拱，说："这位小师父，你不认识我了，我是姜维啊，师父到哪里去了，怎么不见他出来？"

　　"啊，你是姜维哥哥，咱们半年不见了，我也好想你啊。"慧灵道士说罢，上前紧紧握住姜维的手，高兴地说。

　　"慧灵小师父，我也好想你啊，唉……怎么不见师父？"

　　"走，进禅房，先喝口茶，歇歇脚再说。"慧灵师父说罢，拉着姜维的手要进禅房。

　　姜维甩开慧灵道士的手，焦急地问："你说呀，师父他究竟怎么了？"

　　"你师父黄龙他于昨日三更时分一个人走了。"慧灵伤心地说。

　　"啊，我师父他走了，到哪儿去了，我有天大的喜事要告诉他呢。我师父他去哪儿了，我寻他去。"姜维不顾一切地追问。

　　"我也不知道黄道长去了哪儿，他料到你要上山来找他，他吩咐我说，再不要找他了，让我在这儿等你，姜维哥哥，你随我来。"慧灵说着拉着姜维的手来到禅房，从书箱里取出一封信，双手交给姜维，说，"这是黄龙道长临走前写给你的一封信，让我亲手交于你。"

　　姜维心如乱麻，不知何事，师父突然离开西禅寺，不知去向，这可如何是好？他寻思着打开信看了起来。

　　"姜维徒儿，当你打开这封信时，我已经走得很远了，你师父早已出家，本不应该卷入凡尘，再理凡事，可十五年前为师遇到了你，

打乱了我一心向佛，专心念经，不问尘事的决心。也许是咱师徒两人前世有缘，今世相聚，我一见到你，心中燃起了美好的向往，把生的希望寄托在你的身上。每当我与你教武之时，自己也信心十足，觉得年轻多了，今看到徒儿已文武双全，十八般武艺样样精通，天文，地理，兵法，布阵，无所不精，无所不通，如今可以驰骋疆场，独当一面了。后来你果真从军入伍在冀县做事，因功绩卓著又调入天水关做了中郎将，真是可喜可贺啊！多年来为师也听说了你的所作所为，没有给为师丢脸，我心足矣。至于貂蝉小女，为了活命，早在十四年前就已送人，早已是人家的孩子了，我看那王允是个好人，能够真心待我女儿，想必现在已经出落成大姑娘了，该嫁人了。我的女儿我知道，为师没有报成仇，女儿貂蝉是不会忘记这血海深仇的，为父相信，她不会给为父抹黑丢脸的，只要她快乐地活着，做父亲的就心安了。为师从今以后再无牵挂，出家人四海为家，云游天下，慈悲为怀，普度众生。为师多年来悟出了一个道理，凡事皆有缘分，凡人都有落路，心中除去仇恨方显胸襟宽怀，人间温暖，世道光明。切记，姜维徒儿，再不要寻找为师，就是你跑断腿，也找不到为师，今后自己的路自己走吧。你我缘已尽，何必再纠缠……"

姜维含着眼泪一口气看完，突然双膝一跪，双手向上一伸，声音沙哑着大喊道："恩师啊，你为什么要躲着我，你的恩情姜维我还没有报答呢，你知道吗？徒儿这次上山来，是奉天水郡太守马遵之命接你来的，你知道吗？你的女儿貂蝉与吕布在京城长安联手，除了奸贼董卓，已替你报了家仇国恨，这天大的喜讯你竟不知，不能与徒儿姜维同乐同庆。妹妹貂蝉的侠肝义胆、英雄壮举我姜维向谁诉说，真是痛杀人也！"姜维跪地悲伤地大哭起来。

这时，又进来几个道士，扶着劝慰姜维。姜维慢慢起身后，走到门外，意志坚决地说："不行，就是走到天涯海角，我也一定要寻到师父，你们谁也不要拦我。"

"姜维哥哥，你要去哪儿？"慧灵道士跑出去急问。

"我要寻我师父去。"姜维回头坚定地说。

"姜维哥哥，那日我老远看到师父他一路向西行走去了。"

"啊，向西什么地方？"

"这，贫道就不得而知了。"

姜维一路走着，寻思道："师父一路向西……莫非上了贵清山，那可是个名山仙观啊……对了，我何不上贵清山去寻找。"

这正是：

> 姜维快马传喜讯，
>
> 不见师父只见信。
>
> 心有千言向谁说，
>
> 师父恩情似海深。

欲知姜维此次能找到师父吗，请看下回分解。

第五十八回　再寻师父

　　且说，姜维推脱众人的手，飞奔下山，骑马向西面的贵清山去了。大约三个时辰后，他来到山下，拉马上山。抬头望见，山上松柏翠绿，古树参天，高山延绵，俊峰高大雄伟，富丽堂皇的庙宇殿堂林立于贵清山中央。又见佛堂内佛光闪烁，只听得殿内发出一阵阵整齐而洪亮的诵经声和那清脆富有节奏的铜铃和敲鼓声，响彻云霄。姜维拉马越走越近，又见殿内烛光闪闪，香火旺盛，许多善男信女烧香磕头，殿堂内香客出出进进，络绎不绝。"啊，好一个贵清仙观，神灵圣地，怪不得师父常提起这让人神往的贵清山。"姜维边走边寻思着。到了寺院，见有一道士正在扫院，上前双手一拱，问："请问师父，这是贵清山吗？"

　　"是，施主有何事吗？"那道士停住脚步单手一掌问。

　　"请问师父，你寺院可来过一位法号叫妙能，俗名叫黄龙的师父？"姜维问道。

　　"来过。"

　　"他现在在哪儿？"

　　"昨日刚走。"

　　"他去了哪儿？"姜维又喜又惊地问。

　　"贫道不知去向。"那道士单手作揖说。

　　这姜维又要连夜下山，去别处寻找。这道士相劝说："现天色已晚，不如请施主歇息一晚，等天亮后再寻找你那师父去。如何？"

　　姜维抬头一看，天色已黑，天空中闪烁着无数颗星星，便双手一拱说："谢谢师父留我，也好，姜维我就此歇息一晚，等天一亮就下山再到别处寻找师父。"

　　于是，有两位道士把姜维的马拉到后院马圈喂料去了。又有一位道士领姜维来到寺院偏房找了些吃的，姜维感激地说："谢谢师父关心。"

"敢问施主，从何方而来？"道士单手作揖地问道。

"我乃冀县人氏，现在天水关谋事，只因我师父妙能从冀县西禅寺出走，下落不明，我心里着急，放心不下，故来到贵清山访寻，实在是打搅师父了。"

"无妨，无妨。施主，我看你天生异相，英俊威严，将来必大有作为。"

姜维听罢，双手一拱说："师父，赞杀姜维也，可不敢这么说话，姜维只是在做一个人罢了。"

这时，已经夜深人静，突然有几个黑影闪窗而过。姜维顿时警觉起来，他赶忙起身追了出去，可不见了踪影。这时，那个道士出来问姜维说："你跑出来干啥？"

"我刚才看到有几个黑影从窗前一闪而过，想出来看个究竟。"

"没事，没事，也许是你看错了，走，咱们回房，歇息去吧。"

姜维也就没有在意，和衣睡下。但翻来覆去没有睡意，约半个时辰后，突然有人掌着火把，在前殿大喊："有贼，快捉贼啊。"黑夜中只见几个黑影从殿堂里出来，个个背着布包，撒腿就跑，且被这道士拦住，大声喊道："快把金佛爷放下，你们这伙贼人。"只见一个黑影朝道士踢了一脚，另一个黑影拔刀劈向道士，说时迟，那时快，姜维冲上前去，飞起一脚，将刀踢到空中，大声喊道："你们是什么人，敢在寺院抢劫？"

这正是：

> 姜维寻师不得见，
> 飞马直奔贵清山。
> 满腹话语无处诉，
> 师父到底在何处。

欲知姜维究竟如何将贼擒住，请看下回分解。

第五十九回　午夜擒贼

　　且说这时，前后寺院内众多道士纷纷起床，跑了出来，其中一个大喊："捉贼啊。"这几个黑影见势不妙，背着布包翻墙就跑，姜维猛追，赶上那几个黑影，上前抡拳踢腿，与黑影撕打起来。

　　这四个黑影拔刀刺向姜维，姜维左躲右闪，抡拳就砸，飞脚便踢，顿时，打得这四个黑影鼻青脸肿，跪地求饶说："好汉饶命，今晚所拿之物全在这儿，求好汉放我们一马。"其中一个黑影说着从布包里摸出几尊金佛玉佛，都放在了地上。

　　这时，灯笼火把把寺院围了个水泄不通，道长空空手拿蝇甩，单手作揖说道："这是哪里的盗贼，敢上我贵清山偷盗镇寺之宝，……噢，这位是？"

　　"师父，这是从冀县来的施主姜维，本应领他来见师父，徒儿见您正在禅房打坐，未敢打扰。您刚才都看到了，要不是这位施主及时赶来相助，咱寺院请来的这些金佛玉佛早就被强盗偷走了。"了然道士单手在眼前一举说。

　　"哦，你就是武功盖世，大名鼎鼎，威震四方的将军姜维吗？今日一见果然名不虚传，贫道万谢将军及时出手相救，不然我寺内那几尊镇寺之宝金佛玉佛可就……哎，将军不但武功高强，贫道听说你还是个大孝子呢。"空空道长单手一举说道。

　　"谢师父夸奖，姜维实不敢当，师父是怎么知道的呀？"姜维双手一拱，不解地问。

　　"你师父妙能道长临走时已交代于贫道，吾已在此等候你多时了，姜维你随我来。"空空道长说罢领姜维来到禅房，而后从书箱里取出一封信来，交于姜维又说："你师父妙能知道你要来贵清山寺院寻他，把这封信让贫道亲手交于你。"

　　"师父真乃神人，怎能料到我姜维能来贵清山寻他？"姜维手里拿着信吃惊地自语道。

"你自己一看就明白了，贫道这就别过，无量天尊。"空空道长说完将蝇甩一甩走了。

姜维赶忙拆开信看了起来，"姜维徒儿，你我相处十多年，徒儿的个性为师了如指掌，知道你不到黄河心不甘，非来贵清山寻我不可，故在夜里烛光下写此封信，让贵清山空空道长亲手交于你。上封信中为师说你我师徒缘已尽，再不必找我，可为师心里一直放心不下的是徒儿秉性耿直，光明磊落，一生心存善念，过于忠厚老实，凡事总让着别人，谁家有难总是前去解救，宁让自己吃亏，不让别人受难。殊不知世间事物有千差万别，世间人有好坏善恶之分，师父第二封信所要忠告你的是以后的路还长着呢，徒儿切记为师一句话，常言道，害人之心不可有，防人之心不可无，往后谨防小人进谗言谋害徒儿。姜维徒儿，为师不能看着徒儿的人生道路如何去走，但为师心里一直装着徒儿的一举一动，你知道吗？你有难当师父的怎么能不救啊，只可惜为师道行不深，没有练到炉火纯青的境界。好了，再不多说了，也再不要寻为师了，做你该做的事情去吧，为师能为徒儿要做的就是这些了……无量天尊。"

姜维看罢信，心情久久不能平静。片刻后，他慢慢回味过来，已泣不成声，高喊："我的恩师啊，你在哪里，为何不当面教导徒儿，徒儿迷茫啊！徒儿姜维今日能看到师父肺腑之言，感杀徒儿了，痛杀徒儿了！徒儿一生能遇到师父这样的恩人，此生足矣。"

姜维慢慢地走出了贵清山寺院，牵上马向贵清山道观诸位道士告别。

"空空道长，我姜维就此告别，万谢诸位师父照看，咱们后会有期……"姜维说罢双手一拱头，牵马下山去了。这空空道长及众道士们挥手相望。空空道长叹息地说："真是一员虎将，对他师父还是如此的忠心，难得，难得，吾观他面相，此人日后可前途无量，无量天尊。"说罢单手一举，蝇甩一挥走了。

且说姜维两次未找到师父，心情忧伤地骑着马慢慢地回到冀县城

里东巷家中来看望母亲和妻儿。

他一进门二话没说就无力地瘫在那儿，眼睛一闭喘着粗气，这一举动着实惊吓了母亲柴氏，她连忙摇着姜维叫："维儿醒醒，你这是怎么了？"

这时妻子银环和儿子姜鸳也迎了上来看个究竟。"夫君醒醒。"银环急了摇着姜维。

"爹爹，你要睡觉吗？去，到炕上睡去。"小儿姜鸳也摇着他父亲姜维的胳膊哭了起来。

"我这是到哪儿呢？"姜维慢慢苏醒后发问。

"傻孩子，你不是已经到家了吗？还问娘干啥。"

"啊，娘，是您啊，"姜维一惊赶紧站起双手一拱低头说。

"维儿，你到底是怎么了，是不是病了？"柴氏说着摸了摸姜维的额头，惊讶地说，"啊，还烫手呢……快，银环拿条湿毛巾。"

"母亲，儿没事，我师父他离我而去了。"姜维伤感地说。

"黄龙道长他到哪儿去了？"柴氏追问道。

"儿奉天水太守马遵之命来冀县上西禅寺寻找师父，但他已经走了，且留下一封信于儿。儿后来又追到贵清山寺观，他又留下一封信，就是不见徒儿，真是伤心。"

"维儿不必悲伤，你师父他这是云游四海去了，日后会见面的……银环快快做饭去吧，他饿了。"柴氏说罢与媳妇银环一起下厨房做饭去了。只有小儿姜鸳捏着父亲的鼻子，亲着脸，嘻嘻笑着。

此时，忽有两公差上门来问："此处是中郎将姜维家吗？"

随即，银环出来应声道："正是姜维之家，官差有何贵干？"

"我二人奉天水郡太守马遵马大人之命，快马来请姜将军回城，说有紧急军情。"其中一人双手一拱说。

"不去，不去，你们回吧，我还要看望我的恩师石老先生去呢。"姜维坐起身一看来人生气地说。

"吾儿，还是回城吧，公干要紧，你师父那儿，为娘抽个空去看望就是了。"柴氏听说有人来找姜维，出来看个究竟。

　　片刻后饭已经熟了，银环叫公差一起用饭。饭后姜维为母亲捶了背烫了脚，与公差一起出发去了天水关。

　　这正是：

姜维寻师肠哭断，

不见黄河心不干。

十年教导铭记心，

终生难忘师父恩。

　　欲知姜维与赵云大战究竟谁胜谁负，请看下回分解。

第十六章

战赵云威武神勇　布奇阵诸葛失魂

第六十回　大败赵云

且说公元 229 年 8 月的一天，天水郡太守马遵府上众将议事。

忽然军师梁绪入府，取出公文交于马遵说："都督求安定（今庆阳市）天水两郡之兵星夜救应。"梁绪双眼盯着马遵，马遵没有理会梁绪，梁绪言罢告退而去。当晚无话，次日又有人报马遵说："安定兵已先去了，叫太守火急前来会合。"马遵听后，正欲起兵，"不可，太守中诸葛亮计矣！"中郎将姜维双手一拱急说。

"那依汝之见？"太守马遵忙问。

姜维笑着说："太守放心，我有一计，可擒诸葛亮解南安（今陇西县）之危也。""将军快说，是何计策？"马遵急问。

姜维献计说："今诸葛亮领兵西进天水关，必伏兵于郡后，望我兵出城，乘虚袭我，我愿领精兵三千，伏于要路。太守可随后发兵出城，不可远去，止行三十里便回，但看火起为号，前后夹攻，可获大胜，如诸葛亮自来必为某所擒矣！"

马遵回头看了一下姜维，又向在座的梁绪、梁虞、尹赏等大将瞟了一眼，将了将胡须，沉思片刻，忽然站起身说："此计甚妙，吾看能行……姜维听令。"

"末将在。"姜维双手一拱答道。

"吾于你精兵三千可提前出城，埋伏于大路两边，吾等领兵八千出城等候……梁绪、尹赏两位将军守城。"

"末将遵命。"梁尹二人起立双手一拱答道。

此时，诸葛亮已领大军逼近天水郡东关八十里，安营扎寨，逐遣赵云领兵五千，提前埋伏于山后。

忽有细作来报双手一拱说："报赵将军，天水太守马遵起兵出城，只留文官梁绪等守城。"赵云听罢哈哈大笑起来，站起身在账内转了一圈得意地说："果然不出孔明军师之所料，马遵必亡也。"孔明在帐内摇着鹅毛扇子站起说："张冀、高翔二位将军听令。"

"末将在。"张、高二将双手一拱答道。"命你二人领兵三千,预先埋伏于城墙两侧,拦路截杀马遵。"

"末将遵命!"此二人双手一拱出帐去了。

此时,赵云领兵五千直奔天水关城下,士兵摆开阵势后准备攻城,人称威武将军,常坂坡七出七进杀得敌军胆战心寒的赵云赵子龙,立于马上大声高喊:"吾乃常山赵子龙也,汝已中计,早献城池,免遭诛戮!"

城上梁绪大笑道:"汝已中了姜伯约姜维之计也,还尚然不知!"赵云一听大怒说:"汝姜伯约有何能耐,安敢言计乎?"

"赵云小儿,吾将姜伯约文武双全,上知天文,下晓地理,不次于你家丞相,又使得一杆黄龙带把枪,武功了得,待会儿汝就知道了。"军师梁绪声音洪亮地说。

"休得口出狂言……众将们冲啊!"只见赵云五千人马开始攻城。忽然喊声大震,火光冲天,只见人群中当先一位少年将军挺枪跃马大喊:"汝见天水姜伯约乎?"

赵云挺枪直取姜维,姜维挺枪直刺赵云,双方激战五十回合,难分胜负,姜维精神倍增,越战越勇。他骑在马上当赵云用枪刺来时突然跃起,在空中来了个鹞子翻身,又落于马上来战赵云。

赵云骑在马上大惊道:"谁想此处竟有这般人物,厉害了得!"赵云来回躲闪,连连后退。姜维直取赵云,后姜维诈败,勒马而走,赵云又紧追不舍,挺枪直取姜维,姜维突然回马刺枪,将赵云一枪钩于马下。

且说,姜维一枪将赵云钩于马下,正欲用枪鞭结果赵云性命,幸赵云副将张翼策马用长矛拨过挡住,才免得一死,赵云急忙上马低头回营。姜维无心再战,逐收兵回营。梁绪在城上看得清楚,仰头大笑说:"吾看常山赵子龙不过如此,若不是手下及时相救,早死于我家将军姜维枪下了。弟兄们,快快打开城门,接姜将军回城。"

且说赵云上气不接下气,骑马低头跑回蜀营,下马走进账内,双手一拱难过地说："丞相，云中了姜维小儿之计了。"孔明抬头惊问："此是何人，识吾玄机？"旁有南安府人副将马岱说："此人姓姜名维，字伯约，天水冀城人也，他事母至孝，文武双全，智勇足备，真当世之英杰也！"

"此人年纪虽小，却练就一手好枪法，他先刺后钩再鞭，防不胜防，且马上功夫了得，还会轻功，云跟随丞相十余载，大小战场经历无数，曾战胜过不少英雄豪杰，也有无数常胜将军死于我的枪下，可从未遇到过如此厉害之人！"赵云惭愧地说。

诸葛亮听罢吃惊地一个劲地摇着鹅毛扇子在帐内来回踱步，继而严肃地说："吾今欲取天水，不想竟有此人！""丞相，云是否老了，不中用了？"赵云脸一红，双手一拱说。

"不老不老，你兄长黄忠都快八十了，都不言老，爱将还不到六十，安敢言老也……想当年将军为救主公的二位夫人，身背小阿斗，与曹军在常坂坡杀了个七出七进，曹军人仰马翻、血流成河，曹操看到后都吓破了胆，连忙退回营去了。吾以为今日一战输给了姜维，则是姜维姜伯约年轻气盛，马上轻功又好，再加上姜维用活了高人指点的黄龙带把枪奇术，才略胜将军一头。将军不必自责，胜败乃兵家常事，以后认真对付姜维就是了。"诸葛亮拍着赵云的肩膀安慰了一番。不日，诸葛亮亲自率领大军来到天水关前。

姜维在账中双手一拱说："太守，今赵云败走，孔明必然会来，彼料我军必在城中，今可将本部军马分为四支，某愿领一军伏于城东，如彼兵到可截之，太守与梁将军、尹将军各引一军于城外埋伏，梁军师可率百姓在城上防御。"

"好，本太守全听你的，这一回可让诸葛小儿尝尝吾的厉害，天水郡军民一律依伯约之计行事，不得有误。"太守马遵安排停当。

这正是：

> 少年初出天水关，
> 威武神勇不一般。

立马持枪来上阵，

大败赵云人赞叹。

欲知姜维究竟摆了何阵，请看下回分解。

第六十一回　巧布奇阵

且说，姜维大败赵云后，进得帐来，太守马遵一见立即双手一拱，哈哈大笑说："吾没有看错人，尔今日能大败蜀军常胜将军常山赵云赵子龙，真乃天下无敌将军也。想当年，那赵子龙身背阿斗，一个人冲入敌阵，在长坂坡杀了个七出七进，血染红河，好生厉害……看来将军的武艺比起赵云来有过之而无不及，今后天水防务全靠姜将军了。"

"太守过奖了，那赵云确系一员威震四方的虎将，要不是今日我灵活应用师父传授于我的黄龙带把枪的枪法，恐难敌此人也。"姜维双手一拱谦逊地说。

一日，诸葛亮亲自领兵三万，浩浩荡荡来到天水关下。他骑在马上抬头望见一座远山（今麦积山），惊讶地说："啊呀！此处还有这等雄伟壮观之山，真乃是人间天堂，神仙圣地也！"

孔明摇着鹅毛扇子在马上传令说："凡攻城以初到之日，激励三军鼓噪直上，若迟延日久恐锐气尽丧，极难破矣。"

于是大军来到城下。孔明用目观看城楼，见城上旗帜整齐，守军密布，未敢轻攻，逐命令三军原地歇息。候至半夜时分，正要出战，忽然城外四下火光冲天，喊声震地，马遵各路人马杀出。同时城上亦鼓噪呐喊相应。此时毫无防备的蜀兵听到喊杀声到处乱窜，黑夜中这诸葛亮不知军情突变，急忙起身走出帐外看个究竟，旁边张苞连忙大喊："丞相城外有伏兵，危险。"孔明急上马看时，魏军已四面包抄过来，为首的一员虎将骑马率先冲入蜀军阵中，大喊一声："吾姜维来也，诸葛老儿休走，看枪。"眼看孔明今日命休，身边幸有关兴张苞二将保护，才杀出重围。

且说，孔明好不容易突围后，骑在马上回头看时，只见正东方军马一带火光势若长蛇，摆布整齐，井然有序。突然火光左右摆动，上下穿梭，喊杀声、马叫声响彻云霄。

"关将军你速派人前去打探虚实。"孔明骑在马上急忙说道。

片刻后，来人回报说："丞相，此乃姜维兵也。"

孔明叹气道："兵不在多，在人之调遣耳，此人真将才也。"便收兵退回三十里，安营扎寨。

正当诸葛亮率领十万蜀军举棋不定，寝食难安，进退两难之时，忽听帐外有人说话。

"诸葛丞相请用膳。"听见伙夫老魏头在帐外吆喝，站在帐外的卫兵接住膳盒用手一挥说："回去吧。""慢，叫伙夫进来，吾有话要问。"诸葛亮听见后急忙在帐内说道。

这伙夫战战兢兢地走了进来，跪下给诸葛亮施礼。

"起来说话，坐。"诸葛亮用手一指旁边的一把椅子说。

"老奴不敢。"

"但坐无妨。"老魏头慢慢坐下。

"吾听说汝是冀县人氏。"诸葛丞相微笑着问。

"老奴正是……冀县城东黄家磨村人。"

"甚好，吾问汝，姜维是冀县哪里人氏？"

"回禀丞相，姜维是城东姜家庄人氏，离老奴家不远，姜家庄上老奴还有亲戚。"

"那甚好……汝知道姜维的家境何如？"诸葛亮面露笑容不住地摇着手中的扇子自语道，"吾与姜维有缘，只可惜不能相见。"

"回禀丞相……提起姜维这娃儿可苦呢！他从小就失去了父亲，其父名叫姜囧，他原是天水郡一功曹！在一次与山贼征战中阵亡，二女姜菇送人，小儿姜和饿死，此后与母亲柴氏相依为命，母亲纺线织布，儿子进山打柴。噢，对了！他可是远近有名的大孝子啊！他每次拾柴下山回来，总要为他母亲捶背揉肩，而后从锅里舀出热水，放上从山里采来的草药，为他母亲泡脚。后来他母亲病了，又到处寻找先生为他母亲看病熬药喂药。"

"真是天下少有的大孝子呀。"诸葛亮听罢赞叹地说。

"啊！好一个孝顺的姜维、姜伯约，吾今日遇见汝是成就蜀汉大业的一件幸事……好啦！吾今日与汝说的话不许外传，你回去吧！"

"谢丞相。"这伙夫起身双手一拱退了出去。

诸葛丞相听了伙夫一席话，深感姜维不仅具备文韬武略，善于布阵，精通兵法，而且还是天下有名的大孝子，越发要想得到此人，为自己所用。他夜不能眠，茶饭无味，精神不振，如失魂一般。

这正是：

> 巧布奇阵破蜀军，
> 孔明胆战心又惊。
> 幸有张苞关心在，
> 魏国军队才扑空。

欲知诸葛亮究竟能否得到姜维，请看下回分解。

第六十二回　大战魏延

　　且说，诸葛亮在帐内摇着鹅毛扇子来回踱步，思绪万千，老将军赵云赵子龙的一番话又在耳边响起，天水关少年英雄姜维的身影又在脑海里浮现，姜维此人何等厉害，要攻破天水关非降服此人不可。他沉思片刻后摇着鹅毛扇子突然大喊道："传魏延进帐！"魏延立即进帐双手一拱说："末将在。"

　　"魏延汝可引一军，虚张声势，诈取冀县，记住！若姜维到，可放入城，千万不要让姜维走脱，但不可伤他性命。"

　　"末将遵命！"魏延转身出帐。孔明命人传赵云进帐，回过头又问谋士说："此地何处紧要？"谋士说："天水钱粮皆在上邽（今清水县），这里粮道狭窄，通行不便。"孔明听罢哈哈大笑。心中已经有了主意。

　　此时赵云进帐，双手一拱站在一旁。"汝可引一军去攻上邽，进城后即派人送信与吾。""末将遵命。"赵云转身出帐。

　　这边早有细作报入天水郡马遵处说："蜀军今分兵三路，一军守此郡，一军取上邽，一军取冀城。"厅内姜维听后急忙与马遵说："维母现在冀城，恐母有失，维乞一军救此城，兼保老母。"马遵说："好，吾与汝三千人马去保冀城。"

　　"末将遵命。"姜维救母心切，急忙转身去了。

　　"梁将军，汝可引军三千去保上邽。"

　　"末将遵命。"梁虞转身去了。

　　且说这姜维率领三千人马急速向冀城赶去，约两个时辰后来到城下。蜀军大将魏延早领兵摆开一字长蛇阵，专等魏军来袭。魏延看清为首的一员大将是魏将姜维时，遂骑马握一把大刀向姜维冲来，姜维见了魏延也持枪奔了过来，眼看黄龙带把枪枪头已刺向魏延心窝，魏延急忙向后一仰，一闪而过。当魏延大刀抡过来时，姜维"嗖"地一下跃在半空，魏延大刀扑空，姜、魏二将均策马向前，两人对阵互相厮杀起来，交战三十回合不分胜负，魏延诈败奔走，姜维紧追不舍，追了一阵后自语道："不能再追了，此恐又是孔明计谋，吾还是快快进城。"

姜维领兵进城后关闭城门，命军士上城固守，而后赶回家去见母亲。

"母亲可好，儿看你来了。"一进门姜维便扑通一声跪倒在地，一个劲地磕头，"儿本应早来看望母亲，与母亲团聚。可近来天水关军情紧急，儿本着先有国后有家，国事大于家事的道理办差，因此，维儿来迟了，还望母亲见谅。"

"我儿起来，母亲知道儿公事繁忙，身不由己，在外当兵吃粮一切全由官家定夺，母亲不怪维儿就是了，起来，母亲有话要问。"柴氏坐在椅子上说。

"母亲请讲，孩儿听着呢！"

"维儿，母亲听说，蜀军丞相诸葛亮领兵打过来了，可有此事？"柴氏不安地问。

"确有此事……母亲你是怎么知道的？"姜维怀疑地问。

"这几日满城的人们都在传说，谁不知道，有人还说这诸葛亮才是匡复汉室的丞相……依母亲说，还是不要打仗，免得城里百姓遭殃，母亲性命难保……你师父黄道长不是与儿常说，这诸葛丞相的主公刘备才是汉室正宗，魏军曹操奸相篡权，诸葛亮代表刘备来收复被曹操占领的地盘吗？这本来就是天经地义的事，儿也常说咱们老百姓都是大汉的子民呀！怎么到如今……"

"母亲不要再说了，这是各为其主，儿食曹丞相俸禄。如今杨县令把母亲与银环和姜鸳接到县城来住，这恩维儿还未能报答，就被那天水郡太守马遵调到天水关去了，儿不能忘恩负义，违背良心，再说眼下蜀国十万大军来攻天水，儿作为天水关守军中郎将，怎能坐视不管，无动于衷呢……好了，不谈这些了，维儿与母亲洗洗脚，歇息吧！"这时天色已晚了。姜维为母亲洗了脚后，在偏房睡下了。

且说，魏延与姜维今日对阵，没讨去便宜，他按照诸葛丞相的计谋假装败去，将姜维引向埋伏圈，但姜维机警，没有上当，退城据守。

　　魏延深知姜维此人诡计多端，故而不敢贸然攻冀城，只得领兵连夜退回天水关蜀军大营去了。

　　次日清晨，姜维起身后留一千人马与冀县军民一起守城，防止魏延再次领兵来袭，将其余两千人马带回天水关，向太守马遵交差。

　　谁料想，今日姜维与魏延一战却留下了魏延对姜维的忌恨、嫉妒和不满，但他无力对抗姜维，却把一肚子的怨气都发泄到丞相诸葛亮身上。他认为自己身为蜀军大将，屡立战功，姜维一个刚投蜀不久的毛头小子，丞相凭什么处处偏心、器重、培养他？因而后来就出现了五丈原诸葛亮得病后，向天祈祷延命时，魏延突然进帐，他带来的风一下子扇灭了所有的蜡烛。诸葛亮生气地说："吾命休也。"这件事有人说魏延进帐是禀报军情，无意之举，可又有人说魏延进帐是存心不良，加害孔明，当然这是后话。

　　这正是：

　　　　　　棋逢对手无上下，

　　　　　　将遇良才挣死马。

　　　　　　魏延大刀不留情，

　　　　　　姜维长矛不认人。

　　欲知姜维究竟如何御敌，请看下回分解。

第十七章

遇劲敌兵临城下　保天水姜维施策

第六十三回　烛下谋略

且说，夜已经很深了，太守马遵府厅里，还亮着蜡烛灯光，火苗不时激起，在白绸布灯笼衬映下一闪一闪，只看到周围众将士紧张而严肃的面孔，他们正对着军事地图商讨着迎敌大计。此时，太守马遵、中郎将姜维、军师梁绪、副将尹赏、参军梁虔、统领刘英等众将士围着桌子坐着，鸦雀无声，一言不发。片刻后，突然闯进来一人，双手一拱，上气不接下气地低头说："禀太守大人，您白天派我等前去打探蜀军诸葛亮究竟兵在何处？这诸葛孔明诡计多端，十万军队一夜之间全不见了，就像人间蒸发了一般。今日天刚蒙蒙亮，我等化装悄悄趟过渭河南岸，爬上凤凰山往下看时，这山沟里连个鬼都没有，哪还有什么人呢？""好了，尔下去吧……这就奇了，咱们的探马明明看见蜀军战旗摇晃，马蹄声声，黑压压一片，急匆匆趟过渭河往南山峡谷钻去，一夜之间怎么就不见了呢？"马遵惊慌地说罢，又长叹道，"哎，这可如何是好？兵书云：'知己知彼，方能百战不殆'，咱们当下不掌握蜀军军情，又不知道诸葛亮的下一步打算，如何应对迎敌呀？"

天水郡太守马遵他哪里知道，原来诸葛亮为了早日夺取天水等郡县，恢复中原，采用了移花接木之计，布包马蹄，偃旗息鼓，待后夜三更时分，神不知鬼不觉地悄悄统率十万大军，趟渭河南岸上小陇山山峰处安营扎寨。那里山大沟深，森林茂密，却居高临下，天水城一览眼底。而城内魏军却看不到蜀军踪影。他在明，我在暗，此乃调兵遣将，一劳永逸，夺取天水关的好去处。

这时，大厅内空气仿佛凝固了似的，众将士你看着我我看着你，沉默无言。片刻后，姜维"忽"的一下站起，睁大眼睛仰头双手一拱，胸有成竹地说："大人，休得叹气，末将有一计策，保管让他诸葛亮立马现出原形，将蜀军尽暴露在我军视线范围之内，到那时尽管调遣军队，准备作战便可，此仗可胜也。"

正在不知所措的马遵听到姜维又有了计策，突然眼前一亮，"嗖"的一下站起，紧紧握住姜维的手激动地说："吾就知道姜将军又有计谋，快说，是何计策，让大伙听听。"

姜维来回踱步，沉思一阵后突然停住脚步对着众将士严肃地说："此乃连环之计，我师父黄龙说了，一般情况下不用此计，除非军情十万火急，大有天塌地陷的危急关头才能使用此计，以解危局也……不过……"

"不过什么？贤侄快讲。"马遵眼睛死盯着姜维追问。

姜维双手一拱抑头说："回大人问话，此计一旦用出，若让诸葛亮识破，反而会引来杀身之祸，灭顶之灾啊，恐要全军覆没……不过，话又说回来，此计用得恰当，则我军略胜一筹，还是力保平手吧。"

"姜将军，你快说究竟是何计谋，真是急死人了。"旁边坐着的副将尹赏焦急地说。

"施用此计的目的是要让敌人自乱阵脚，乱则胜，不乱则自取灭亡也，因而是一步险棋啊。"姜维思绪万千，还是没有说出正题。

旁边梁绪军师着急地说："听闻诸葛亮诡计多端，神机妙算，若不上将军的当如何是好？"

"如今只能是走一步算一步了，战场形式瞬息万变，很难预料，只好随机应变罢了……姜将军，快说，是甚计谋，如今都到这份上了，还顾得了那些，大不了我天水关军民又有一场血战，誓与天水共存亡。"马遵双眼一瞪盯着众将士，语气坚决地说。而后，又回过头来用温和的口气焦急地问，"究竟甚计，急煞老夫了。"

姜维赶紧双手一拱说："此计可连施三策，先用打草惊蛇，继而虚张声势，最后咱们再来个声东击西，可一举而歼灭来犯之敌也……这打草惊蛇之计嘛，孙子兵法上云：'敌力不露，阴谋深沉，未可轻进，应主动探其锋……'兵书上又云：'军旁有险阻，沟井、芦苇、山林、翳荟者，必谨复索之，此伏奸之所在……'此乃第一计也；第二计为虚张声势，也就是说为引敌军出来暴露其位置，须以一小部兵力先主动暴露自己，以引起敌军主力的注意，此也叫引火烧身之计也，但此计的妙用在于暴露敌军主力，而后再声东击西，最终将其歼灭之。"

"姜将军，快说这声东之计如何实施？"桌旁梁虞将军急忙站起身看着姜维问道。

这正是：

保天水姜维施策，

战蜀军计上心来。

遇孔明未敢轻敌，

出奇兵两军对垒。

欲知姜维究竟定何计谋，请看下回分解。

第六十四回　一施三计

　　"这声东击西之计就是摸清了敌军主力的位置之后先不打，而以一小部兵力绕过去袭击敌军别处的布防兵力，以吸引其敌军主力，增援布防兵力，迷惑敌军首脑兵营（指挥部），而后紧接着我军则神不知鬼不觉派出主力，专打在路上增援的敌军主力。"姜维喝了一口茶后继续说，"这声东击西之计是自古以来兵家常用的一种战术'声东'者为明，以虚充实，虚张声势，迷惑敌人。'击西'者为暗，以真正的实力、迅雷不及掩耳的速度一举将敌军击败。据史载西汉时大将军项羽在坝上与敌军作战时，就用过此计，最后一举歼灭了大量敌人。"

　　姜维大谈《孙子兵法》用兵之道时，在座的众将士都屏住呼吸、目不转睛地盯着姜维竖起耳朵听着，唯恐遗漏了什么，这马遵更是竖起双耳听得入迷了，你看他一会儿站起，一会儿坐下，又不断地捋着胡须抬头点头，当姜维讲完后还愣在那儿不知所措。

　　"大人，马大人，您怎么了……"姜维双手一拱惊奇地问道。

　　"哎，你讲完了，再没有了……啊，将才，真是精通《孙子兵法》的将才，我大魏国难得的将才啊，有你在，我天水关无忧……等打完这一仗守住了天水，吾一定保荐尔到朝廷曹丞相帐下为国效力。"马遵说罢捋了捋胡须哈哈大笑起来。

　　此时姜维贴在马遵耳边低声神秘地窃窃私语，马遵不住地点头微笑。姜维如此这般说了一遍，而后，面向大家看了一眼，笑着说："请诸位将军、军师见谅，此计的具体实施事关重大，关系全局，须绝对保密，我只能与太守马大人一人讲了。"

　　"众将士听令，今夜的军情商讨会就到这，此次军事行动全由中郎将姜维和吾指挥定夺，明日一早大厅内领命。"

　　且说，姜维当夜贴在马遵耳边如此这般说了一番，众将士离去，一夜无话。次日清晨，大家不敢怠慢，很早就穿戴盔甲，手执兵器，来到马遵府内大厅，单等太守发号施令，太守用手捋了一下胡须威严地命令道："梁将军听令，汝可率兵五千，趟渭河往小陇山方向进发，若遇蜀军来袭，于我狠狠地打……"

"末将遵命。"梁绪等双手一拱出厅去了。

"尹将军听令，汝可率兵八千，严把死守东城门，若蜀军来攻城，汝可还击，但不可出城。"

"末将遵命。"尹赏等双手一拱出厅去了。

"中郎将姜维听令，汝可引兵三万，提前埋伏于渭河南岸密林处，单等蜀军到，可一举歼灭之。"

"末将遵命。末将早已按照咱们的计谋，于后夜三更提前调动三万军马趟渭河埋伏于南岸密林深处，今早故回来复命。"

马遵听后，赶忙上前紧紧握住姜维的双手，激动地说："姜贤侄果然聪明机警，俗话说，凡事预则利不预则废，既然叫伏兵，就不能在大白天大鸣大放地行动，吾怎么把这点给忽略了，差一点坏了大事。姜将军既然早就把伏兵放在那儿了，好，那你我就赶快回到军营中等待，按计行事吧。"马遵说罢，两人骑马趟渭河向南岸密林深处去了。

且说，诸葛亮领兵十万，在小陇山山峰处安营扎寨后，士兵正在休息，只有峻峰处诸葛亮的帐篷里还亮着微弱的烛光，只见诸葛亮一手掌着蜡烛，走到帐篷内挂着的天水郡地图跟前，仔细地查看着天水关东南西北四处城楼上魏军摆布情况。片刻后，自语道："吾自请旨后主刘禅领兵二十余万，为恢复汉室江山，不落入奸相曹操之手。从汉中出发，一路上披荆斩棘，夺关斩将，虽说折了不少的兵将，让人痛心，但也收服了不少城池，接纳了一些魏军降将，扩大了蜀军地盘，这些地方的百姓甚是拥戴。所到之处吾已留兵将各处把守，并扶持当地府衙，大搞农桑，百姓生活有了改善，他们甚是拥戴蜀军，感恩后主，这也正是吾作为蜀国丞相的欣慰之处……可自发兵天水关，已两月有余，却毫无进展，这天水关可是一块难啃的硬骨头啊。"诸葛亮唉声叹气地摇了摇头，他顿时眼前一黑，只觉天昏地暗，不由自主地摇晃了两下，站立不住，帐内副将关兴急忙扶住丞相让他在军床上躺下

了。此时诸葛亮因操劳过度，加之行军打仗，吃不好，睡不好，已积劳成疾。这一夜诸葛亮又失眠了。

这正是：

> 姜维用计妙如神，
>
> 孔明运筹帷幄中。
>
> 三步险棋一招破，
>
> 两人斗智又斗勇。

欲知孔明如何行动，请看下回分解。

第六十五回　孔明退兵

且说，副将梁绪等率魏军（守城军队）五千人马，战旗飘飘，浩浩荡荡趟渭水而过，向天水郡东南方的大山（今小陇山）进发，当军队行进至山根处立足未稳时，突然喊杀声震天，锣鼓声声，随即从侧面山头上冲下来数千蜀军，他们在副将马岱、关兴等的率领下个个如猛虎下山，蛟龙摆尾，顿时围住魏军双方互相厮杀起来，眼看魏军渐渐不支。这时，驻扎在渭河南岸的驻防守军由副将梁虞等率军三千人马又从侧翼冲杀过来，魏军两处兵当下合为一处，形成夹击之势，蜀军副将马岱、关兴等众将士在阵中左右冲杀。一阵后，终因寡不敌众，被魏军打得落花流水，节节败退，伤亡惨重。眼看山下蜀军就要被魏军围住包了饺子时，主峰上诸葛亮看得清楚，忙叫鸣锣收兵，命马岱、关兴等将士二千多人退回山上。"丞相何不再派兵增援，末将愿领一支军下山增援马岱将军，却为何收兵？"副将张翼瞪大环眼努着嘴说。

"张将军，尔等有所不知，此乃姜维打草惊蛇之计也，他用计在于故意虚张声势，暴露自己，其目的则是让我军主力下山增援马岱他们，已暴露其我军主力位置于魏军面前……"诸葛亮摇着鹅毛扇子接着说，"后面姜维还有计谋，好乘我军立足未稳之际，一举歼灭我军于天水关。好一个姜维姜伯约，竟然与老夫使用起声东击西之计来了。"

"啊？"副将张翼吃惊地猛吸了一口凉气："原来如此，我差一点上了姜维小儿的当了……好险啊，幸亏丞相技高一筹，慧眼及时识破了姜维小儿之诡计也。"

"何人教姜维使用连环之计……有机会吾定要会会此等高人。"诸葛亮摇着鹅毛扇子惊讶地说。

此时马岱、关兴等军听到鸣金，急忙丢盔弃甲拼命从山沟里逃上山去了。

这时的中郎将姜维领着另一路三万大军与后夜提前埋伏于渭河南

岸（元龙山）密林深处，单等诸葛亮主力下山增援时，出其不易，突然袭击，一举歼灭之。可等了半天，就是不见蜀军主力下山增援。此时，太守马遵仰起头不耐烦地说："今日上午一仗，明明我军战胜了蜀军，打得马岱、关兴等丢盔弃甲，狼狈逃窜，诸葛老儿却为何见死不救，迟迟不肯下山救援，多好的战机啊，诸葛老儿没上当，太可惜了，这究竟是为何？"

"果然不出我之所料，诸葛亮真神人也，天下奇才啊，他站在山上已观出了我的连环之计，因而没有上当，马大人，这就是最好的结果了……此役在我军力量消耗不大的情况下，已摸清了敌军主力所在的位置，完全暴露了诸葛亮的军事实力，不然人们都传说蜀军用十万兵力来攻打天水关，然而他们的主力究竟驻扎在何方？我们却一无所知，今日我军最大的收获不在于局部战役的胜负，而是掌握了敌军的兵力部署，这对我天水守军来说已经是一个了不起的胜利了。马大人你想想，诸葛亮领精兵十万，而我天水地方军民总共加起来才不到七万，且其中好多还是没有打过仗的新兵和守城民兵，而在敌我双方兵力如此悬殊的情况下，不能硬拼，只能用计，末将只不过是虚张声势，显示一下我天水关军民抗敌保国的决心而已。"

"那诸葛亮既然已识破将军计谋，倘若他又搞什么阴谋诡计来攻打我军，该如何是好？"

"大人尽可放心，在诸葛亮还没有探清我军实力之前，不会有大的动作，末将在想，他可能要退兵了。"姜维肯定地与马遵说。马遵听后还是不明白姜维的话意，将信将疑地仰着头，捋了捋胡须，看了一眼姜维。

果然不出姜维所料，诸葛亮在小陇山主峰上召集众将士商议说："今天水关中郎将姜维先用打草惊蛇，继而虚张声势，还有那未来得及实施的声东击西之计，已探清了我军实力。倘若天水太守马遵老贼以快马去南安府搬重兵，回援天水，倘若再远一点，去西凉太守马腾处再搬一支兵来，倘若他们三处兵合一处来攻打我军何如？如若这样，那我军千里迢迢来天水关，不但不能取胜收服城池，反而很可能被天水关几处大军吃掉。"诸葛亮机警地说罢摇着鹅毛扇子。

"啊，有这等严重？"张苞听罢睁大眼睛啊了一声。此时，众将士都沉默起来，片刻，诸葛亮严肃地说："凡事欲速则不达，况天水关还有像姜维这样智勇双全、足智多谋、善于用计且马上武功极好的少年虎将，为马遵老儿出谋划策、冲锋陷阵，现姜维就像是一只发怒的拦路虎，挡住了柴夫的去路。大家说，这将如何处之？"这时关兴猛抬头突然说："当然就不能再向前走了，乘老虎还未发现他时，退回去另找出路了。""关将军言之有理，若这柴夫挑着柴火继续往前走，那将何如？"诸葛亮问道。

这时，众将士有的"啧啧"摇头，张苞站起后走到诸葛丞相跟前，认真地说："这柴夫别无选择，他只有原路退回，另找出路了。""因而吾以为要夺取天水只能智取不能强攻，应从长计议，全军立马再退百里，后队变前队，向宝鸡峡方向前进，那里山高林密，地势险要，即可攻，又可守，还可退，方为万全之策……"诸葛亮说罢用鹅毛扇子向山下一指自语道，"好一个姜伯约姜维小儿，你既然熟读兵法，善于用计，吾就用其人之道还治其人之身，尔等着，吾用计收复尔也。"诸葛亮说罢命令全军向宝鸡峡方向前进。

这正是：

> 姜维巧用连环计，
> 孔明识破退兵去。
> 少年英雄不可敌，
> 蜀军退守深山里。

欲知孔明如何定计收服姜维，请看下回分解。

第十八章

孔明巧施离间计　姜维身陷天水关

第六十六回　马遵反目

且说，一日孔明账内夏侯楙（夏侯楙乃魏王曹操女婿魏军都督，驻守于陕西省宝鸡郡，不久蜀军诸葛亮攻打宝鸡郡时破城后收降，故现为孔明帐下偏将）双手一拱说："丞相叫汝紧急回来，有何军情？"

"夏侯楙惧死乎？"孔明大声喊道。

夏侯楙慌忙跪地。

孔明又说："目今天水姜维现守冀城，托人捎信来说，但得驸马在，我愿归降。吾今饶汝性命，汝肯招安姜维否？"孔明谎称姜维在冀城要降蜀。

"汝情愿前去招安。"夏侯楙跪着说。

"起来，汝可单独前往。"

于是夏侯楙单骑往冀城方向而去。正行间，逢数人奔走，楙问："你们这是往哪里行走。"其中一人答道："我等是冀县百姓，今被姜维献了城池，归降诸葛亮，蜀将魏延纵火劫财，我等因此弃家奔走，今投上邽去也。"路上百姓全是蜀军化装。

"今守天水城是谁？"

"天水城中乃马太守也。"夏侯楙听后再无言语，纵马前往天水而行。一路上又见一帮百姓携男抱女远来。夏侯楙又问了一遍，所答和前几人一样。

夏侯楙来到天水城下，叫城上的人开门，马遵迎接问道："驸马为何来天水？"

"太守，今姜维已献冀县城池，吾无去处，才来天水……"此时天水郡太守马遵全然不知魏军都督夏侯楙已投降蜀军，故乃以驸马称之。

"驸马言姜维献城之事是真是假？"太守马遵怀疑地问道。

"一路百姓皆说如此。"夏侯楙答道。

"不想姜维反投蜀矣！"太守马遵听罢非常气愤，把袖子甩了一

下。梁绪忙说："彼意欲救都督，故以此言虚降。"

夏侯楙说："今维已降，何为虚也？"正说话间，已到初更，蜀兵又来攻城，火光中见姜维在城下持枪勒马，大叫道："我为都督而降，都督何背前言？"夏侯楙在城上说："汝受魏恩，何故降蜀？有何前言？"姜维应道："汝写书叫我降蜀，何出此言？汝要脱身却将我陷了，我今降蜀加为上将，安有还魏之理？"

姜维言罢驱兵假意攻城，至晓方退。原来夜间假扮姜维者乃孔明离间之计也，此计意在用假姜维叫阵攻打魏城，使马遵相信姜维已降蜀，造成反目成仇之结果，让蜀军有机可乘破城也。

原来，诸葛亮退兵后天水郡暂时安然无恙，可谁知暗地里诸葛亮亲率蜀军大将魏延等三千兵马又来攻冀城，马遵慌忙又派中郎将姜维领兵两千，急速前去增援冀城守军。当诸葛亮得知姜维领兵离开天水关去冀城时，逐找了一个与姜维身段、长相、声音相似的蜀军士兵扮成假姜维，半夜带兵前来攻打天水关东城，故而以促成马遵与姜维反目之结果也。

这马遵做梦也未曾想到，诸葛亮为收姜维绞尽脑汁，不惜一切代价，想尽一切办法，他早已实施了离间之计。今又采用四管齐下之战术，亲自出马实施这一计谋。一方面派降将夏侯楙前去天水城下传言姜维已降蜀，同时派假姜维前去东门攻城叫阵，迷惑马遵。另一方面他又亲自带领魏延等众将士三千多人马以迅雷不及掩耳之势前去攻打冀城。孔明吩咐士兵见了姜维不要恋战，又用弃粮夺城之计调姜维出城，果然蜀兵弃粮而逃。

姜维在城上看得清楚，见蜀军大小车辆搬运粮草，均入魏延寨中去了，此时，心想目下城中缺粮，我军坚守不了几日，吾何不出城劫粮，以作长期守城之打算。于是逐引兵三千出城，急来劫粮。蜀军尽弃粮车，寻路而走。姜维夺得无数粮车，欲要入城，忽然蜀将张翼引兵拦住姜维去路。而令蜀军副将张苞领兵三千形成四面包围之势，活捉姜维。同时又令魏延领兵乘冀城空虚，突袭破城，魏军伤亡惨重。

当下只剩数人，姜维寡不敌众，逐夺路归城时，城上已插蜀军旗号。姜维已不能入城，无奈之下只好带十余骑杀条血路，直奔天水城而去。谁能料想，这一次又让诸葛亮扑空了，收姜维之计未能如愿。

但孔明不比常人，他一计不成，又施一计。估算到姜维很可能弃城奔向天水关。此时孔明离间之计已经奏效，早已被姜维气得半死的马遵咬牙切齿，他恨不得活剥了姜维，那里还能放姜维入城。他早已命弓箭手立在城头，单等姜维的到来。此时，姜维边打边退，向天水关方向而来，目下他身边只有十几个人了，那里还有战斗力可言，心中只有一个念头，火速进入天水关这一条路了。

这正是：

> 收姜维孔明定计，
> 恨马遵反目无情。
> 怜英雄走投无路，
> 昔日情今日抛弃。

欲知姜维单骑走向何方，请看下回分解。

第六十七回　独战群雄

　　话说，半路上张翼拦住姜维后双方厮杀起来，张翼持枪来刺姜维，姜维腾空而起，张翼扑空，姜维落座后又持枪来刺张翼，张翼低头勒马败走，蜀将围住姜维连连刺杀，姜维骑马杀出重围，魏军伤亡惨重。

　　此时，蜀军王平又引一军到了，与张翼前后夹攻。姜维等拼命厮杀，他边打边退，好不容易躲过了张翼、王平等将，不想半路上又遇张苞引一军迎面杀出，姜维等魏军数人只好硬着头皮迎战，张苞与姜维两人又在马上撕杀了一阵，此时只剩下姜维一人，他单枪匹马，人困马乏，行走几十里，单骑来到天水城下叫门。城上魏军见是姜维，急报马遵，马遵一瞪眼说："此是姜维赚我城池也，你这个狼心狗肺的东西，平日吾对你不薄，你却反吾！军士们给我放箭，射死姜维反贼……老夫平日对汝不薄啊，为何反吾？"姜维用枪挡箭，左右躲闪，不料身后尘烟又起，回头看时，又一蜀军张苞追来，姜维腹背受敌。他冲入阵中左右冲杀，城上梁虞大骂道："姜维小儿，你这个反国之贼，安敢来赚我城池！吾已知，汝已降蜀矣，放箭！"

　　"梁将军，你中了诸葛亮离间之计也，马大人他误解我了，快快放我进城，他日允我细说原委。现后有蜀军追我！"姜维骑在马上左右躲闪着乱箭大声喊道。

　　梁虞不听，只是乱箭射下。姜维左躲右闪不能分说，遂仰天长叹，两眼流泪自语道："我姜伯约今日劫数难逃！"他催马后退，身后又有蜀将张苞逼近，便自语道，"吾何不走长安暂避之！"

　　且说，立在城头上的马遵一看姜维单骑向东去了，心里像压着一块大石头似的，憋得他喘不过气来，双腿沉重地迈不开步子，但还是挪着无力的脚步下得城来，上轿往府厅走去。他一边走一边寻思，自语道："这姜维姜伯约是吾亲自要来天水的，自从他一个人来到天水后，吾把他像自己的亲儿子一样看待。吾力排众议，破格提拔他为天水关中郎将，统管着守城的所有治安军队，真可谓数人之下，千人之上啊……还有，吾得知姜母身子骨不好，隔三岔五地让他带上礼品回家看看。吾还听说姜维媳妇生了个大胖小子，吾亲自到街上杂货摊买了一只精致好看用银子做的长命锁，让他回去给小姜鸳戴上，他怎么突然就……唉，真是世事难料啊，说变就变了也。"太守马遵在轿内闷着头，闭着眼，回忆着发生在姜维身上的一幕幕往事。突然，不由自主地又想起副将梁绪的声音："彼意欲救都督，故以此言虚降也。""唉，不对呀，前几日姜维还献计与吾，与诸葛亮蜀军决一死战呢。"此时的马遵脑海里又浮现出姜维为守天水城多次出谋献策，亲自带兵上阵冲杀蜀军在前的情景来……"啊，吾想起来了，怪不得那日夜里那姜维的声音与往日不一样呢，当时吾就觉得有什么地方不对劲，可又没有细想……坏了，老夫上了诸葛亮的当了，他指使降将夏侯楙来城前传言说姜维降蜀，这夏侯楙自己是否已降蜀了，也说不一定。对了，他为何从宝鸡郡来到这里，啊，看来他已降蜀，今合着伙来蒙骗吾，诸葛老儿又用一个假姜维来攻城骂阵，真可谓是对老夫双管齐下呀。"此时的马遵才恍然大悟，意识到自己错了，他一对拳头砸向自己的胸膛，大喊道："小的们，快快抬吾上城，看姜维中郎将走了没有。梁将军，快放姜维入城，千万不要中了诸葛亮的奸计。"当太守马遵急匆匆三步并作两步，上气不接下气地喘着粗气，登上城楼看时，地面上只见尘土不见人，马遵一下子瘫在那儿了，一切悔之晚矣。

然而，此时的姜维他单骑往宝鸡方向走来行不数里，这时他人困马乏，实在走不动了，正想跳下马来在路边歇息一会儿再上路。忽然一片树林深处喊杀声大震，蜀将关兴又引三千兵杀出，截住了姜维的去路。饥饿交加的姜维实在无力再战，但关兴的青龙偃月大刀已经抢了过来，姜维在马上急忙腾空跃起，躲过一刀，而后被迫迎战，两人厮杀一阵，姜维实在无力抵挡，勒马便往回走。后蜀将马岱又引一军追杀而来，姜维又被迫迎敌，两人战了一阵，姜维且战且退。此时枣红烈马浑身冒着热气，汗流浃背，一对鼻孔张大后不住地喘着粗气，突然一对前蹄跃起，扬头"昂昂"地叫唤了两声。关兴等蜀军一见惊

讶地向后连连退了几步，不敢追赶，姜维满脸是血，浑身是伤，他瞪大一对环眼死死地盯着关兴，片刻后，姜维立于马上，仰天长叹："吾今死于此地也！"说罢抽出宝剑举起架于颈上，闭上眼睛正要自刭时，忽听远处有人大喊："姜伯约且慢……你看谁来了！"

这正是：

> 这个计谋太可恨，
> 蜀军轮番来进攻。
> 姜维一人战群雄，
> 被俘不如自裁身。

欲知姜维究竟听到了谁的声音，请看下回分解。

第六十八回　凤落梧桐

　　且说姜维回头看时，只见一辆木轮车从一片树林里推出了，从车里走出一人，向前扑来："我儿姜维，母亲寻儿来了，万不可自寻短见啊……儿看，孔明丞相接我在此等候儿多时了。"柴氏急忙喊道。

　　姜维听到母亲大喊，急忙将剑收住，跳下马扑了上去，母子俩见面抱头痛哭，柴氏哭着紧紧抱住姜维的头。姜维哭着说道："母亲，儿有远志，今这可是……"

　　"吾儿姜维，今母亲让儿归顺诸葛丞相才是儿走的正道，他才是大汉朝的忠臣，儿如今跟了诸葛丞相才能实现儿远大志向。"姜维抬头听罢母亲的一席话，声音沙哑着说："母亲啊，儿对不住冀县县令杨雄大人，他对儿如对自己的儿子一样，有再造之恩啊，是他派人把娘和银环还有姜骛接到城里来的，更对不住天水关太守马遵大人，他有恩于我，儿如今已无法回去了……今日走这步路，儿实在是想不通啊。"

　　"我的傻孩子呀，你那是愚忠，常言道，上梁不正下梁歪，吾听诸葛丞相说过，那曹操挟天子以令诸侯，独断专权，兵权在握，排斥异己，壮大势力，现自己称为魏王，建都许昌，已经与大汉朝分道扬镳了，天下百姓都在唾骂奸贼曹操呢。如今都到啥时候了？你还这样忠厚老实，脑袋瓜转不过弯儿，古人云：良禽择木而栖，贤臣择主而事。现如今吾儿就好比天边展翅飞来的一只凤凰，落到了诸葛丞相这棵梧桐树上，大展宏图的时日来了……至于那冀县县令杨雄，天水郡太守马遵等，娘也认为他们都是好人，只是被曹操奸贼蒙蔽罢了。常言道，不知者不为怪，上面人的事情下面的人怎么知道，只是他们没有看清曹操的真面目罢了，这些人何罪之有？他日见了，儿手下留情，好生善待与他们为好。"柴氏激动地说罢，拽着姜维来到诸葛亮身旁。

　　这时诸葛亮也同时快步走到姜维母子身边，一只手拉住姜维的手，另一只手摇着鹅毛扇子点头微笑着对众将士说："吾自出茅庐以来遍

求贤者，欲传授平生所学，恨未得其人，今遇伯约，吾意足矣。"诸葛亮看了一下姜维，接着又兴奋地说："今得伯约，得一凤也。"他说罢又摇着鹅毛扇子哈哈大笑起来，而后骑在马上用鹅毛扇子向前一指道："众将士们听令，全军向天水关进发。"姜维翻身上马，在诸葛亮身后于众将们同行，诸葛亮不时地回头看着这位英俊潇洒、武功盖世而智谋超群的少年将军，心里满意地点头微笑。心想，吾多少年来的心愿今日得以实现，眼前的这位少年将军如此威武神勇、文韬武略、足智多谋，精通兵法，且大德大善之人，实乃我蜀汉之大幸也。此时柴氏在蜀军士兵们的照料下，坐着诸葛亮的木轮车，被士兵推上在后边走着，她不时地将头伸出车窗外望着姜维儿的背影，一股暖流涌上心头，泪花汪汪地向姜维招手相望。立于马上的姜维心有灵犀，不由得回头看了一眼一生为自己操碎了心的母亲，会意地点头笑了。从此少年姜维就走进了他人生转折的新征程，迈上了一条前方充满荆棘更洒满辉煌的阳光大道。

这正是：

> 诸葛一生最惜才，
> 只是可恨无缘得。
> 为了选好接班人，
> 巧施妙计收姜维。

欲知蜀军此去天水关能取胜吗？请看尾声。

尾 声

姜维入蜀后，诸葛亮如虎添翼，势如破竹，战斗力大增，军队士气大振，蜀汉气象一新，姜维主动献计，连破天水、上邽、狙道三城（冀城已被魏延袭破），威震四方，后周边数郡县的官员和百姓纷纷来投，诸葛亮一一安置，百姓甚是拥戴。后姜维主动说情，留天水郡太守马遵，冀县县令杨雄等一干人马，往日官职不动，只是异帜改号，继续留任，为蜀国效力。

姜维入蜀后因战功卓著，由诸葛亮亲自引荐，前去四川成都西蜀宫廷拜见后主刘禅，同时一起接往成都的有姜维母亲、妻子银环、儿子姜鸳、妹子姜菇。

后主甚为器重姜维，当即将姜维封为蜀汉大将军。姜维先后协助孔明丞相收复了礼县、临洮、渭源、岷县、安定等郡县数座。后跟随诸葛亮继续北伐，七出岐山，诸葛亮在五丈原病故，姜维继承诸葛亮遗志，亲率蜀军三十万九伐中原，大战铁笼山，智破邓艾，背水胜魏，沓中屯粮，打了许多大胜仗，屡建丰功伟绩，常行大善之举。被后人誉为张良现身，诸葛再世。

公元 264 年，魏军进攻成都西蜀宫廷时，姜维蜀军被邓艾引魏军围困于成都，魏将胡渊率兵杀入大殿，连连砍死了姜维三员副将，姜维背靠龙柱，持剑左右砍杀，杀死了胡渊士兵多人，胡渊一气之下命士兵乱箭射杀，姜维用剑挡之，不幸身中十余箭，且心痛病复发，终因寡不敌众，拔剑自刎，六十二岁寿终，后被追封为平襄侯。

姜维忠勤时事，思虑精密，既有胆识，又兼心存汉室，欲以羌胡兵断陇西所属，拓界励之威，摧破魏军大将郭淮，制降李简等部，斩

魏将徐质，破劲敌王经，一时挫魏将邓艾之锐气，破费祎等军。

蜀国军队由大将军姜维掌握后正当军队士气大振，恢复汉室有望之时，后宦官黄皓在朝中弄权，挑拨离间，残害忠良，他向后主刘禅进谗言打压姜维说："姜维是降将，此人不可靠，他有野心，欲独揽军权，架空后主您呀，以老奴之见应先削去兵权，不让他进京。"

后主刘禅听信了黄皓谗言，果然削去了姜维的兵权，不准他进京，姜维无奈，只好去沓中避难，领老弱病残、残兵败将屯田务农。姜维的兵权被后主刘禅剥夺后，蜀汉朝中再无带兵打仗、能征善战之人，此时的魏军一看时机来了。

不久，魏军从阴平天险高山之上滚毡而下，直打到成都，当邓艾军即将攻入西蜀宫廷时，当时镇守剑阁城的姜维闻讯后单骑赶来，欲救后主，此时后主刘禅欲降曹魏，姜维劝之，后主刘禅不听姜维劝告，决意投降魏将邓艾，反劝姜维降之。

姜维一心想力挽狂澜，恢复汉室，乃佯降于魏将忠会，后密谋策会反之，图中原欲以杀会，重扶汉室，被魏军士兵听见，乃事败露。

姜维自缢后，邓艾军士兵残忍地将其头颅割下，其胆挖出，其心掏出，士兵惊呼："维胆大如鹅卵，心红如鸡血。"魏国大将军邓艾带兵进殿搜查蜀军时目睹此景，即拔剑当场砍杀了这帮惨无人道的刽子手，命厚葬姜维。

而另一批魏军追赶至姜维府上又残忍地将姜维夫人刘银环、三女儿姜婉、四儿子姜兴汉、五儿子姜复汉及府中奴仆家丁等七口全部杀害。只因姜维妹妹姜菇与妹夫白虎将军镇守芦山城，姜维的大儿子姜鸳（蜀军中郎将）在外带兵征战，二儿子姜莺为汶川县城守将，他们才免于一难。

据史料记载，后魏时官至五品的兖州刺史姜明则是姜鸳的后裔。后周的荆秦三州刺史姜远又是姜明后裔，而姜远的后裔又是初唐时左武卫将军姜宝谊。由此可见蜀汉大将军姜维的家眷当时并未被魏军赶尽杀绝，而他们的后代遍布全球各个角落，像星星之火一样传播于世界各国。姜氏一脉香火不断，代代延续，而且人丁众多，兴旺发达，事业有成。

姜维壮烈殉国后，天下暴雨，人神共泣，日月无光，大地悲伤。后南北朝时，西魏追封姜维为开明王，修彩楼四十八座，已壮其品德高节之坚，后人为纪念姜维，在家乡冀县姜家庄、江苏省兰溪市、四川省剑阁县、芦山县、汶川县等处先后修建了姜维庙宇、姜维楼、姜维城、祠堂及纪念馆，以纪念蜀汉大将军平襄候姜维的丰功伟业和忠君爱国精神。

一代英烈姜维虽然离我们而去已经一千八百多年了，但他那文能安邦、武能定国的智慧和谋略、武功和战法，他那忠君报国、为民请命、孝敬母亲、尊敬师长的德风贤范，且永远激励着一代又一代的华夏儿女，继承他的遗志，传承他少年时代自创的伏虎拳法和黄龙带把枪枪法，流传接代。后人勤学苦练，发扬光大，成为绝代拳术，并激励人们奋发图强、英勇向前。

姜维精神永垂不朽！

这正是：

> 文能提笔安天下，
> 武能上马定乾坤。
> 心存谋略何人胜，
> 古今英雄唯是君。

曾西蜀丞相诸葛亮上朝与众臣商议国事时，当着后主刘禅的面评价姜维曰："姜伯约忠勤时事，思虑精密，考其所有，永南，季常诸人，不如也，其人凉州上士也！姜伯约甚敏于军事，既有胆义，又兼兵意。此人心存汉室，而才兼于人。"诸葛亮当时有意让姜维接任自己的丞相一职。

同朝大臣郤正也曰："姜维乐学不倦，消素节约，自一时之仪表也。"

魏晋史官陈寿评价姜维，有诗曰：

凉州夸上士，天水产英雄。

曾得高人授，亲传秘策来。

中原经九战，爵位显三台。

拔剑酬西蜀，临危志不摧。

跋 （一）

　　魏润民先生所著小说《少年姜维》一书填补了有关少年姜维事迹的空白。历代著书对姜维归属多有记述，且不乏成功之作。唯对姜维少年事迹涉及太少，《三国志》对姜维早期生活也只有寥寥数字，则演绎姜维少年生活更成为一畏途，没有杰出的虚构才华，则不可涉足。润民先生勤于考察、善于动脑、敏于构思、苦于创作，加以大胆推测想象，发人所不敢发，以文学家之言，演绎姜维少年活动，使少年姜维形象栩栩如生、活灵活现，以全新的面貌，得以展现于读者面前。

　　《少年姜维》读后深感故事生动、情节复杂、耐人寻味、感人肺腑，他更大的意义在于写全了三国名将姜维的一生，从整体上认识姜维有一个全新的视觉，因而该书对弘扬地方文化意义重大。于此，诚属难能可贵，精神可嘉，润民先生之于姜维，之于姜维故里，善莫大焉。

牛勃

2018.6.4

　　（作者为甘谷县文广局局长，中国作家协会会员，天水市作家协会副主席）

跋 （二）

鸡年的秋天，吉祥如意，喜讯一个接着一个。

魏润民先生在定稿他的《少年姜维》影视剧本创作的基础上，中间没有稍微的停顿，紧接着又一鼓作气，很快就完成了同名小说《少年姜维》的文学创作。可谓文思泉涌。

金风焕彩新时代，近水楼台先得月。看到同镇、同街、近邻世谊的一位中年人的文学才华，创作成果，初为惊喜，继而由衷的高兴。

《少年姜维》选择历史人物姜维少年时代的题材，谋篇布局，进行剧本与小说的文学创作，很有新意，富有创意；浓墨重彩，别开一境；故事情节，妙有特色。

《少年姜维》小说以姜维少年时代成长道路的时空环境，历史背景，以及他的人生个性，理性物质，思想发展，志向确立为主线，完整完美地表现了姜维在少年时代的亮丽特质。也正是因为突出了姜维少年时代的这一特质，恰好弥补添充了以历史人物姜维为题材的文学文艺创作宝库，对于姜维少年时代的人物形象不突出、不充分、较为薄弱甚或略有缺失的一个重要环节，且又是非常感人，非常有意义的一段亮丽闪光的环节。

三国时代，姜维继承诸葛亮遗志，匡扶汉室。冠膺蜀汉大将军，汉平襄侯。是三国文化后期誉满神州大地的历史人物。

华夏第一县甘谷，是姜维故里，伯约公姜维是古冀文明的历史先贤。忠昭日月垂贤表，孝感山河化德风。姜维的峻节精神，贤风德范，激励着一代又一代的甘谷人，为着弘扬古冀文明，建设美好甘谷的宏图大业，不懈努力、奋勇前进。

魏润民先生襟怀爱国爱乡，对古冀先贤的特殊情感，采用影视剧作、文学小说的形式，引导人们穿越一千八百余年的时空隧道，仪仰故乡先贤伯约公姜维少年时代的飒爽英姿，峥峥志向，实在是一件既有时空变换的历史意义，又有文化传承的时代意义。

敬贤尚德，锦上添花。我对润民先生《少年姜维》小说的创作动因、创作情怀、创作灵感、创作意境，深为敬佩，谨为志贺！

2017 年 11 月

农历丁酉年冬月

于古冀梓邑渭川

（作者为甘肃省甘谷县政协原主席，书法家）

总顾问：

王子生

特邀顾问：

邓成城	张臣刚	石新贵	张绪胜	庞 波	王立民	姜克生
张克让	张嘉昌	王守义	徐世英	白晓玲	潘亚文	王正强
令建民	马 骥	牛武军	董德福	薛希武	潘志强	王金慎
李爱菊	李春发	何鸿发	王永宏	王平安	李自明	潘晚明
程世荣	周幸生	宋昌其	陈继英	汪颂平	张俊义	张泽中
王 琪	门鸿斌	牛 勃	毛正海	张耀平	姜芳芳	蒋来定
姜学祖	石新太	陈晓明	赵东海	杜永胜	赵兴田	郭 胜
付喜成	张河清	毛根好	杨忠应	张念儒	程升强	张志贤
王福成	李吉泰	王维红	魏子俊	李小兵	王诚民	王 鹏
吕国庆	王效琦	朱学东	王虎儿	陈永恒	张军昌	原建华
刘爱民	魏国栋	卢 捷	裴国栋	宋子卫	焦六十二	杨逢春
杨振荣	杨虎平	杨正武	魏宝峰	张旭瑞	郭胜云	巩作义
范志强	张玉川	孙艺生	杨小亮	令爱军	陈太平	张明星
王平娃	赵三呼	巩风春	李富元	康忠保	樊荣华	刘明明
刘 晖	张红东	张盛君				

（注：邓成城先生是名将邓宝珊之子，曾任全国政协常委甘肃省政协副主席）